KB001347

파리와 런던 거리의 성자들

George Orwell

파리와 런던 거리의 성자들

1판1쇄 발행 | 2012년 7월 30일
지은이 | 조지 오웰
옮긴이 | 자운영
펴낸이 | 소준선
펴낸곳 | 도서출판 세시
출판등록 | 3-553호
주소 | 서울 마포구 대흥동 303번지 3층
전화 | 715-0066
팩스 | 715-0033
ISBN 978-89-85982-69-6 03840

소외된 사람들을 위한 **조지 오웰** 자전소설

파리와 런던
거리의 성자들

조지 오웰 지음 | 자운영 옮김

세시

이 책의 원제는 Down and Out in Paris and London이다. Down and Out은 '몰락한', '무일푼의' '궁핍한' 등의 뜻을 지니고 있다. 하지만 영어권에서도 많이 쓰이지 않는 단어이고 보니 우리로서는 더욱 생경스러울 수밖에 없다. 때문에 영어권 사람들이 가지고 있는 뉘앙스와 한국인이 가진 의미 해석에 차이가 있어 잘못된 선입견으로 인식되지 않을까 하는 우려가 있어 제목을 〈파리와 런던 거리의 성자들〉이라 정하게 되었다.

실제 내용에 있어서도 작가가 추구했던 것은 몰락한, 소외된, 사회 일원으로서 부적합한, 길거리에서 떠도는, 사람들에 대한 단순한 기록이 아닌 그들의 아픔과 외로움을 대변해 주고 그들을 구원할 수 있는 방법을 모색하려는 것이다.

오웰은 모두가 도외시하는, 거부하고, 멀리하는 소외된 사람들의 삶도 일반인들처럼 보호받고 존중되어야 한다는 것을 그 실례들을 들어 따스한 시선으로 묘사하고 있다.

〈파리와 런던 거리의 성자들〉은 조지 오웰이 1928년부터 1932년

5

까지 실제로 파리와 런던에서 접시닦이, 떠돌이 부랑자, 가정교사 등의 생활을 하며 극한의 궁핍생활을 체험한 것을 르포르타쥐 형식으로 기록한 자전소설이다.

오웰은 파리와 런던에서의 생활을 하기 한 해 전인 1927년 미얀마에서의 경찰직을 그만 둔다. 비얀마에서 식민지배 계급과 피지배자 간에 행해지는 불합리하고 폭력적인 상황에 염증을 느껴 경찰관직을 과감하게 버리고 역겨운 식민통치에서 탈출한다. 후에 그는 그때의 상황을 "고약한 양심의 가책" 때문이었다고 회고하기도 한다.

이튼 스쿨을 장학생으로 다녔고, 경찰직을 맡은 만큼 최대의 수혜자로서 누릴 수 있는 권리를 버린 오웰은 자신의 신분에 전혀 어울리지 않는 파리와 런던의 빈민가로 들어간다. 그리고 그곳에서 가장 낮고, 외롭고, 배고픈 사람들과의 생활을 시작한다.

그때 오웰은 작가가 아니었다. 글을 쓰기 위해, 그들의 삶을 엿보았다가 그것을 글의 소재로 삼으려고 일부러 들어간 잠행이 아니었다.

기약없는 나날이었다. 극심한 배고픔, 하루 열여섯 시간씩 어둡고 비좁은 지하에서 악취와 열기를 견뎌내야 하는 나날들이었다. 주린 배를 채우기 위해 속옷까지 전당포에 저당잡히고 빵 한 덩이를 구하기 위해 매일 30킬로미터 이상씩을 배회해야 하는 나날들이었다.

그러한 극한의 생활을 5년 동안 견뎌낸 끝에 탄생한 작품이 〈파리와 런던 거리의 성자들〉이었다. 오웰의 첫 작품인 것이다. 때문에 오웰의 사상과 작가정신이 가장 진솔하게 반영되어 있다고 할 수 있다.

후에 그의 대표작이라 할 수 있는 〈동물농장〉과 〈1984〉는 이 시기의 사상과 작가정신이 스페인 내전 참전 등 많은 시행착오와 인간 파탄의 과정 등을 겪으면서 발전, 성숙되어 발현된 것이라 할 수 있다. 〈파리와 런던 거리의 성자들〉이 빛나는 것은 체험적 진술이 과장되거나 확대되지 않고 성실하고 재기어린 문장으로 연결되어 있기 때문이다. 삶의 중심에서 오웰의 목소리는 작위성과 허술함 대신 진솔한 고백과 통렬한 비판으로 세상을 향해 외친다.

후에 오웰은 '나는 왜 쓰는가' 라는 에세이를 통해 이렇게 말한다.

"나의 출발점은 언제나 불의不義에 대한 의식이다. 책을 쓰기 위해 자리에 앉을 때 나는 나 자신에게 '자, 지금부터 나는 예술작품을 만들어낸다' 라고 말하지 않는다. 그 책을 쓰는 이유는 내가 폭로하고 싶은 어떤 거짓말이 있기 때문이고 사람들을 주목하게 하고 싶은 어떤 진실이 있기 때문이다. 그래서 나의 일차적 관심은 사람들을 내 말에 귀 기울이게 하자는 것이다. 그러나 글 쓴다는 것이 동시에 미학적 경험이 아니라면 나는 책을 쓰지 못하고 잡지에 실릴 글조차도 쓸 수가 없다."

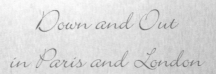

Down and Out
in Paris and London

1

파리의 콕도르 가의 아침 7시.

골목 안쪽으로부터 맹렬하게 욕설을 퍼붓는 소리가 울려퍼지고 있다. 내가 묵고 있는 곳의 건너편 여관 관리인인 몽스 부인이 길거리에 나와 4층 투숙객에게 악다구니를 써가며 온갖 욕설을 내뱉고 있었다. 그녀는 맨발에 낡은 슬리퍼를 신고 있었고 희끗희끗한 머리는 기괴한 형태로 뒤엉켜 있었다.

"야, 이 죽일년아! 내가 입이 닳도록 말했지. 빈대를 벽에 터뜨려 죽이지 말라고. 네년이 이 여관을 통째로 샀냐? 왜 다른 손님들처럼 빈대를 창밖으로 버리지 않냐구? 이 죽일년아!"

4층에 묵고 있던 여자도 만만치 않았다.

"뭐라구? 이 망할놈의 할망구야!"

그러자 창문들이 하나씩 열리고, 고개를 내민 사람들과 거리를 오가던 사람들이 이 말다툼에 끼어들기 시작하더니 여기저기에서 고함소리가 터져나오고 욕설이 난무하고 곧 아수라장이 되어 버렸다. 그렇게 10분쯤 떠들어대다가 한 무리의 순찰대가 나타나자 고함과 욕지거리들은 일순간 멈추었다. 사람들은 언제 그랬느냐는 듯 아무렇지도 않은 표정으로 침묵한 채 순찰대가 지나가는 것을 바라본다.

이것은 내가 콕도르가의 분위기를 전달하기 위해 그 거리의 한 장면을 스케치해본 것이다.

싸우는 소리, 야바위꾼들의 과장된 외침, 길 위에 나뒹구는 오렌지 껍질을 주우러 악다구니를 쓰는 개구쟁이들 그리고 쓰레기차가 뿜어대는 지독한 악취. 이런 것들이 그 거리의 분위기를 만들고 있었다.

거리는 몹시 좁았고 건물들은 마치 무너져내리다가 서로 기댄 듯한 모습으로 기묘하게 얽혀 있어 건물들의 계곡처럼 보였다. 그 건물들은 거의 여관들이었고 그곳엔 폴란드, 아랍, 이태리 인 등 장기 투숙객들로 가득 차 있었다. 여관의 아래층엔 허름하고 조그만 바가 있었고, 1실링 정도면 한잔 술을 기울일 수 있었다.

토요일 밤에는 이 거리의 남자들 중 삼분의 일 정도는 인사불성이 될 정도로 취해 있었다. 취객들 사이에선 여자문제가 얽힌 싸움이 곧잘 벌어지곤 했다. 그 거리에서도 가장 싸구려 여인숙에 묵고 있는 아랍에서 온 토목인부들은 도무지 이유조차 알 수 없는 싸움을 벌이곤 했는데, 의자나 가구는 물론 권총으로 승부를 겨루는 일도 드물지 않았다. 밤이 되면 경찰들도 둘씩 짝을 짓지 않고는 이 거리에 들어서지 않았다. 항상 욕설과 소음과 싸움과 더러움이 넘쳐나는 곳이었다. 하지만 그런 소란스러움과 지저분함 속에서도 빵집이나 세탁소 같은 것을 하는 평범한 프랑스인 장사꾼들이 서로 의지하면서 하루하루의 버거운 삶을 살아가면서도 한푼 두푼 저축을 하며 살고 있었다. 그곳이야말로 전형적인 파리의 빈민촌이었다.

내가 머물던 여관은 금방이라도 쓰러질 듯한 5층짜리 허름한 건물이었는데 판자로 얼기설기 칸막이를 한 40개의 방이 있었다. 햇빛이

들지 않는 어두침침한 방들은 비좁고 더럽게 방치되어 있었다. 그럴 수밖에 없는 것이 그곳엔 하녀도 없었고 여주인인 마담 F는 청소할 시간이 없었기 때문이다. 방과 방을 나눈 벽은 성냥개비만큼이나 얇았다. 때문에 여기저기 갈라져 있었는데 그 틈을 가리기 위해 핑크색 도배지를 덕지덕지 발라 놓았다. 그런데 오래 되어 너덜거리는 그 틈 사이에는 많은 빈대들이 들끓고 있었다. 천장에는 온종일 군대가 행진하듯 빈대들이 길게 줄을 지어 지나갔고, 밤이 되면 왕성한 식욕으로 사람들에게 달려들었다. 사람들은 시간마다 잠에서 깨어 한 움큼씩의 빈대를 죽이지 않으면 안 되었다. 때로는 빈대가 너무나 극성을 부려 유황을 태워 옆방으로 쫓아낼 때도 있었다. 그러면 옆방 사람 역시 유황을 태워 빈대들을 되돌려 보냈다. 이처럼 더럽고 불결하기 짝이 없는 곳이었다. 하지만 그곳에도 인정이 남아 있었다. 왜냐하면 마담 F와 그의 남편이 좋은 사람들이었기 때문이다. 그곳의 숙박비는 주당 30에서 40프랑 정도였다.

투숙객들은 거의 모두가 뜨내기들이었고 대부분이 외국인이었는데 빈털터리로 와서 한 주일쯤 묵다가는 알 수 없는 곳으로 사라지곤 했다. 그들의 직업도 가지가지였다. 구두장이, 벽돌장이, 석수장이, 토목 잡역부, 학생, 작부, 넝마주이. 그들 중에는 상상조차 할 수 없을 정도로 가난한 사람들도 있었다. 다락방 중의 하나에는 불가리아에서 온 학생이 있었다. 그는 미국 시장에 팔기 위해 무도회용 신발을 만들었다. 그는 아침 6시부터 12시까지 침대에 앉아 열두 켤레의 신발을 만들어 35프랑을 벌었고, 나머지 시간은 소르본느 대학에 강의

를 들으러 갔다. 그는 신학神學을 공부하고 있었다. 가죽 조각들이 뒤
엉켜 있는 방바닥에 신학서적들이 아무렇게나 펼쳐져 있곤 했다. 다
른 방에는 러시아에서 온 나이든 부인과 예술가라고 자처하는 아들
이 묵고 있었다. 어머니는 하루에 열여섯 시간씩 1켤레에 25상팀씩
받고 양말 꿰매는 일을 하고 있었지만 아들이라는 녀석은 말쑥하게
차려입고 몽파르나스의 카페를 전전하며 빈둥댔다. 한 방을 전혀 모
르는 두 손님이 쓰는 경우도 있었다. 한 사람은 낮에, 다른 한 사람은
밤에 일하는 경우였다. 또 다른 한 방에는 과부가 한 침대를 그의 다
큰 두 딸과 함께 쓰고 있었는데, 둘 다 폐병에 걸려 있었다.

　여관에는 별의별 종류의 인간들이 모여 있었다. 파리의 빈민촌은
그런 별난 인종들의 집합소나 다름없었다. 그들은 소외되고 억압받
고 뒤틀린 삶을 살아왔고, 미래의 삶에 있어서도 정상적인 삶의 방식
을 포기한 사람들이었다. 돈이 사람을 노동에서 해방시켜 줄 수 있는
것과 마찬가지로 가난은 사람을 상식적인, 정상적인 행동 규범들로
부터 해방시켜 준다. 이 여관에 묵고 있는 투숙객 중에는 말로는 다
표현할 수조차 없는 기구한 삶을 살아가고 있는 사람들도 많았다.

　투숙객 중에는 아주 독특한 방법으로 돈벌이를 하며 생계를 유지
해가는 부부가 있었다. 그들은 늙고 작은 키에 항상 허름한 옷을 걸치
고 있었다. 그들은 세인트 미첼 거리에서 그림엽서를 팔고 있었다. 그
들은 자신들이 팔고 있는 그림엽서들이 마치 음란한 음화淫畵인 것처
럼 완전히 밀봉하여 팔고 있었다. 하지만 그 사진들은 르와르강가의
성城을 찍은 사진엽서들이었다. 잔뜩 기대를 하고 그림엽서를 샀던

사람들이 이를 발견했을 때는 이미 때가 늦은 탓인지 아님 자신의 행동에 부끄러움을 느꼈기 때문인지 신기하게도 불평하러 오는 사람은 아무도 없었다. 루지에 부부는 일주일에 고작 백 프랑 정도 밖에 벌지 못해 항상 쪼들렸고, 하루하루를 반은 굶고 반은 취한 상태로 연명해 나갔다. 그들이 묵는 방은 너무 더러워서 아래층에까지 악취가 진동할 지경이었다. 마담 F의 말에 의하면 그들 부부는 4년이 지나도록 옷을 갈아입지 않고 지낸다고 했다.

또 한 사람, 하수도에서 일하는 앙리라는 사람이 있었다. 그는 큰 키에 곱슬머리를 한 고독한 사내였다. 그래서 그런지 그가 하수도 작업용 긴 장화를 신고 있는 모습에서도 왠지 낭만적인 분위기가 풍겼다. 그는 꼭 필요한 경우 이외에는 절대로 입을 열지 않는 성격이었다. 때문에 며칠씩이나 말을 하지 않고 지내는 것은 조금도 특별할 게 없는 일이었다. 그는 불과 일 년 전까지만 해도 자가용 운전사로 일했었다. 좋은 환경, 좋은 조건에 수입도 많아 돈도 꽤 모았었다. 그러던 어느 날 갑자기 그는 한 여자와 사랑에 빠졌다. 둘은 열렬히 사랑했지만 시간이 지나자 그 사랑도 차츰 식어갔다. 어느 날 여자가 그의 곁을 떠나겠다고 하자 그는 화를 참지 못하고 여자에게 발길질을 하고 말았다. 그런데 신기하게도 식어가던 여자의 사랑은 발길질에 걷어차이며 다시 불타올랐고 그를 더욱 열렬히 사랑하게 되었다. 두 사람은 다시 사랑하는 연인으로 2주일 동안 살면서 그가 모은 2천 프랑의 돈을 다 허비하고 말았다. 그의 돈이 다 떨어지자 여자는 다시 사랑이 식었고 떠나겠다고 했다. 격분한 앙리는 칼로 그녀의 팔을 찔렀고 6

개월 동안 교도소 신세를 져야 했다. 그런데 더욱 이해할 수 없는 것은 칼부림을 당하자 여자는 발길질을 당했을 때보다도 더 앙리를 좋아하게 되었고, 그가 감옥에 가기 전에 그들은 다시 사랑의 맹세를 하였다. 그들은 앙리가 출소하면 택시를 사고 정식으로 결혼식도 올리고 정착하자고 약속했다. 그러나 2주일도 지나지 않아 다시 여자의 사랑은 식어버렸다. 앙리가 출소하자 그녀는 다른 남자의 아이를 임신하고 있었다. 그는 이번엔 그녀를 칼로 찌르지 않았다. 그는 저금했던 돈을 몽땅 찾아서는 매일매일 술로 탕진하며 소동을 일으키다가 다시 한 달 동안 철창 신세를 졌다. 그 후로 그는 하수도를 치는 일을 하게 되었다. 그 어느 것도 그 어느 누구도 굳게 닫힌 앙리의 입을 열지 못했다. 누군가가 왜 하수도 인부가 되었느냐고 물으면 그는 대답 대신 손목을 교차하여 내밀어 수갑 찬 흉내를 내보이며 머리를 남쪽으로 돌려 턱으로 감옥이 있는 방향을 가리켰다. 한 여자와의 불행했던 사랑이 그의 정신을 빼앗아가고 언어의 문을 닫게 만든 것처럼 보였다.

또 다른 기이한 사람으로는 영국사람 R이라는 사람이 있었다. 그는 일 년의 절반은 런던의 서쪽 변두리 퍼트니라는 고급 주택지에 사는 부모와 함께 지내고 나머지 절반은 프랑스에서 지냈다. 프랑스에서 지내는 동안 그는 매일 4리터의 포도주를, 토요일에는 특별히 6리터의 포도주를 마셔댔다. 언젠가 한번은 유럽에서 포도주 값이 제일 싸다는 아조레 섬까지 간 적도 있다고 했다. 그는 품위가 있고 성품도 친절한 편이어서 거칠거나 난폭하진 않았다. 하지만 어느 하루도 맑은 정신일 때가 없었다. 그는 해가 떠있는 낮 동안엔 잠을 잤다. 그리고 밤이 되기 시작하면 그때부터 날이 샐 때까지 술집에 자리잡고 앉아 아주 느리게 조용히 술을 마셨다. 그는 술을 마시며 우아하고 여자 같은 목소리로 고급스런 가구들에 대한 이야기를 늘어놓았다. 그곳의 여관에서 영국사람은 그와 나 둘뿐이었다.

이들 외에도 별난 인생을 살아가는 사람들이 너무도 많았다. 루마니아 사람인 줄레 씨는 한쪽 눈을 유리로 해 박았으면서도 그 사실을 절대로 인정하려 들지 않았다. 또한 리무잰 출신의 석공인 퓨레, 구두쇠인 루꼴―그는 내가 오기 전에 죽었다― 넝마주이 늙은이 로랑, 이 노인은 서명을 해야 할 때면 항상 호주머니에 간직하고 있던 종이쪽지를 꺼내보곤 했다. 시간이 허락한다면 이 모든 사람들에 대해서 써보는 것도 큰 의미가 있을 것 같다.

내가 이곳에 사는 사람들에 대해 쓰고자 하는 것은 단순한 호기심에서가 아니다. 이 책에서 절대로 빠뜨릴 수 없는 중요한 이야기들이기 때문이다. 내가 가장 관심을 기울이고 있던 게 가난이었는데 이 빈민촌에서 그 가난이라는 것과 난생 처음 마주했던 것이다. 시끄럽고 더럽고 기이한 삶들로 이루어진 이 빈민촌은 나에게 가난에 대한 통찰을 하게 했다. 그리고 그것은 곧 나의 의식의 기반이 되었다. 내가 이곳에서의 삶의 모습을 전하고자 하는 것은 바로 그 이유 때문이다.

2

　이곳 여관촌에서 살아가는 사람들의 삶에 관하여 말하기 전에 아래층에 자리잡고 있는 술집에 대한 이야기부터 해야할 것 같다.

　술집은 반지하인데 바닥에는 벽돌이 깔려 있으며 좁은 공간에 술에 찌든 탁자들이 놓여 있다. 그리고 벽에는 '위세가 꺾였다' 라는 알 수 없는 글귀가 새겨진 장례식 장면을 찍은 사진 한 장이 걸려 있다.

　검붉은 얼굴의 노동자들이 커다란 잭나이프로 소시지를 자르고 있다. 암소처럼 근엄하고 강렬한 표정의 마담 F는 '위장에 좋다' 면서 말라가주Malaga酒를 온종일 마시고 있다. 그리고 식욕을 돋우기 위한 주사위 놀이가 벌어지고 있었고 '네덜란드 딸기와 산딸기' 라는 노래가 들려왔다. '마델롱의 노래' 라는 제목의 노래인데 마델롱이 연대의 군인들 전부를 사랑하는데 어찌 한 병사와만 결혼하겠는가? 라는 의미를 담고 있는 노래이다.

　저녁에는 여관 사람들의 절반 정도가 이 술집에 모인다. 나는 런던에도 이곳처럼 유쾌한 회합장소가 있었으면 했다.

　술집에서는 믿을 수 없을 정도로 기괴한 이야기나 별난 이야기들을 들을 수 있었다. 그 중에 유독 유별난 사람으로 손꼽히는 찰리가 들려주는 이야기를 소개하고자 한다.

　찰리는 좋은 집안에서 태어났으며 제대로 된 정식교육을 받은 젊은이였다. 그런데 어떤 사연이 있는지는 알 수 없지만 현재는 집을 뛰쳐나와 가끔씩 집에서 부쳐 주는 돈으로 살아가고 있었다. 그는 붉은 볼과 부드러운 갈색 머리칼, 체리 같은 빨갛고 촉촉한 입술의 미소년이었다. 발은 작았고, 팔은 유난히 짧았으며 두 손은 어린아이의 것처럼 통통했다. 그는 특히 춤을 매우 잘 추었다. 그래서 그는 이야기를 하는 중에도 마치 행복한 삶의 충만감에 겨워 잠시도 견딜 수가 없다는 듯이 계속 발을 놀려댔다.

오후 3시의 술집에는 마담 F와 그날 일을 공친 한두 명 정도밖에 없었다. 그러나 그는 누구에게건 상관없이 자신에 관해 이야기할 수 있는 기회만 오면 어김없이 신나게 떠들어댔다. 그는 이야기 중 혀로 말을 굴리듯 발음하기도 하고 현란한 손짓을 해 가며 연단에 선 웅변가처럼 연설을 늘어놓기도 했다. 그의 돼지 눈처럼 작은 눈은 열정으로 반짝였다. 그의 그러한 모습은 때로 혐오스러워 보이기조차 했다.

그의 이야기 주제는 항상 사랑이었고 매번 과장되게 떠들어댔다.

"오오! 사랑, 사랑이여! 얼마나, 얼마나 많은 여인들이 나의, 나의 영혼을 짓밟았는지 모릅니다. 아아! 신사숙녀 여러분, 여자란, 세상의 모든 여자들은 저를 파멸시켰고 절망케 했습니다. 제 모든 희망을 짓밟아버린 파멸! 전 이미 22살에 모든 것을 잃었고 제 인생은 끝장나 버렸습니다. 그러나 저는 절망 속에서도 크게 깨달은 것이 있었습니다. 그 어느 누구도 일찍이 터득한 적이 없었던 심오한 지혜! 그러한 지혜를 얻는다는 것은 그 어느 것과도 비교할 수 없을 정도로 소중한 일입니다. 누구나 부러워할 진실된 교양인, 세련된 문명인이 되었습니다……." 등등.

"신사숙녀 여러분, 왠지 여러분들이 울적해 보이는군요. 여러분, 삶이란 황홀하도록 아름다운 것입니다. 그렇게 울적해 하지 마세요. 제가 진심으로 부탁드립니다. 좀 더 활발하게 밝게 살아가세요."

"사모스 섬의 좋은 술로 잔을 가득 채우세요. 그리고 부질없는 걱정일랑 모두 날려버리세요."

아! 삶이란 얼마나 아름다운 것입니까? 신사 숙녀 여러분, 들어보세요! 저의 풍부한 체험을 통해서 여러분들께 사랑이 무엇인가에 대해 설명해 드리겠습니다. 사랑의 진실이란 무엇인가? 교양을 갖춘 사람들만이 알고 있는 세련되고 수준 높은 즐거움이란 무엇인가를 가르쳐 드리지요. 그리고 제가 살아오면서 가장 행복했던 날들에 대해서도 말씀드리지요. 아아! 불행하게도 그러한 행복을 그 자체로 순수하게 받아들일 나이는 이미 지나가 버렸군요. 이루고자 할 욕망도 그렇게 될 가능성도 영영 사라지고 말았군요.

자, 그럼 제 얘기를 들어보세요. 2년 전쯤이었을 겁니다. 제 형은 변호사이고 파리에 있었어요. 어느 날 제 부모님께서 형에게 저를 찾아서 저녁식사에 데려오라고 하셨죠. 저는 형을 좋아하지 않았지만 부모님의 명이라서 어쩔 수 없이 따라나서게 되었죠. 우리는 함께 식사를 했고, 또한 보르도산 포도주 세 병을 비워서 꽤나 취해 있었습니다. 부모님과 헤어져 저는 형이 묵고 있는 여관까지 바래다 주게 되었죠. 저는 도중에 브랜디 한 병을 사서 여관에 도착한 후 형에게 마시게 했죠. 그걸 마시면 정신이 맑아질 거라고 말하면서 말이죠. 형은 브랜디 한 병을 다 마시더니 고꾸라지고 말았습니다. 나는 형을 일으켜 침대에 기대 앉히고 그의 호주머니를 뒤지기 시작했죠. 천백 프랑이 제 손으로 들어왔죠. 저는 그걸 가지고 급히 계단을 내려와 택시를 타고 달아났죠. 형은 제 주소를 몰랐으니까요.

여러분! 사내들이 돈이 생겼을 때 가장 먼저 가는 곳이 어딥니까? 당연히 사창가죠. 설마 여러분은 제가 막노동꾼들처럼 저질스런 쾌락을 위해 시간과 정력을 낭비했다고 생각하지는 않으시겠죠? 이건 그런 노동자들과는 전혀 다른 세계의 얘기랍니다. 이건 교양있고 당당한 신사들 세계의 얘기란 말입니다! 아시다시피 제게는 천백 프랑이 있었으니까요. 초저녁부터 찾기 시작한 순례길에서 마침내 원하던 것을 찾아낸 것은 자정이 다 되었을 때였습니다. 야회복 차림에 아메리칸 스타일로 단정하게 커트를 한 18세쯤 된 젊은이를 만나게 된 것입니다. 우리는 조용한 술집으로 갔고 우리의 흥정은 흔쾌히 이루어졌습니다. 우리는 곧장 택시를 잡아탔고 젊은이가 안내하는 곳으로 갔습니다.

택시는 어느 좁고 한적한 거리에서 멈췄습니다. 자갈과 진흙으로 된 길의 웅덩이에는 여기저기 시커먼 물이 괴어 있었습니다. 반대편에는 수녀원의 높고 편편한 담장이 있었습니다. 젊은이는 저를 데리고 셔터로 창문을 가린 높고도 낡은 집으로 가서는 몇 번 노크를 했습니다. 안쪽에서 발자국 소리가 들리더니 불이 켜지고 문이 조금 열렸습니다. 그리고 손 하나가 밖으로 나왔습니다. 그것은 큼직하고 거칠은 손이었는데, 우리에게 돈을 달라는 듯이 코앞에서 흔들리며 재촉해댔습니다.

젊은이는 문틈에 발 한쪽을 끼워넣으며 '얼마요?' 하고 물었습니다. '천 프랑' 늙은 여자의 목소리가 들려왔습니다. '지금 당장 내든지 아니면 당장 돌아가든지' 저는 그 손에 천 프랑을 쥐어주고 나머지는 젊은 안내인에게 줘버렸습니다. 젊은이는 인사를 하고 아무런 말도 하지 않고 어둠 속으로 사라져버렸습니다. 안에서 돈을 세는 소리가 들리더니 조금 후에 검정 드레스에 늙은 까마귀같이 비쩍 마른 할망구가 모습을 드러냈습니다. 그리곤 코를 내밀고 저를 의심스러운 듯 유심히 살펴보더니 안으로 들여보내주었습니다. 안은 몹시 어두웠습니다. 그 어둠을 밝혀주는 것은 희미한 가스등 하나가 전부였고 시궁쥐와 묵은 먼지 냄새가 났습니다. 노파는 가스등에서 초에 불을 옮겨 붙이고 아무런 말도 하지 않고 기우뚱거리며 걸어가더니 돌로 된 복도로 내려서서 돌계단 위에 이르렀습니다.

그제서야 노파가 말하기 시작했습니다. '자, 보라구. 저 지하실로 내려가서 자네가 하고 싶은 대로 하게. 나는 아무것도 보지도 듣지도 알지도 않을 테니 자네 마음대로 하게. 알겠나? 완전히 자네 마음대로란 말이야'

신사분들, 제가 뭐 덧붙일 필요가 있습니까? 당연히 여러분들은 이미 잘 아시겠지요. 그 전율할 것 같은, 한편으론 겁나고 한편으론 기뻐 날뛸 것 같은 그 순간의 감정을 말예요. 저는 계단을 더듬어 내려갔습니다. 제 숨소리와 돌계단에 끌리는 발소리만 들릴 뿐 모든 것은 고요했습니다.

계단을 다 내려가 전등 스위치를 찾았습니다. 스위치를 올렸습니다. 그러자 열두 개의 붉은 전등으로 된 커다란 샹들리에가 일제히 지하실을 붉은 광선으로 가득 채웠습니다. 상상해 보세요. 저는 그야말로 지하실이 아니라 침실에, 바닥부터 천장까지 짙은 붉은색으로 꾸며진 침실에, 크고 화려하고 고급스러운 침실에 서 있었단 말입니다. 자, 신사 숙녀 여러분, 마음속에 그려 보세요. 마루는 붉은 카펫, 벽은 붉은 벽지, 의자도 붉은 벨벳으로 씌웠고, 천장마저도 붉고, 모든 것이 불타듯 눈앞에서 이글거렸습니다. 그것은 너무나도 짙고도 숨막힐 것 같은 붉음이라 마치 피를 담은 항아리를 통해 빛이 비치는 것 같았습니다. 그런데 저쪽 구석에 크고도 네모난 침대가 역시 붉은 빛의 누비이불로 덮여 있었고, 그 위에 붉은 벨벳의 드레스를 걸친 소녀가 누워 있었습니다. 저를 보자 그녀는 움츠러들더니 짧은 드레스 밑의 무릎을 감추려 했습니다.

저는 문 옆에 서서 그녀를 불렀습니다. '이리 와요. 내 귀여운 것' 그녀는 겁에 질려 헐떡거렸습니다. 저는 잽싸게 침대로 달려들었습니다. 그녀는 피하려 했지만 목을 꽉—보이세요? 이렇게 말입니다— 잡았습니다. 그녀는 저항하면서 도와달라고 소리쳤지만, 저는 그녀를 꽉 잡고 그녀의 고개를 뒤로 젖혀 얼굴을 들여다보았습니다. 아마 스무 살 안팎이었을 것입니다. 얼굴은 좀 멍청한 아이같이 넓고도 덤덤하게 생겼지만 분을 바르고 화장을 했고, 붉은 빛 아래 빛나는 푸르고도 순진한 눈은 다른 데서는 볼 수 없는 겁먹은 표정을 하고 있었습니다.

추측컨대 그녀는 부모가 돈 받고 팔아넘긴 시골 처녀가 틀림없었습니다.

두말 할 필요도 없이 저는 그 애를 침대에서 끌어내 바닥에 쓰러뜨렸습니다. 그리고 그 위로 맹수처럼 덮쳤습니다! 아, 그 환희, 그 순간의 황홀함이란! 신사 숙녀 여러분, 이것이야말로 제가 여러분들께 얘기하고자 하는 사랑입니다. 이것이 바로 사랑인 것입니다. 이것이 진실한 사랑이요, 이 세상에서 유일하게 추구할 가치가 있는 것입니다. 만일에 이것을 그 곁에 놓고 본다면 어떤 예술과 사상도 어떤 철학이나 종교적 신조도 어떤 미사여구나 고결한 행동도 잿빛으로 빛 바래고 쓸모없는 것이 되고 말 것입니다. 그렇게 사랑을, 진정한 사랑을 맛보고 나니 이 세상의 기쁨이란 한갓 허깨비 같은 기쁨으로 여겨지게 되더군요.

점점 더 격렬하게 저는 공격을 더해 갔습니다. 거듭해서 그 아이는 빠져나가려고 했고 다시금 큰 소리로 애원했습니다. 그러자 저는 웃어보였습니다."

'봐 달라고! 내가 너를 봐주러 온 줄 아니? 그것 때문에 내가 천 프랑을 지불한 줄 아니?' 신사 숙녀 여러분, 제가 솔직하게 말씀드리지만, 그때 우리의 자유를 도둑질해 간 그 빌어먹을 놈의 법이란 게 없었다면 전 그 애를 죽여 버리고 말았을 것입니다.

아, 그녀는 얼마나 고통에 겨워 울며불며 소리쳤는가? 그러나 그것을 들은 사람은 아무도 없었죠. 파리라는 도시 밑에서 우리는 피라미드 속에 깊숙하게 들어 있는 것처럼 안전했습니다. 그 애의 얼굴에선 눈물이 흘러 분가루를 씻으며 길고 지저분한 얼룩을 남겼습니다. 아! 그 황홀한 순간은 이제 다시는 돌아오지 않습니다. 신사 숙녀 여러분, 그러한 사랑의 오묘한 감성을 체험하시지 못한 분들에게는 그러한 환희를 말로써 전해 드릴 수가 없습니다. 그리고 역시 저도, 이제 제 젊음도 시들었기 때문에—아! 젊음이여!— 그러한 황홀한 삶의 순간을 다시 만날 수 없을 것입니다. 끝장입니다.

그렇습니다. 영영 가 버렸습니다. 아, 인간의 환희의 가난함이여, 짧음이여, 허무함이여! 솔직히 얘기해서, 터놓고 이야기해서 말입니다. 사랑의 절정 순간이란 얼마나 지속되겠습니까? 그건 정말 눈 깜짝할 사이, 아마 1초쯤일 겁니다. 1초 동안의 황홀 그리고 그 후엔 잿더미 같은 허탈함만 남습니다.

에에, 그래서, 일순간이긴 하지만, 저는 인간이라는 존재가 획득할 수 있는 가장 지고하고 정제된 감성, 환희의 절정을 맛보았던 겁니다. 그리고 일순간에 그것은 끝났습니다. 그 뒤 저에겐 무엇이 남았습니까? 저의 욕망, 저의 정열은 시든 장미꽃잎처럼 흩날려 떨어지고 말았습니다. 열기는 차게 식고 축 늘어졌는데 후회만이 가득했습니다. 혐오감에 시달려 저는 심지어 바닥에서 흐느끼고 있는 애에게 일종의 연민마저 느꼈습니다. 이런 값싼 동정심에 휩싸인다는 것은 좀 메스꺼운 일이 아니겠습니까? 저는 다시 그 애를 쳐다보지 않았습니다. 오직 빠져나가야겠다는 생각뿐이었습니다. 저는 그 지하의 계단을 서둘러 나와 거리로 나섰습니다. 어둡고 무척이나 추웠습니다. 인적도 없는 거리에 돌로 된 보도를 걷는 내 발자국 소리가 외롭고 공허하게 울렸습니다. 돈을 다 써 버려서 택시비도 없었습니다. 걸어서 썰렁하고 쓸쓸한 방으로 돌아왔습니다.

그럼에도 불구하고, 신사 숙녀 여러분, 이것이 제가 설명드리고자 했던 것입니다. 이것이 사랑인 것입니다. 그 날은 제 일생에 가장 행복했던 날이었습니다."

찰리, 그는 참으로 이해할 수 없는 정신세계를 가진 별난 인간이었다.

내가 그의 이야기를 쓴 까닭은 콕도르 가에 얼마나 별난 인물들이 득실대고 있었던지를 알리기 위해서이다.

3

　나는 약 1년 반 동안 콕도르 가에서 살았다. 어느 여름날 나는 문득 내 수중에는 450프랑뿐이고 수입이라고는 영어교습으로 일주일마다 36프랑씩 버는 것밖에 없음을 깨달았다.

　그때까지만 해도 미래에 대해서 생각해 본 적이 없었다. 하지만 이 제는 당장 뭔가를 해야 한다는 것을 깨닫게 되었다. 나는 일거리를 찾아나서기로 했다. 그리고 한 달치 방세 2백 프랑을 미리 선불했는데 그것이 아주 다행이었다는 것을 알게 되었다.

　남은 250프랑과 영어교습비로 한 달은 버틸 수 있을 것이고, 아마 한 달 내에 일자리를 얻을 수 있을 것 같았다. 나는 여행사의 안내원, 혹은 통역으로라도 취직을 해볼 생각이었다. 그러나 어처구니없는 일을 당해 모든 게 물거품이 되고 말았다.

　어느 날 여관에 자칭 작곡가라는 젊은 이탈리아 사람이 나타났다. 그는 어느 면에서는 신분이 좀 수상쩍은 놈이었다. 왜냐하면 그는 구레나룻을 기르고 있었는데, 그것은 양아치거나 인테리거나 두 부류 중의 하나라는 징표였는데, 아무도 녀석이 어느 부류에 속하는지를 확신할 수가 없었기 때문이었다.

　마담 F는 그의 외모가 마음이 들지 않아 일주일 분의 숙박비를 선불로 받았다. 그 이탈리아 사람은 숙박비를 내고 여섯 밤을 묵었다.

그동안 녀석은 여러 개의 열쇠를 복제하여 마지막 날 밤에 내 방을 포함하여 열두 개의 방을 몽땅 털어갔다. 불행중 다행으로 놈은 내 호주머니에 들어있던 돈은 발견하지 못한 모양이어서 나는 빈털터리 신세는 면하게 되었다. 내겐 47프랑 즉 7실링 10펜스 밖에 남지 않았다. 그것이 내 재산의 전부였다.

이 어처구니없는 일로 인하여 직업을 찾으려던 나의 계획은 물거품이 되고 말았다. 이제부터는 하루하루를 6프랑 정도로 버텨나가야만 했다. 너무나 어렵고 절박한 상황이었기에 어떠한 일에도 한눈을 팔 수 없는 상황이었다.

그때부터 파리에서의 내 궁핍한 생활이 시작되었다. 하루 6프랑으로 버틴다는 것이 실질적으로 궁핍이라고 할 수 없을지 몰라도 그것은 거의 극한점에 다다른 실정이었다. 6프랑은 영국 돈으로 1실링이니까 만일 파리에서 요령만 터득하고 있다면 하루 1실링으로도 살아갈 수 있을 것이었다. 하지만 그 일은 매우 복잡하고 힘든 일이었다.

태어나서 처음 겪어보는 극도의 가난 체험. 처음 이것은 신비스럽게 느껴지기도 했다. 나는 오래 전부터 가난에 대하여 많은 생각을 해왔다. 지금껏 살아오면서 가장 두려워하던 것이었고, 언젠가는 닥쳐오리라고 각오하고 있던 것이었다. 하지만 막상 닥치고 보니 가난이라는 손님은 정말 달갑지 않은 불청객이었다.

막연한 짐작으로 매우 단순하리라 생각했는데 사실은 매우 복잡한 것이었다. 몹시 끔찍하리라고 여겼는데 실제로는 단지 궁색하고 구차함뿐이었다. 맨처음 느끼게 되는 것은 가난이 지닌 특유의 비열함이다. 떨어진 빵부스러기로 접시에 남아있는 음식물찌꺼기들을 닦아 먹는 궁상맞은 같은 것들이다.

　가난에는 꼭 따라다니는 게 있다. 바로 거짓말이다. 어느 날 갑자기 하루 6프랑의 수입으로 버텨야하는 상태로 전락했으면서도 그 사실을 인정하려 하지 않는다. 전과 다름없는 생활을 계속 하고 있는 것처럼 꾸미지 않을 수 없다. 그러다보니 거짓말을 하게 되는데 그 거짓말 역시 쉽지만은 않다. 정기적으로 보내던 빨래감을 세탁소에 보내지 않으니까 길거리에서 만난 세탁소 부인네가 무슨 일이냐고 따져 묻는다. 바로 거짓말이 떠오르지 않아 우물거리는 것을 보고 당신이 빨래감을 다른 세탁소에 보내는 것으로 오해한 그녀는 당신과 적이 되고 만다. 또 담배가게 주인은 당신에게 왜 담배량을 줄였느냐고 줄기차게 물어댈 것이다. 답장을 하고 싶은 편지가 있어도 우표 살 돈이 없어 포기하고 만다. 그리고 가장 골치 아픈 문제, 그것은 바로 끼니를 때우는 문제이다. 매일 식사 때마다 마치 식당에서 정상적인 식사를 할 것처럼 의젓하게 나서지만 실제로는 공원의 벤치에 앉아 멀거니 비둘기들을 바라보며 빈둥거리다가 나중에 끼니를 때울 음식을 사가지고 호주머니에 숨겨 숙소로 돌아온다. 먹을 것이란 빵과 마가린 또는 빵과 포도주뿐인데, 여기에서도 거짓의 지배를 받아야 한다. 당신은 가정용 빵이 아닌 호밀빵을 사야 하기 때문이다. 그것은 호밀빵은 값은 좀 비싸지만 둥글넓적해서 호주머니에 숨겨 넣어 들여올 수 있기 때문이다. 이것이 하루 1프랑 더 들게 한다. 때로는 체면을 유지하기 위해 포도주 한 잔에 60상팀을 허비해야 하고 그만큼 먹을 것을 줄여야 한다. 수염이 덥수룩하게 자랐는데도 비누와 면도날은 떨어지고 없다. 길게 자란 머리카락을 스스로 깎으려다가 실패하여 결국 이발소에 가는 바람에 하루치 식비를 날려버리기도 한다. 하루 온종일 거짓말, 그것도 돈이 드는 거짓말로 하루하루를 살아가는 것이다.

아주 짧은 시간 안에 하루 6프랑으로 생활한다는 것이 얼마나 불안정한 것인가를 깨닫게 된다. 아주 사소한 사고에도 당신의 하루 끼니가 몽땅 날아가버리기도 한다. 예를 들어 주머니를 툴툴 털어서 마지막 남은 80상팀으로 반 리터의 우유를 사 가지고 알콜 램프 위에 데운다. 그런데 빈대 한 마리가 팔뚝 위로 기어오른다. 그래서 손끝으로 튕겼는데 하필 우유통 속으로 퐁당 빠져버리고 만다. 그렇게 되면 별도리 없이 우유를 쏟아버리고 굶는 수밖에 없다.

빵을 사려고 빵집에 간다. 여점원이 다른 손님에게 1파운드의 빵을 잘라주고 있는 동안 기다린다. 그런데 여점원이 서툴러서 1파운드가 넘게 빵을 잘랐다. 여점원은 말한다.

"죄송합니다. 손님, 2수우를 더 내실 수 있겠죠?"

빵은 1파운드에 1프랑이다. 그리고 지금 호주머니엔 딱 1프랑밖에 없다. 내게도 2수우를 더 내라고 하는 불상사가 일어나지나 않을까 불안하다. 여점원에게 더 낼 돈이 없다는 말을 해야만 하는 상황이 닥칠 것 같아 도망치듯 빵집을 나선다. 다시 그 빵집에 발을 들여놓기까지는 실로 몇 시간을 허비해야만 한다.

채소가게에 감자를 사러 간다. 감자는 1킬로그램에 1프랑이다. 그런데 그 1프랑 중에 벨기에 동전이 들어 있다고 점원이 받기를 거절한다. 슬그머니 감자를 다시 내려놓고 그곳을 빠져나와 다시는 그곳에 갈 수 없게 된다.

어쩌다가 번화가를 걷는데 공교롭게도 맞은편에서 잘 사는 친구가 오는 것이 보인다. 그를 피하려면 바로 옆에 있는 카페로 들어가는 수밖에 없다. 일단 카페에 들어갔다 하면 뭔가를 마셔야 한다. 그래서 마지막 남은 50상팀을 커피 한잔 값으로 날려 버려야 한다. 이런 재난은 예기치 않은 장소에서 예기치 않은 시간에 불쑥불쑥 찾아와 허기를 더하게 한다. 이 정도의 일들은 사실 궁핍한 생활의 일부분에 지나지 않는다.

그리고 곧 배고픔이 무엇이라는 것을 절실히 깨닫게 된다. 뱃속에 맛없는 마가린 바른 빵을 채워넣고 밖으로 나가 상점의 진열장을 들여다 본다.

가는 곳마다 호화찬란하게 철철 넘치고 있는 음식들이 당신을 조롱하는 듯하다. 통돼지, 바구니에 가득한 갓 구운 빵, 노랗고 큼직한 버터 덩어리, 주렁주렁 매달린 소시지, 산더미 같은 감자, 맷돌같이 큼직한 스위스 치즈 등등.

그런 엄청난 음식들을 대하게 되면 자기 존재에 대한 애처로움이 밀물처럼 밀려온다. 어느 순간 커다란 빵덩이를 집어들고 냅다 달아나 잡히기 전에 모두 먹어치워버릴까 하는 생각도 잠시 해보지만 겁이 나서 도저히 실행에 옮기진 못한다.

또한 가난과 뗄려야 뗄 수 없는 관계에 있는 것이 권태라는 것을 깨닫게 된다. 아무 것도 할 게 없을 뿐 아니라 먹을 것을 제대로 먹지 못했기 때문에 어느 것에도 흥미가 일지 않는다. 한 나절을 침대에 누워 뒹굴다 보면 보들레르의 시 속에 나오는 '젊은 말랑깽이' 가 된 기분에 빠져든다. 먹을 것이 없으니 자리에서 일어날 기분도 나지 않는다. 일주일 동안 마가린 바른 빵으로만 연명한 사람은 사람이 아니라 몇 개의 신체 기관들을 달고 있는 밥통에 불과하다는 것을 깨닫게 된다.

이것이 하루를 6프랑으로 사는 사람들의 인생인 것이다. 이보다 더 한 예들도 얼마든지 쓸 수 있지만 생략하기로 한다. 파리에서는 악전 고투하는 예술가와 학생, 운이 나쁜 창녀 등 여러 종류의 실업자 등 수천 명이 이런 식으로 살아간다.

나는 이런 식으로 3주를 버텨냈다. 47프랑은 순식간에 떨어졌고 영어 개인교습으로 일주일에 36프랑 받는 것으로 꾸려나가야 했다. 경험이 부족했던 탓으로 때로 돈을 유효적절하게 쓰지 못해 온종일 굶어야 하는 날도 있었다. 그런 날에는 옷가지 중 쓸만한 것들을 골라 누가 보지 못하도록 보따리에 싸가지고 여관을 몰래 빠져나와 몽테뉴 가에 있는 고물상으로 갔다.

고물상 점원은 빨간 머리의 유태인이었다. 그는 성격이 무척이나 괴팍하고 사람을 속여먹는데 비상한 재주를 가지고 있었다. 그는 나 처럼 절박한 상황에 처한 손님이 오면 갑자기 버럭버럭 화를 내며 욕 지거리를 내뱉었다. 상황을 모르는 사람이 보면 손님이 뭔가 큰 잘못을 저지른 게 아닌가 하는 착각이 들 정도로 과장된 몸짓을 보였다.

"빌어먹을! 그래 내 그럴 줄 알았어. 당신, 또 나타났구만!"

그렇게 그는 상대방의 기를 꺾은 후 기선을 잡았다.

"아니 여기가 무슨 구호단체인 줄 아나?"

그는 무자비할 정도로 냉정하고 악독하게 값을 깎아내렸다. 25실링을 주고 사서 얼마 써 보지도 않은 중절모가 겨우 5프랑, 고급 구두 한 켤레도 5프랑, 와이셔츠 한 벌은 고작 1프랑이었다. 그뿐만이 아니었다. 그는 물건들을 돈을 주고 사기보다는 다른 물건으로 대체하여 교환하는 물물교환을 더 좋아했다. 한 푼이 아쉬워 찾아온 사람에게 아무 짝에도 쓸모없는 물건을 억지로 쥐어주고는 그것으로 흥정이 공정하게 끝난 것으로 여기게 하는 재주가 있었다.

나는 언젠가 그가 어느 늙은 부인에게서 고급 외투를 건네받고는 하얀 당구공 두 개를 부인의 손에 쥐어 주고는 항의하려는 부인의 입을 막으며 잽싸게 밖으로 쫓아내는 것을 본 일이 있다. 생각 같아서는 이 못된 유태인의 콧대를 납작하게 짓밟아주고 싶지만 당장 호주머니 사정이 여의치 못하니 그럴 수도 없는 일이었다.

지난 3주간은 참으로 힘든 나날이었다. 그러나 더욱 암담한 것은 앞으로가 더 힘들어질 것이라는 사실이었다. 숙박료를 지불해야 할 때가 닥쳐왔기 때문이다. 그런데 이해할 수 없는 것은 이 모든 악조건 속에서도 하루하루의 생활은 두려워하고 걱정했던 것보다 나빠지지 않았다는 것이었다. 그것은 궁핍한 생활을 계속해서 해나가다 보면 배고픔 외의 모든 어려움을 버텨낼 수 있는 방법을 찾아내기 때문이다.

무기력하고 궁핍한 삶을 꾸려나가다 보면 극심한 배고픔이 닥쳐오지만 그와 동시에 가난 속에는 커다란 위안이 있음을 알게 된다. 장래라는 것, 희망이라는 것이 사라지기 때문이다.

 '돈이 적을수록 걱정도 적어진다'는 속담은 분명 어느 정도까지는 진리다. 백 프랑이라는 거금을 지니고 있다면 안절부절못하며 불안해 하겠지만 달랑 3프랑만 지니고 있다면 세상만사 겁날 게 없다. 3 프랑이면 내일까지 먹을 수 있지 않은가. 물론 그 이후는 나도 모르고 아무도 모른다.

 초라하기는 하지만 당장은 두려움이 사라진다. 희미하게, '내일이나 모레쯤 되면 굶게 되겠지. 얼마나 비참한가?'라는 생각이 떠오른다. 하지만 이내 다른 일에 정신이 팔리고 만다. 마가린을 바른 맛없는 빵은 어느 정도 진정제 효과도 발휘하는 것이다.

 믿기 힘들겠지만 궁핍한 생활이 주는 위안도 느낄 수 있다. 극도로 궁핍한 상황에 빠져본 사람은 알고 있을 것이다. 그것은 자기 자신이 더 이상 추락할 수 없는 바닥에까지 떨어졌다는 것을 깨달았을 때 느껴지는 해방감이랄까 아니면 희열이라 할 수 있는 그런 감정이다.

 파멸할지도 모른다는 말은 늘 조심스럽게 해왔지만, 막상 극한 상황에 처하고 보니 오히려 모든 두려움과 걱정이 사라져 버린다.

4

유일한 생계수단이던 영어 개인교습마저도 어느 날 갑자기 중단되고 말았다. 날씨가 더워지자 배우러 오던 한 학생이 싫증을 내더니 덜컥 그만 두어 버렸다. 한 학생은 내게 줄 강습비 12프랑을 내지도 않은 채 연락도 없이 사라져 버렸다.

내 수중엔 겨우 30상팀뿐이었고 담배마저 떨어졌다. 하루와 반나절 동안 음식은 구경조차 할 수 없었고 담배도 피우지 못했다. 결국 더 이상 배고픔을 참을 수 없어서 남아 있는 옷가지를 모두 가방에 쓸어담아 전당포로 갔다. 더 이상 돈이 있는 체 거짓으로 행동하는 것은 무리였다. 왜냐하면 옷가지나 짐꾸러미를 가지고 여관을 나오려면 마담 F의 허락을 받아야만 했기 때문이다.

내가 옷가지들을 몰래 들고 나오지 않고 정식으로 허락해줄 것을 말했을 때 놀라던 마담 F의 표정을 지금도 잊을 수 없다. 그것은 이곳 여관 골목에서는 야반도주가 다반사였기 때문이다.

프랑스 전당포에 가본 것은 그때가 생전 처음이었다. 돌로 된 커다란 문을 지나야 했다. 그 문 위쪽에는 '자유, 평등, 박애'라고 씌어 있었다. 프랑스에는 경찰서의 문에도 같은 문구가 씌어 있다. 문을 지나자 널찍한 카운터가 있고 긴 의자들이 줄을 지어 놓여 있었다. 마치 널찍한 교실 같았다. 거기에는 4,50명의 사람들이 초조하게 기다리고 있었다. 먼저 저당물 목록을 작성해서 카운터에 내려놓고 기다리고 있으면 직원이 그 값어치를 평가하고 나서 큰소리로 부른다.

"00번 손님, 50프랑이면 되겠죠?"

때로는 금액이 겨우 15프랑 아니면 10, 또는 5프랑일 경우도 있다. 그 금액은 아무런 보호도 받지 못하고 온 방안 사람들에게 다 알려져 버린다. 내가 그곳에 들어갔을 때 직원이 모욕과 멸시를 담은 목소리로 외치고 있었다.

"83번 이리 와 보시오."

직원은 마치 개를 부르듯 휘파람을 휙 불더니 손짓을 했다. 83번 손님이 카운터로 다가갔다. 그는 콧수염을 기른 늙은이로 목까지 단추를 채운 외투와 닳아서 너덜대는 바지를 입고 있었다. 직원은 그에게 아무런 해명도 해주지 않고 보따리를 카운터 너머로 집어 던졌다. 값어치가 없다는 것이다. 바닥에 떨어진 보따리가 풀어 헤쳐지는 바람에 남자용 모직 속바지 4벌이 공개되고 말았다. 모두들 웃음을 터뜨렸다. 가련한 83번 손님은 입안에 소리로 투덜대며 속바지들을 주워 담아 비틀거리면서 방을 나갔다.

내가 저당잡히려 가져온 옷가지들을 금액으로 따지면 20파운드가 넘는 것이었다. 조금도 낡지 않은 옷들이었다. 적어도 10파운드는 받을 수 있을 것 같았고, 그 사분의 일(전당포에서는 사분의 일로 평가한다)만 받는다 하더라도 250 내지는 300프랑이었다. 나는 최소한 200프랑은 받을 수 있을 거라 기대하면서 불안한 마음으로 기다리고 있었다.

마침내 직원이 내 번호를 불렀다.

"97번 손님!"

"예."

나는 대답하고 일어섰다.

"70프랑이면 어때요?"

영국 돈으로 10파운드 정도는 나갈 옷가지를 가지고 70프랑이라니 그러나 따져봤자 소용없다. 불과 몇 분 전에 어떤 사람이 따지려 들자 직원이 저당물을 당장 돌려주는 것을 보지 않았던가. 나는 돈과 전당 표를 받고 전당포를 나왔다.

이제 나에겐 지금 걸치고 있는 옷이 전부였다. 외투와 그 안의 팔꿈 치가 다 닳아빠진 상의, 그리고 여벌의 셔츠 한 벌이 전부였다. 안타 깝게도 뒤늦게야 안 일이지만, 전당포에는 오후에 가는 게 유리하다 는 사실을 알았다. 모든 프랑스인들이 그렇듯, 점심식사를 하기 전에 는 전당포 직원들의 심기가 뒤틀려 있기 때문이다.

여관에 돌아왔을 때 마담 F는 술집에서 청소를 하고 있었다. 나를 발견한 그녀는 계단을 따라 올라왔다. 그녀의 눈빛은 혹시 숙박비를 받아내지 못할까봐 불안해 하는 것이 분명했다.

"얼마 받았수? 제대로 못 받은 게 틀림없죠?"

그녀가 묻자 나는 재빨리 대답했다.

"2백 프랑 받았소."

"어머, 그래요? 그거 나쁘지 않군. 그래, 그 영국제 옷들이 얼마나 값비싼 것들이었길래!"

놀라는 표정을 지으며 그녀가 말했다.

거짓말은 일단은 여러 가지 골치 아픈 문제들로부터 벗어날 수 있게 해주었다. 그런데 마법처럼 그 거짓말이 진실이 되어 나타났다. 며칠 후 신문에 쓴 기사의 원고료가 송금되어 왔는데, 그게 정확히 2백 프랑이었던 것이다. 많이 망설이고 주저하다가 결국 결단을 내려 그 돈을 한 푼도 남김없이 모두 숙박비로 지불해 버렸다. 그래서 최소한 밖으로 내몰려 노숙을 해야 하는 상황은 벗어날 수 있었다. 하지만 그 다음이 문제였다. 당장 수중에 한 푼도 없으니 굶어야만 하는 지경이었다.

당장 일거리를 찾지 못하면 안 되는 절박함에 어쩔 줄 몰라할 때 번뜩 떠오르는 인물이 있었다. 러시아인 웨이터 보리스. 어쩌면 그라면 이 어려움을 벗어나게 할 묘안을 가지고 있을지도 모른다는 생각이 들었다.

처음 그를 만난 곳은 병원의 공용 병실이었다. 그는 왼쪽 다리의 관절염 때문에 입원해 있었다. 전에 그는 내게 만일 어려운 상황에 처하게 되면 찾아오라고 말했었다.

보리스에 관하여 먼저 몇 가지 이야기를 해둬야겠다. 그는 매우 호기심을 불러일으키는 인물이었고 오랫동안 친하게 지냈기 때문이다. 그는 35세쯤 되어 보였고 큰 덩치에 늠름하면서도 친근한 인상을 가지고 있었다. 그런데 너무 오랫동안 침상에 누워 환자생활을 하다보니 몸이 매우 뚱뚱해지고 말았다. 러시아에서 온 망명자들이 모두 그러하듯 그도 엄청나게 힘들고 위태로운 역경을 헤쳐왔다.

그의 부모는 부유했지만 혁명기간에 모두 죽고 말았다. 그의 말에 의하면 그는 전쟁기간에 러시아 군대 중에서 최정예 연대였다는 제2 시베리아 보병부대에서 복무했다고 한다.

전쟁이 끝나자 그가 처음 일을 한 곳은 빗을 만드는 공장이었다. 그리고 다음엔 파리의 중앙시장에서 짐을 나르는 인부로 일했다. 그리고 접시닦이를 거쳐 결국 호텔의 웨이터가 되었다.

관절염 때문에 병원에 입원하고 있을 때에도 그는 오페라 극장 가까이 있는 유명한 스크리브 호텔의 웨이터로 근무하고 있었다. 그는 그곳에서 하루에 백 프랑 정도를 팁으로 벌었다. 그의 꿈은 호텔 지배인이 되어 5천 프랑 정도를 모아 강가에 최고급 레스토랑을 세우는 것이었다.

보리스는 항상 전쟁에 참전하여 활약하던 시기가 자신의 인생에서 가장 행복했던 때라고 이야기하곤 했다. 그는 전쟁과 무용담에 광적인 집착을 보였다. 그는 전쟁사는 물론 전략과 전술론에 대한 수많은 책들을 읽었다. 또한 나폴레옹, 쿠트초프, 클라우제비츠, 몰트케, 포슈 등의 전술론에 대하여 아주 해박한 지식을 갖고 있었다. 군대에 관련된 것이라면 어떤 것이든 그를 열광하게 했다.

그가 단골로 가는 카페는 몽파르나스에 있는 '라일락 정원'이라는 카페였다. 그가 그곳을 번질나게 가는 이유는 단지 그 입구에 네이Ney 장군의 흉상이 서 있기 때문이었다.

보리스와 나는 가끔 코머스 가에 같이 가곤 했다. 그런데 지하철을 타고 갈 때면 보리스는 코머스 역에 내려야 함에도 불구하고 캉브론

역에서 내렸다. 그 역의 이름과 같은 캉브론 장군을 연상하며 즐기기 위해서였다. 캉브론 장군은 워털루 전투에서 패한 패장이었다. 내가 눈짓으로 이유를 물을 때마다 그는 조그만 소리로 변명하곤 했다.

"차비가 모자라서……."

혁명이 끝났을 때 보리스에게 남은 것은 훈장 몇 개와 전우들과 찍은 사진 몇 장뿐이었다. 그는 자신의 거의 모든 것을 전당포에 전당 잡히고 있지만 그것들만은 내놓지 않았다. 그리고 매일처럼 침대머리에 사진들을 펼쳐 놓고 사진 속의 인물들에 대해 이야기하기를 좋아했다.

"자, 보라구! 내가 통솔하던 중대의 가장 앞에 당당하게 서 있는 모습을. 어때, 멋지지 않은가? 중대원들 모두가 한 덩치씩 하는 큼직큼직한 사내들뿐이지. 이곳 프랑스의 조무래기들과는 다르지 않은가? 스무 살에 대위였다구. 나쁘지 않지? 정말이야 그랬다구. 제2시베리아 보병부대의 대위, 그리고 아버지는 대령이셨지.

그런데 아아, 인생무상이라더니! 망할놈의 혁명! 러시아군의 대위, 그리고 무일푼…. 대위였던 1916년에 나는 에두아르 7세 호텔에 일주일간 묵은 적이 있다네. 그리고 1920년 바로 그 호텔에서 나는 경비원 자리를 얻으려고 바둥대고 있었다네. 나는 경비원, 지하실 관리, 접시닦이, 짐꾼, 화장실 관리 등 온갖 일을 했지. 전에는 웨이터들에게 팁을 주었는데, 이젠 웨이터들에게 팁을 받는 꼴이 되었다네.

아, 이제 난 신사의 생활이라는 것을 알게 되었네. 친구, 자랑하려는 것은 아니네. 어느 날 나는 내 생애에 하녀들을 얼마나 거느렸던가를 헤아려 보았다네. 2백 명, 맞아 족히 2백 명은 되었다네. 아! 언젠가는 그런 날이 다시 오겠지. 승리는 최후까지 살아남아 싸우는 자의 것이라네. 자, 힘을 내자구!"

보리스에게는 두 개의 서로 다른, 절대로 융합할 수 없는 미묘한 기질이 뒤섞여 있었다. 그의 마음속엔 항상 다시 군인이 되기를 꿈꾸고 있었다. 하지만 그의 몸은 이제 자연스럽게 웨이터의 자세가 우러나올 정도로 웨이터 생활이 몸에 배어 있었다. 그는 이제껏 몇천 프랑도 모으지 못했지만, 언젠가 자신의 레스토랑을 지어 부자가 될 것이라는 것을 아주 당연한 것으로 여기고 있었다. 나중에야 알게된 사실이지만 파리의 모든 웨이터들이 보리스와 똑같은 생각을 갖고 있었다. 그렇기 때문에 그들이 웨이터일 수밖에 없었다. 보리스의 호텔 이야기는 매우 흥미로웠다.

"웨이터 일이란 일종의 도박이지."

그는 이렇게 말하곤 했다.

"가난뱅이로 굶어 죽거나 아니면 일 년 안에 운수대통할 수가 있지. 월급은 없지만 팁이 생명이지. 계산서의 1할이야. 그리고 포도주 회사로부터 샴페인 코르크 마개 수 만큼의 커미션을 받을 수 있지. 때로는 팁이 엄청나지. 예를 들면 맥심 바에서 일하는 바텐더는 하루에 5백 프랑의 수입을 올리는데, 성수기에는 5백 이상을 벌지. 나도 실제로 하루에 2백 프랑을 번 적이 있다구. 비아리츠 호텔에서 성수기 때의 일이었는데, 지배인으로부터 접시닦이에 이르기까지 호텔의 모든 종업원이 매일 스물한 시간씩 뛰었던 적이 있지. 스물한 시간을 일하고 겨우 두 시간 반 동안 눈을 붙이는, 모두가 한 달간을 강행군 했지. 그래도 하루에 2백 프랑을 벌 수 있는데 그 정도쯤이야.

운 좋게 한 몫 단단히 잡는 경우도 있다네. 한번은 로얄호텔에서 일하는데 미국인 손님을 모시게 되었지. 손님은 저녁식사 전이었는데 24잔의 브랜디 칵테일을 주문했어. 나는 쟁반에 24잔을 담아서 한꺼번에 가져다 주었지. 그러자 그 손님이 말하는 거야. '자네 이리 와 보게, 내가 12잔을 마실 테니 자네도 12잔을 마시게. 그런 다음 자네가 문 쪽으로 똑바로 걸어갈 수 있으면 백 프랑을 주겠네' 나는 12잔의 브랜디를 마셨고 문 쪽으로 똑바로 걸어갔지. 그랬더니 정말로 백 프랑을 주더군. 다음 날도 그 다음 날도 그렇게 6일 동안 똑같은 짓을 되풀이 했다네. 12잔의 브랜디 칵테일과 백 프랑. 몇 달 후에 그가 횡령죄목으로 미국 정부에 인도되었다는 소식을 들었지."

나는 보리스를 좋아했다. 우리는 체스를 두거나 전쟁과 호텔에 대해 이야기를 나누며 즐거운 시간을 보내기도 했다. 서로 친해지자 그는 내게 웨이터가 되어 보는 게 어떻겠느냐고 권했다.

"자네도 분명 마음에 들어 할 걸세. 하루에 백 프랑이 생기고 예쁜 여종업원들과 어울릴 수 있고, 결코 나쁘지 않다네. 자네는 작가가 되겠다고 하지만, 글을 써서 돈을 번다는 것은 허무맹랑한 헛소리야. 글을 써서 돈을 벌려면 오직 한 가지 방법밖에 없다네. 출판사 사장의 딸과 결혼하는 것뿐이지. 하지만 자네는 그 수염만 말끔히 깎아버리면 훌륭한 웨이터가 될 걸세. 자네는 키도 크고 영어를 잘하니까. 그 두 가지가 웨이터로서 성공할 수 있는 가장 중요한 요건이지. 내 이

빌어먹을 다리가 완치될 때까지만 기다리게. 만약 그때까지도 일자리를 구하지 못하거든 나를 찾아오게."

나는 숙박비에 시달리고 굶주림에 고통스러운 나날을 보내고 있던 터라 보리스가 했던 약속을 기억해 내고는 당장 그를 찾아가기로 결심했다. 그가 큰소리 치며 장담했던 것처럼 쉽게 웨이터가 될 수 있으리라고는 기대하지 않았다. 하지만 어찌됐든 접시 정도는 닦을 줄 알았고 주방 일거리라도 할 수 있을 것 같은 자신감이 있었다.

보리스의 말에 의하면 여름 시즌에 접시닦이가 가장 많이 필요하다고 했었다. 의지할 수 있는 듬직한 친구가 있다고 생각하니 마음이 놓였다.

5

내가 결심을 하기 얼마 전에 보리스는 편지를 통해 마르셰 데 블랑 망토' 가街의 집 주소를 알려 주었다. 그의 편지 내용은 전체적으로 '모든 일들이 원활하게 잘되어 간다' 는 것이었다. 그래서 나는 그가 스크리브 호텔에 복직하여 다시 하루에 백 프랑씩 버는 생활을 하게 되었구나 라고 생각했다.

나의 기대감은 벅차게 부풀어 올랐다. 왜 진작 보리스를 떠올리지 못하고 바보처럼 힘든 생활을 했던가를 후회하며 스스로 자책하기도 했다. 나는 부드러운 음악이 흐르는 아늑한 레스토랑에서 유쾌한 요리사들이 달걀을 프라이팬에 깨뜨려 넣으면서 흥겨운 노래를 흥얼대고, 하루에 다섯 끼를 푸짐하게 먹는 모습을 눈앞에 그려 보았다. 환상에 빠진 나는 앞으로 벌어들일 돈의 액수를 예상하고 푸른 길리아 꽃 한 다발을 2프랑 반을 주고 사는 낭비까지도 염려했다.

아침이 되자 나는 곧장 마르셰 데 블랑 망토 가로 갔다. 그런데 이게 어떻게 된 일인가? 도저히 믿을 수가 없었다. 그 동네 역시 내가 기거하는 곳 못지 않은 빈민촌이었다. 보리스가 투숙하고 있다는 호텔이란 곳도 거리에서 가장 누추한 여관이었다. 어둠침침한 문에서는 시큼하면서도 텁텁한 냄새가 풍겨 나왔다. 그 냄새는 불롱집, 한 상자에 겨우 25상팀 하는 불롱집이란 술 냄새였다. 뭔가 잘못되었다는 느낌이 엄습해왔다. 불롱집을 마시는 사람들이란 굶어 죽어가거나 그러기 일보 직전의 사람들이었다. 보리스는 과연 하루 백 프랑을 벌고 있을까?

"예, 그 러시아 사람 말이우? 방에 있지요. 저 다락방이죠."

계산대에 앉아 있던 퉁명한 주인이 알려주었다. 나는 비좁고 구불구불한 계단을 통해 여섯 층을 올라갔다. 불롱집 냄새는 올라갈수록 심해졌다. 방문을 노크해도 대답이 없어 문을 열고 들어갔다. 방은 10 피트 넓이의 다락방이었고, 창문을 통한 자연광에 의지하는 구조로 되어 있었다. 가구라고는 작은 철제 침대와 의자, 그리고 다리 하나가 부러진 세면대뿐이었다.

침대 위의 벽에는 빈대들이 긴 S자 모양으로 줄을 지어 기어가고 있었다. 보리스는 맨몸으로 자고 있었다. 때가 낀 시트 아래로 그의 커다란 배가 작은 언덕을 이루고 있었다. 그의 가슴은 빈대 물린 자국들 투성이였다. 내가 들어가자 그는 잠을 깨어 눈을 비비면서 낮은 소리로 신음했다.

"빌어먹을, 아 정말로 빌어먹을, 내 등이 말이야. 젠장할, 내 등이 빠개지는 것 같다구!"

"무슨 일이 있었나?"

나는 큰소리 물었다.

"등뼈가 부러졌어. 그뿐이야. 지난밤에 맨바닥에서 잤다구. 빌어먹을, 자네는 내 등의 고통을 짐작도 못할 거야."

"보리스, 병이 나도 단단히 난 모양이군."

"병이 아니야. 배가 고플 뿐이야. 이대로 가다간 결국 굶어죽고 말 거야. 맨바닥에서 자는 데다 벌써 몇 주일 동안이나 하루 2프랑으로 연명해 왔거든. 끔찍한 일이야. 자네가 너무 좋지 않은 때 찾아왔군."

보리스에게 아직도 스크리베 호텔에서 일하고 있느냐고 묻는 것은 아무런 의미도 없을 것 같았다. 나는 급히 층계를 뛰어 내려가 롤빵 한 덩이를 사왔다. 보리스는 달려들어 단숨에 절반을 베어 먹었다. 그러고 나서 기분이 조금 좋아지자 침대에 앉아 그동안의 사정을 이야기했다.

그는 병원에서 퇴원한 후에도 다리를 계속 절었기 때문에 일자리를 구할 수가 없었다. 그동안 가지고 있던 돈은 다 써버렸고 모든 것을 저당잡혔고 마침내 며칠씩이나 굶어야 했다. 그는 한 주일 가량을 오스터리츠 다리 밑에 있는 방파제의 빈 술통들 틈에서 잠을 잤다. 그리고 지난 2주일 동안은 기계공인 유태인과 함께 이 방에서 지내고 있다고 했다. 어떤 복잡한 사정에 의해 그 유태인이 보리스에게 3백 프랑을 빚지고 있는데, 바닥에 잠을 재워주고 하루 2프랑씩 식비를 주는 것으로 그 빚을 갚아나가고 있는 것 같았다. 2프랑이면 한 잔의 커피와 롤빵 세 개를 살 수 있는 정도였다. 그 유태인이 아침 7시에 일을 나가고 나면 그때서야 비로소 보리스는 그가 잠자던 자리(그곳은 비가 들이칠 수도 있는 창문 바로 아래였다)로부터 침대로 옮겨갔다. 거기서도 그는 빈대 때문에 잘 수가 없었지만 바닥에서 자느라고 시달린 그의 등을 쉬게 할 수가 있었다.

보리스에게 도움을 청하러 갔던 나는 나보다도 더 사정이 나쁜 것을 보고는 크게 낙담하지 않을 수 없었다. 나는 내게 이제 60프랑밖에 없고 곧 일자리를 구해야만 한다고 이야기했다. 그때까지 보리스는 빵을 다 먹어치우고 기분이 좋아져서 마구 지껄여 댔다.

"아, 이제야 살 것 같다. 그래 자네의 걱정이 뭔가? 60프랑이나 남았다고. 그거 참 다행이군! 저 신발 좀 집어주게. 저놈의 빈대들이 이리로 다가오면 쳐죽여야겠어."

"일자리가 필요하단 말이야."

"일자리? 물론 있지. 사실 나는 이미 구해 놓았다네. 며칠 후면 코머스 가에 러시아식 레스토랑이 문을 열 예정이네. 그 호텔 주방장은 따놓은 당상이지. 자네에게도 어렵지 않게 일자리를 구해줄 수 있을 걸세. 한 달에 5백 프랑과 식사 제공 그리고 운이 좋으면 팁도 생기고."

"그런데 그때까진 어떻게 해야 하지? 난 이제 곧 무일푼 빈털터리가 되고 말텐데 숙박비는 또 어떻게 하고?"

"아, 그런 문제라면 당연히 대책이 있을 거야. 이럴 경우를 대비해 나는 몇 가지 비상수단을 강구해 두었다네. 내게 돈을 빌려 간 사람들이 있다네. 파리에는 그런 사람들이 우글우글하지. 그 중 한 사람이 곧 돈을 가지고 올 거야. 그리고 애인이었던 여자들도 있는데, 여자들은 결코 잊어버리는 법이 없다네. 내가 말만 하면 그들이 도와줄 거야. 또 유태인 친구가 말하는데, 자신이 일하는 정비공장에서 발전기 몇 대를 훔쳐 내올 거래. 발전기는 팔기 전에 깨끗이 닦아야 하는데, 그 일을 해 주면 하루에 5프랑을 주겠다는 거야. 그것만으로도 우리는 버텨나갈 수 있다네. 걱정하지 말라구, 친구. 세상에 돈 벌기처럼 쉬운 건 없다네."

"아무튼 일자리를 구해 보세."

"이제 곧 찾아보자구. 우리는 굶지 않을 걸세. 걱정 말게. 오직 전쟁의 승패 같은 거야. 나는 몇십 차례나 이보다 더 심한 경우를 겪었다네. 끈기가 중요하다구. 포크의 명언을 기억하게나. '전진! 전진! 전진하라!'"

보리스가 침대에서 몸을 일으켜 일자리를 찾아나서기로 결심한 것은 한낮이 다 되어서였다. 이제 그의 손에 남아있는 옷가지라고는 양복 한 벌과 그에 딸린 드레스셔츠와 타이, 다 떨어진 구두 한 켤레, 그리고 구멍 난 양말뿐이었다. 하지만 그에겐 최후의 저당물로 남겨놓은 외투가 있었다. 그는 여행용 가방 하나를 가지고 있었는데, 마분지로 만든 20프랑짜리 싸구려였다. 그러나 그것은 매우 중요한 역할을 했다. 왜냐하면 여관 주인은 그 속에 옷가지가 가득 들어 있다고 믿었기 때문이다. 그게 없었다면 여관 주인은 당장 보리스를 쫓아냈을 것이다. 가방 안에는 훈장과 사진 등 잡동사니들과 아무런 짝에도 쓸모없는 러브레터 뭉치들뿐이었다.

최악의 조건이었지만 보리스는 조금도 망설이지 않았다. 오히려 콧노래를 부르며 나갈 준비를 시작했다. 그는 두 달 동안이나 쓴 면도날로 비누칠도 하지 않고 면도를 했고, 구멍 난 쪽이 보이지 않게 타이를 맸으며, 구두 바닥에는 조심스럽게 신문지를 채워 넣었다. 옷을 다 입은 그는 잉크병을 꺼내 들었다. 그리고는 구멍 난 양말 사이로 삐져나온 그의 복숭아뼈의 살갗에 잉크를 칠했다. 마지막 단장이 끝났을 때, 그의 모습은 불과 며칠 전까지 센 강의 다리 밑에서 잠을 자던 사람이라고는 도저히 생각할 수 없는 그런 모습이었다.

우리는 일할 사람을 찾는 호텔 지배인들과 일할 일자리를 찾는 사람들이 주로 모인다는 라이볼리 가의 조그마한 카페로 갔다. 카페의 안쪽에 굴 속같이 어두운 방이 있었다. 그 안엔 젊고 으젓한 웨이터들과 굶주려 보이는 자, 뚱뚱한 핑크빛 피부의 요리사들, 꾀죄죄한 차림의 접시닦이들, 몹시 지쳐 보이는 늙은 청소부 아주머니들 등 모든 부류의 호텔 종업원들이 앉아 있었다. 그들의 테이블 위엔 입도 대지 않은 커피잔들이 놓여 있었다. 그곳은 일종의 직업소개소로 커피값은 호텔 주인이 지불하는 것이었다.

한참을 기다리자 레스토랑 경영자처럼 보이는 건장하고 품위있게 생긴 남자가 들어와서 바텐더에게 뭐라고 지시를 했다. 바텐더는 즉시 카페 뒤편에 있는 사람 중 한 명을 불러냈다. 하지만 그는 보리스와 나에겐 눈길조차 주지 않았다. 우리는 두 시간 후에 자리에서 일어나야만 했다. 카페에서는 커피 한 잔에 두 시간 동안만 머무는 것이 예의였기 때문이다. 우리는 뒤늦게야 알아차릴 수 있었다. 취업의 비법은 바로 바텐더를 매수하는 것이었다. 그에게 20프랑 정도를 써야 일자리를 얻을 수 있는 것이었다.

우리는 스키리브 호텔로 가서 혹시나 지배인이 밖으로 나오지 않을까 노심초사하며 한 시간 가량을 길거리에서 서성댔지만 그는 끝내 나오지 않았다. 우리는 지친 몸을 이끌고 코머스 가로 갔다. 보리스가 그렇게 장담하던 그 새로 짓는 레스토랑은 문이 닫혀 있고 주인은 없었다. 벌써 밤이었다. 하루종일 14킬로미터나 걸은 우리는 너무 지쳐 있었다. 그래서 집으로 돌아오는데 1프랑 반을 써서 지하철을 타야 했다. 한쪽 다리를 저는 보리스에게 걷는 일은 매우 힘든 일이었다. 날이 저물어 갈수록 그의 야심만만했던 낙관주의는 시들어갔다. 이태리 광장에서 지하철을 내렸을 때 그는 깊은 절망감에 싸여 있었다. 그가 힘없는 목소리로 이제 더 이상 일자리를 찾는 일은 부질없는 짓이고, 강도짓이나 하는 수밖에 없다고 말했다.

"굶어 죽느니보다는 도둑질이라도 해야 한다니까. 나는 수도 없이 많은 밤을 지새우며 계획을 세웠다네. 몽파르나스의 어떤 어두운 골목길을 살찐 부자 미국놈이 걸어온다. 스타킹 속에 보도블록을 숨겨두었다가, 꽝 친다! 그리고 주머니를 뒤져서 내뺀다. 어때, 근사하지. 뭐 별일도 아니라구. 안 그래? 난 하나도 겁나지 않는다구. 이래봬도 난 군인이었다구. 알잖아 그치?"

그러나 우리는 결국 그 계획을 포기하기로 결정하고 말았다. 우리는 둘 다 외국인이었고 쉽사리 발각될 것 같았기 때문이다.

우리는 다시 내 방으로 돌아왔다. 그리고 1프랑 반을 빵과 초콜릿을 사는데 썼다. 보리스는 자기 몫을 허겁지겁 먹어치우더니, 마치 마술에 걸린 듯 기분이 좋아져 다시 낙천주의자가 되었다. 그는 연필을 집어들고는 우리가 일자리를 구하는데 도와줄 가능성이 있는 사람들의 명단을 만들기 시작했다. 열 명도 넘을 것이라고 장담했다.

"내일은 뭔가 좋은 일이 있을 걸세. 오랜 경험으로 알 수 있지. 운

세란 것은 항상 변하는 법이지. 더구나 우리에겐 명석한 머리가 있지 않은가. 머리가 좋은 사람은 결코 굶지 않는 법이지. 머리만 좋으면 무슨 일이라도 할 수가 있지. 머리만 좋으면 황무지에서도 돈을 만들어 낼 수 있지. 내게 정말 머리가 좋은 친구가 있었는데, 폴이라고 폴란드 친구인데 그는 정말 머리가 뛰어났지. 그가 무엇을 했는지 알려줄까? 그는 금반지를 사서는 그것을 전당포에 15프랑에 맡긴다구. 자네도 알겠지만 전당포 직원들이 얼마나 허술하게 카드에 기록을 하는가. 직원이 순금이라고 기록한 부분을 순금과 다이아몬드라고 고쳐 써 넣고, 15프랑을 1만5천 프랑으로 고쳐 쓴다네. 완벽하지, 응? 그리고 그는 그 전당표를 담보로 해서 천 프랑을 받아낸다네. 이게 바로 내가 머리를 써서 돈을 번다는 내용이야……."

그날 저녁의 나머지 시간은 보리스의 희망의 날개가 활짝 펼쳐진 상태여서 앞으로 그와 내가 니스나 비아리츠에서 웨이터로 취직하여 깨끗한 방에 살게 되고, 엄청나게 많은 돈을 벌어 아름다운 여자를 아내로 맞이하기까지를 그리며 떠들어 댔다.

보리스는 너무 피곤했기 때문에 3킬로미터나 떨어진 그의 여관으로 돌아갈 수가 없었다. 그래서 그의 신발에 외투를 둥글게 감아 베개로 삼고 내 방의 맨바닥에서 잠을 잤다.

6

우리는 다음날도 허탕을 쳤다. 우리의 운세가 바뀐 것은 3주나 더 지나서였다. 원고료로 받은 2백 프랑으로 숙박비는 해결했으나 나머지 모든 부분들은 나날이 걷잡을 수 없이 악화되었다. 보리스와 나는 매일처럼 굶주린 배를 부여안고 지쳐 헐떡이며 시속 2마일의 속도로 강행군 했다. 그와 나는 사람들과 사람들 틈을 비집고 다니며 파리의 구석구석을 헤맸으나 일자리를 구할 수가 없었다. 어느 날은 문득 세어보니 센 강을 열한 번이나 건너 다녔다.

보리스와 나는 종업원 전용 출입구 앞에서 몇 시간 동안을 어슬렁거리며 기다리다가 지배인이 나오면 잽싸게 다가가서 모자를 벗고 고개를 조아리며 통사정을 했다. 하지만 우리에게 돌아온 대답은 매번 똑같았다. '절름발이나 경력이 없는 사람은 필요없다' 는 것이었다.

한번은 거의 일자리를 잡게 된 적이 있었다. 그날은 보리스가 지배인과 이야기를 할 때 지팡이를 짚지 않고 꼿꼿하게 서 있었기 때문이었다. 지배인은 보리스가 절름발이라는 것을 알 턱이 없었다.

"좋습니다. 우리는 지하 술창고에서 일할 두 사람이 필요합니다. 두 분이 어울리겠군요. 들어오세요."

들뜬 마음에 보리스가 움직였고, 게임은 거기서 끝났다.

"아, 발을 저는군요. 미안합니다."

우리는 직업소개소에도 등록했고 구인광고에도 응모했다. 하지만 우리는 어디를 가나 걸어가야만 했으므로 시간차로 일자리를 놓치기 일쑤였다. 어느 날은 화물열차의 바닥을 청소하는 일자리에 지원하여 거의 성사되는가 했으나 막판에 프랑스인이 아니라는 이유로 거절당했다.

한번은 서커스단에서 일손을 구한다는 소문을 듣고 찾아간 적도 있었다. 서커스 공연을 위하여 의자들을 실어 나르고 쓰레기를 치우는 일이라고 했다. 하지만 막상 가보니 공연 중에는 두 개의 통 위에 가랑이를 벌리고 서서 그 사이로 사자가 점프를 해 빠져나가도록 하는 일도 해야만 했다. 우리가 그곳에 갔을 땐 시간이 자정에 가까웠는데도 50명도 넘는 지원자들이 줄을 서 있었다. 확실히 사자에게는 어떤 매력이 있는 모양이었다.

한번은 내가 몇 달 전에 등록한 직업소개소에서 속달엽서가 왔다. 이탈리아인 신사가 영어를 배우고자 한다고 했다. 엽서에는 '지금 당장 오시오'라고 씌어 있었고 한 시간당 20프랑을 준다고 했다. 보리스와 나는 너무도 안타까워했다. 더 이상 바랄 게 없을 정도로 기가 막힌 기회가 왔는데도 잡을 수가 없기 때문이었다. 팔꿈치가 다 떨어진 외투를 입고는 소개소로 갈 수가 없었기 때문이다. 고민을 하다가 내가 보리스의 외투를 입고 가면 되겠다는 아이디어가 떠올랐다. 보리스의 외투는 내 바지와 어울리지 않았지만, 바지가 회색이기 때문에 좀 멀리서 보면 플란넬로 된 옷같이 보여 괜찮을 것 같았다. 보리스의 옷은 나에게는 너무나도 커서 난 단추도 채우지 않은 채 한 손을 계속 바지 주머니에 찌르고 있어야만 했다.

나는 서둘러 소개소로 가야 하기 때문에 버스를 탔고 버스비로 75 상팀을 소비했다. 하지만 그곳에 허겁지겁 도착했을 때 그 이탈리아 인은 마음이 변해 파리를 떠나버린 후였다.

어느 날은 보리스가 내게 파리의 중앙시장에 가서 짐 나르는 일을 해보는 게 어떻겠느냐고 제안했다. 나는 시장이 가장 활기를 띠는 새벽 4시반에 그곳에 갔다. 중절모를 쓴 짜리몽땅한 남자가 인부들에게 지시하는 것을 발견하곤 그에게로 다가가서 일거리를 부탁했다. 그는 아무런 대꾸도 하지 않고 대뜸 내 오른손을 잡더니 손바닥을 더듬어 보았다.

"힘 좀 쓸 줄 아나?"

"꽤 쓰지요."

나는 순간적으로 거짓말을 했다.

"그래. 그럼 저 자루 좀 들어봐."

그것은 감자가 가득 든 커다란 자루였다. 죽을 힘을 다하여 잡아당겨보았으나 어림도 없었다. 자루는 꿈쩍도 하지 않았다. 중절모를 쓴 사내가 물끄러미 보더니 어깨를 한번 움찔해 보이고는 사라져 버렸다. 보기좋게 거절당한 것이다. 억울한 마음에 자리를 뜨지 못하고 있는데 조금 후 네 명의 인부들이 다가와 그 자루를 들어 수레에 실었다. 그 자루는 백오십 킬로그램도 넘어 보였다. 짜리몽땅한 사내는 내 손만 만져보고도 내가 약하다는 것을 알고 그런 식으로 거절했던 것이다.

보리스는 희망적인 기분에 젖어들 때면 내게 부탁하여 옛날 애인들에게 돈을 부탁하는 편지를 썼다. 물론 거기에는 거금 50상팀이 우표값으로 들어가야만 했다. 수많은 편지 중 딱 한 명이 답장을 보내왔다. 그녀는 보리스에게 2백 프랑을 빌려간 여자였다.

보리스는 기다리던 편지를 받자 뛸 듯이 기뻐했다. 우린 마치 과자를 훔친 아이들처럼 편지를 품에 안고 보리스의 방으로 달려갔다. 보리스는 흥분된 표정으로 편지를 읽어나갔다. 하지만 갈수록 표정이 어두워져 갔다. 보리스는 아무 말도 하지 않고 내게 편지를 건네주었다. 편지에는 다음과 같이 씌어 있었다.

사랑하는 보리스, 당신의 사랑이 가득 담긴 편지를 받았을 때, 옛날 당신과 나누던 달콤했던 사랑과 당신 입술의 다정했던 감촉을 떠올리며 얼마나 기뻐했는지 모릅니다. 그때의 기억들이 마치 시든 꽃의 향기처럼 영원히 제 가슴에 살아 있답니다.

당신이 부탁하신 2백 프랑에 대해서는, 아아, 힘들다는 말을 할 수밖에 없네요.

사랑하는 보리스, 당신은 제가 당신의 딱한 처지를 전해 듣고 얼마나 가슴 아파했는지 모르실 겁니다. 그렇지만 어찌 합니까? 저 또한 매우 어려운 처지입니다. 제 여동생이 병으로 앓고 있는데 치료비로 얼마나 지불해야 할지조차 모를 정도랍니다. 아, 얼마나 고통스러울까, 불쌍한 것. 돈은 다 써버렸고, 정말로 어려운 나날들을 보내고 있습니다.

힘내세요. 사랑하는 보리스, 항상 용기를 잃지 마세요!

사랑하는 보리스, 당신을 영원히 사랑하고 있는 저의 정성어린 포옹을
받아 주세요.

당신의 이본느

편지에 몹시 낙담한 보리스는 힘없이 침대로 갔고, 그날은 일자리
를 구하러 나가지도 않았다.

내가 지녔던 60프랑으로 둘이 2주일 동안을 버텼다. 나는 레스토
랑에 식사하러 가는 척 하는 짓을 포기했다. 우리는 내 방의 의자와
침대에 앉아서 식사를 했다. 하루에 보리스가 2프랑 그리고 내가 3,4
프랑을 내서 빵, 감자, 우유, 치즈를 사와서 내 알코올 램프로 스프를
만들었다.

우리에게는 스튜냄비 한 개와 커피 끓이는 냄비 한 개, 그리고 숟가
락 역시 하나뿐이었다. 우리는 누가 스튜냄비를 쓰고 누가 커피냄비
를 쓰느냐로 매일매일 눈에 보이지 않는 전쟁을 치러야 했다. 스튜냄
비가 더 많이 들어가기 때문이었다. 하지만 스튜냄비는 항상 보리스
의 차지였다. 나는 그에 몹시 화가 났다.

우리의 내복과 셔츠는 점점 더러워져 갔다. 나는 목욕한 지가 3주
일이 지났고, 보리스는 몇 달이라고 했다. 그러한 상황에서도 우리가
견딜 수 있게 해주는 것은 담배였다. 담배만이 유일한 위안이었다. 우
리는 담배만은 잔뜩 확보해 놓고 있었다. 보리스가 얼마 전에 한 군인
(군인들에게는 담배가 무상으로 지급되었다)을 만나 한 갑에 50상팀씩을
주고 30갑이나 사두었기 때문이다.

이런 생활을 나보다는 오히려 보리스가 더 힘들어했다. 매일처럼 걸어야 하는 것과 맨바닥에서 자는 일은 그의 다리와 등에 엄청난 고통을 가하기 때문이었다. 또한 러시아인의 왕성한 식욕은 그만큼 그를 허기에 시달리게 만들었다.

하지만 보리스에게는 눈에 보이지는 않지만 엄청난 능력이 있었다. 그것은 바로 어떠한 일에도 좌절하지 않는 낙천적인 기질이었다. 그는 입버릇처럼 말하곤 했다. 자신에게는 자신을 돌봐주는 수호 성인이 있다고. 그래서 자신이 정말 곤란한 처지에 놓이게 되면 그 성인이 자신 앞에 2프랑짜리 동전을 떨어뜨려 줄 것이라고. 그래서 그는 길을 걸을 때면 하수도 주변을 유심히 살펴보곤 했다.

어느 날 보리스와 나는 로얄 가에서 어정거리고 있었다. 근처에 있는 러시아인의 식당에 일자리를 알아 볼 참이었다. 그런데 갑자기 보리스가 마들레스 성당에 다녀와야겠다고 하더니 성당에 들어가자마자 자신의 수호 성인에게 50상팀의 촛불을 바쳤다. 그리고는 나를 보며 이번엔 뭔가 될 것이라고 말했다. 그리곤 여러 신들에게 바치는 것이라면서 엄숙하게 50상팀짜리 우표에 불을 당겼다.

하지만 그날도 우리는 일거리를 구하지 못했다. 아 아, 신들과 성인들은 서로 사이가 좋지 않았던 모양이다.

하루는 보리스가 아침부터 좌절감에 빠져 꼼짝도 하려 하지 않았다. 보리스는 침대에 누워 울먹이며 함께 지내던 유태인에게 온갖 저주를 퍼부어대고 있었다. 자신의 돈을 빌려간 것을 조금씩 갚아가는 유태인이 하루에 2프랑씩 주는 것도 요즘엔 잘 안 주려 한다는 것이었다. 더욱 괘씸한 것은 마치 자신이 보리스를 먹여 살리는 듯한 모욕적인 태도를 취한다는 것이었다. 보리스는 내게 영국인인 나는 자신의 기분을 이해할 수 없다고 했다. 러시아인이 유태인의 도움을 받는 것이 얼마나 참을 수 없는 굴욕감을 주는 것인지.

"그놈은 유태인이란 말이야. 아주 순수혈통의 유태인이지. 하지만 그놈은 수치스러워하지도 않고 오히려 뻔뻔하다구. 자네도 잘 알잖아. 전에도 말했지만 나는 러시아 육군의 중대장, 그래 시베리아 제2보병 부대의 중대장이었단 말이야. 그럼, 중대장이었지. 우리 아버지는 연대장이셨고. 그런데 내가 유태인의 빵을 먹고 지내다니…….

유태인들이 어떤 놈들인지 내가 말해 주지. 전쟁이 한창 치열할 때였는데, 우리 부대가 행군을 하다가 밤이 되어 어느 마을에서 야영을 하게 되었다네. 밤이 깊어져갈 때였는데, 유다처럼 빨간 수염을 한 보기 흉한 유태인 노인이 내 숙소에 은밀히 찾아왔다네. 무슨 일로 왔느냐는 내 물음에 '중대장님 시중을 들라고 계집애를 데리고 왔습죠. 열일곱 밖에 안 된 예쁜 앱니다. 50프랑이면 됩니다.' 그러더라구. 나는 대답했지. '고맙소. 돈은 드릴 테니 다시 그 아이를 데리고 가시오. 난 병에 걸리고 싶지 않소.' '병이라고요?' 그가 목소리를 높였지. '아니, 중대장님, 염려마세요. 그 아이는 제 딸이니까요!' 이게 바로 유태인의 민족성이라네.

내가 언젠가 이야기했던가? 러시아 군인들은 유태인에게는 침조차 뱉지 않는다는 것 말이야. 그래, 우리 러시아 장교들은 침조차도 유태인 놈들에게 뱉기에는 너무나도 고귀하다고 여길 정도였네……."

보리스의 투덜거림은 끝이 없었다.

요즈음 들어 보리스는 몸이 아프다는 핑계로 밖으로 나가 일거리를 구하러 다니지 못하겠다고 하기가 일쑤였다. 보리스는 빈대 자국으로 얼룩진 때 묻은 셔츠를 뒤집어쓰고 저녁때까지 누워서 담배를 피우거나 지난 신문들을 뒤적이곤 했다.

우리는 가끔 체스를 두기도 했다. 체스판이 없어서 종이에 그렸고, 말은 단추나 벨기에 동전 따위로 대신했다. 모든 러시아인들이 그러하듯 보리스는 체스를 좋아했다. 그의 말에 의하면 체스 게임에는 사랑과 전쟁의 규칙이 담겨 있다고 했다. 따라서 하나를 이기면 다른 것에서도 승리할 수 있다고 했다. 보리스는 체스판 앞에만 앉으면 배고픔 따위는 잊을 수 있다고 말했지만 나에게는 통하지 않는 말이었다.

7

내가 가지고 있던 돈은 마치 손가락 사이로 빠져나가는 모래처럼 8 프랑, 4프랑, 1프랑, 25상팀으로 줄어들었다. 25상팀은 아무 짝에도 쓸모없는 돈이었다. 그것으로는 살 수 있는 게 신문밖에 없었다.

보리스와 나는 며칠 동안을 마른 빵으로 버텨 보았다. 그런 후 이틀 반을 쫄쫄 굶었다. 참으로 어처구니없는 경험이었다. 사람들 중에는 3주일 혹은 그 이상 단식을 하는 사람들이 있다. 그들의 공통된 경험 담은 단식 후 나흘째부터는 매우 기분이 좋아져 견딜 만하다는 것이 었다. 나는 사흘 이상 단식을 해보지 않아서 모르겠지만, 아마도 스스 로 계획적으로 하는 단식이고, 먹을 것이 없어서 굶는 것이 아니라면 느낌도 매우 다를 것이라 생각했다.

단식 아니, 결식 첫날은 일거리를 찾아나서기엔 너무 힘이 없어 낚 싯대를 빌려 센 강에 낚시를 하러 갔다. 파리를 미끼로 썼다. 한 끼니 분량은 낚을 수 있으려니 기대했다. 그러나 허탕이었다. 센 강에는 엄 청나게 많은 황어들이 있었다. 하지만 그놈들도 전쟁을 치르면서 약 아져서 그물로 덮치지 않고는 단 한 마리도 잡을 수가 없었다.

둘째날에는 마지막으로 한 벌 남은 내 외투를 저당잡히려 했으나 전당포까지 걸어가야 하는 게 너무 힘들 것 같아 온종일 침대에 누워 셜록 홈즈의 회고록을 읽었다. 굶주림에 대한 묘사 부분들은 나의 상태와 매우 흡사했다.

사람이 굶주림이 길어지면 기력은 물론 머릿속도 텅 빈 것처럼 되어버린다. 마치 지독한 독감을 앓고 난 후 같았다. 혹시 해파리로 변해 버린 게 아닐까 착각이 들 정도다. 몸에 있는 피를 모두 뽑아버리고 대신 미지근한 맹물로 채워넣은 것 같은 느낌이 든다.

굶주림 하면 맨먼저 떠오르는 것이 지독한 무력감이다. 굶주리면 침을 자주 뱉게 되는데, 침은 짙은 흰색이었고 게거품처럼 부글거렸다. 왜 그렇게 되는지는 알 수 없으나 며칠 동안 굶어본 사람이라면 그 상태를 알 것이다.

셋째날 아침이 되자 뜻밖에도 기분이 매우 좋아졌다. 당장 무슨 일이라도 해야겠다는 의욕이 샘솟았다. 나는 보리스에게로 가서 그의 2프랑을 하루나 이틀쯤 빌리기로 결정했다.

내가 찾아갔을 때 보리스는 잔뜩 화가 나서 침대에 누워 있었다. 나를 보자 보리스는 숨 넘어갈 듯이 외쳤다.

"그놈이 가져갔어. 더러운 도둑놈. 그놈이 가져갔어!"

"누가 무엇을?"

"그 유태인 놈 말이야! 내 2프랑을 꺼내 가지고 갔다구. 나쁜놈, 도둑놈 같으니라구! 내가 잠든 사이에 도둑질해 갔어!"

자초지종을 들어보니, 지난밤에 그 유태인이 하루에 2프랑씩 지불하던 것을 중지하겠다고 선언한 데서 문제가 불거진 것 같았다. 그들은 밤새 말다툼을 했고, 결국 유태인이 어쩔 도리 없이 돈을 건네주었다. 보리스의 말에 의하면 아주 거칠고 무례하게 돈을 건네주면서 그

동안 자신이 친절하게 대해준 것에 대하여 감사해야 한다는 말까지 했다고 한다. 그런데 오늘 아침 보리스가 깨어나기 전에 그 돈을 훔쳐 갔다는 것이다.

그것은 내게 엄청난 충격을 주었다. 먹을 것에 대한 기대에 잔뜩 부풀어 있던 위장을 주체할 수가 없었다. 눈 앞이 캄캄해졌다. 불과 2프랑에 불과하지만 굶주린 자에게는 충격적인 대실수인 것이다. 내가 경악해 하는 것과는 달리 보리스는 금세 느긋해졌다. 그는 침대에서 일어나 파이프에 불을 붙이더니 진지하게 상황을 검토하기 시작했다.

"자, 좀 들어보게. 이제 우린 막다른 궁지에 몰렸다네. 우리에게는 통틀어 25상팀밖에는 없네. 그 유태인 놈은 더 이상 하루에 2프랑씩을 지불하지 않을 거야. 아무튼 그놈 생각만 하면 분통이 터져버릴 것만 같네. 아, 글쎄 그저께 밤에는 그놈이 내가 저 바닥에 누워 있는데 뻔뻔스럽게도 여기까지 여자를 데려오지 않았겠나? 짐승만도 못한 놈! 그보다 더한 더러운 일도 많다네. 틀림없이 그 유태인 놈은 여기서 도망칠 생각을 했던 거야. 그놈은 일주일치의 숙박비가 밀려 있는데 그것도 떼어먹고, 나까지 속여 먹으려는 거야. 그놈이 이미 도망쳐 버렸다면 나도 여기서 쫓겨나게 된다구. 여관 주인은 밀린 숙박비로 내 여행가방을 가져가려 하겠지? 쳐죽일놈 같으니라구! 우리는 이제 뭔가 재빨리 행동을 해야만 한다네."

"그래, 하지만 뭘 해야 하지? 우리가 할 수 있는 일이라곤 오로지 남은 외투를 저당잡히고 먹을 것을 구하는 방법밖엔 없을 것 같은데."

"물론 그것도 해야지. 그 전에 먼저 내 소지품들을 여기서 빼내야겠어. 내 훈장이며 사진들을 빼앗기면 어떻게 해? 자, 계획은 이미 다 짜여져 있네. 유태인 놈이 달아나기 전에 내가 먼저 날라버리는 거지. 철수, 그래 작전상 후퇴. 알겠나? 그게 최선의 작전인 것 같아."

"아니, 그런데 그걸 대낮에 감행한다는 거야? 잡히고 말 텐데."

"그러니까 고도의 작전이 필요하지. 여관 주인은 숙박료를 떼어먹고 달아나는 놈들을 붙잡기 위해 한시도 눈을 떼지 않고 감시하고 있다네. 언제나 그래왔지. 여관 주인과 그의 마누라가 입구의 사무실에 앉아 교대로 온종일 지키고 있지. 노랭이 프랑스놈들 같으니라구! 하지만 자네가 작전에 동참한다면 빠져나갈 방법이 있지."

나는 별로 도와주고 싶지도 않고 믿음이 가지도 않았지만, 보리스에게 그 대단한 작전에 대해 물었다. 그는 눈빛을 반짝이며 설명해 주었다.

"자, 들어보게. 먼저 우리의 외투를 저당 잡혀야 하네. 먼저 자네가 방으로 가서 자네의 외투를 가져오게. 그리고는 그 외투 속에 내 외투를 껴입고 여기서 빠져나가는 것이지. 그리고 그것을 프랑 부르주아가의 전당포에 맡기고, 자네는 그 두 벌에 20프랑은 받아야 하네. 그런 후에 센 강 둑으로 내려가서 보자기에 자갈들을 담아 오게. 그것을 내 여행가방에 옮겨 담는 거야. 무슨 뜻인지 알겠나? 나는 내 물건들을 몽땅 신문지에 싸가지고 내려가 입구를 지키고 있는 주인에게 가까운 세탁소가 어디냐고 묻겠네. 물론 나는 아무렇지도 않은 듯 눈 한 번 깜짝하지 않고 태연하게 물을 거야. 그러면 주인은 들고 있는 보따리가 그저 빨랫감인 줄 알 거란 말이야. 만에 하나 능구렁이처럼 교활한 주인이 의심을 한다면 늘 하던 대로 내 방으로 올라와 내 여행가방의 무게를 달아보겠지. 하지만 자갈 때문에 묵직하니 그는 그것이 아직도 비워지지 않았다고 여길 거야. 어때, 절묘하지? 그리고 나서 나는 돌아와 나머지 물건들을 호주머니에 넣어 가지고 빠져나오면 그만이지."

"그럼 여행가방은?"

"아, 여행가방? 버리는 수밖에 없지. 그 다 떨어진 가방은 기껏 20프랑 정도밖에 안할 거야. 그리고 작전상 후퇴할 때는 반드시 뭔가를 버리고 가는 법이라고. 베레지나 강에서의 나폴레옹을 보게! 그는 그의 부하를 모두 버리고 갔다네."

보리스는 그의 계획(그는 이것을 작전이라고 불렀다)에 완전히 도취되어 배고픔도 잊은 것 같았다. 자신이 여관에서 도망치면 잘 데가 없다는, 그 작전의 치명적인 결함에 대해서는 전혀 모르고 있었다.

처음에는 그 작전이 순조롭게 진행되었다. 나는 내 방으로 가서 외투를 가지고 왔다. 그의 작전 덕분에 나는 굶주린 배를 움켜쥐고 왕복 9킬로미터를 걸어야 했다. 그리고 보리스의 외투를 빼내는 데까진 무난히 성공했다. 그런데 그만 예상치 못한 변수가 발생했다.

전형적인 프랑스 사무원 모습을 한 전당포 직원은 성격이 더럽고 깐깐하게 따지고 드는 타입이었다. 짜리몽땅한 직원은 신경질적으로 외투가 포장이 안 되었기 때문에 받아줄 수 없다고 선언해 버렸다. 그의 기준으로 보면 외투가 가방이나 마분지 박스에 포장되어 있어야 한다는 것이다. 작전이 치명적인 난관에 봉착한 것이다. 우리는 어떠한 상자도 가지고 있지 않았고, 또 우리들의 총재산 25상팀으로는 상자를 살 수도 없었기 때문이다.

나는 보리스에게 가서 이 사실을 이야기했다.

"빌어먹을! 거기서 작전이 어긋나다니. 하지만 염려 말게. 항상 빠져나갈 문은 열려 있는 법이니까. 그렇다면 내 여행가방에 외투를 넣도록 하세."

"하지만 어떻게 그걸 가지고 주인 앞을 통과한단 말인가? 그는 항상 사무실 문 앞에 앉아 있는데, 그건 불가능한 일이야!"

"뭐야, 그렇게 쉽게 포기하겠다는 거야? 언젠가 내가 책에서 읽은 적이 있는 영국인의 끈질긴 기질은 어디로 갔단 말인가? 용기를 내게! 우리는 반드시 해낼 수 있을 걸세."

보리스는 잠시 생각하더니 새로운 묘책을 세웠다. 문제는 주인의 관심을 5초 정도 다른 데로 돌려놓아야 하는 것이었다. 그 5초 사이에 여행가방이 입구를 통과해야 하는 것이다.

철통같은 경계로 유명한 주인이지만 한 가지 결정적인 약점을 지니고 있었다. 그것은 바로 스포츠였다. 그는 상대가 누구라 하더라도 스포츠 이야기만 나오면 광적으로 흥미를 보이며 장황하게 떠들곤 했다.

보리스는 옛날 〈프티 파리지앵〉이란 잡지에 난 사이클 경기에 대한 기사를 두 번 반복해서 읽어보고는 정찰을 하러 계단을 내려가더니 어떻게 했는지 주인에게 이야기를 거는데 성공했다.

잠시 후 나는 보리스의 작전대로 계단을 내려가 한 손엔 외투를 또한 손엔 여행가방을 들고 서서 기다렸다. 보리스가 기회를 포착하면 기침으로 신호를 보내기로 되어 있었다. 나는 조바심이 나서 전전긍긍했다. 언제 주인의 마누라가 사무실 건너편의 문을 열고 나타나 산통을 깰지 모르기 때문이었다.

조금 후 보리스가 기침을 했다. 나는 잽싸게 사무실 앞을 지나 거리로 나섰다. 신발이 끌려서 소리가 나지 않은 것이 다행이었다. 그 작전은 보리스의 몸이 약간이라도 말랐다면 실패할 뻔했다. 그의 듬직한 상체가 사무실의 문을 빈틈없이 막아주어 성공할 수 있었다. 그의 대담성은 놀라웠다. 보리스는 계속 아무 일도 없었던 듯 시치미를 뚝 떼고 웃고 떠들어댔다. 그 목소리가 너무 커서 내가 입구를 통과하며 내는 소리를 완벽하게 흡수해버렸다.

내가 상당히 멀리 떨어져 나왔을 때 보리스가 뒤따라 와서 합류했고, 모퉁이를 돌자 우리는 정신없이 뛰었다.

우리의 그 엄청난 모험과 수고에도 불구하고 재수없게 생겨먹은 전당포 직원은 또다시 외투를 받지 않겠다고 했다. 그는 쓸데없이 이것저것 따지고 드는 프랑스인 기질을 유감없이 발휘했다. 나의 신분증명서로는 불충분하니 여권이나 주소가 씌어 있는 편지봉투를 가져오라고 했다.

보리스는 주소가 씌어있는 봉투라면 몇십 통도 더 가지고 있었지만, 신분증명서로서는 시효가 지난(그는 세금을 물지 않으려고 갱신하지 않았다) 것이었기 때문에 그의 이름으로 저당잡힐 수가 없었다.

우리는 필요한 서류용지를 사들고 터덜터덜 걸어서 내 방으로 돌아왔다. 외투를 포르 로얄 거리에 있는 전당포로 가져가는 수밖에 없었다.

보리스는 방에서 쉬게 하고 나 홀로 전당포로 갔다. 그런데 가 보니 문이 잠겨 있었다. 오후 4시에나 연다는 데 시간은 이제 1시 30분이었다. 나는 12킬로미터를 걸은 데다 60시간 동안이나 아무것도 먹지 못한 상태였다. 짓궂은 운명의 신이 쉴새없이 장난을 해다는 것만 같았다.

하지만 연속된 불행 중에도 기적 같은 행운이 찾아왔다. 기다리기가 무료하여 브로카 거리를 어슬렁거리다가 보도 위에서 반짝이는 물건을 발견했던 것이다. 5수짜리 동전이었다. 나는 얼른 주워 가지고 단숨에 달려와 방에 있던 5수를 더해 1파운드의 감자를 샀다.

램프에는 그 감자들을 쪄먹을 정도의 알코올밖에 없었고, 소금도 없었지만 보리스와 나는 껍질도 벗기지 않고 게걸스럽게 먹었다. 허기를 면하게 되자 우리는 비로소 사람이 된 기분이 들었고, 전당포가 문을 열 때까지 느긋하게 체스를 두었다.

4시에 나는 다시 전당포로 갔다. 지난번에 새 거나 다름없는 외투를 겨우 70프랑을 받은 기억 때문에 마분지 여행가방에 든 다 낡은 외투 두 벌로 얼마를 받을 수 있을지 전혀 자신이 없었다. 보리스는 20프랑쯤 받을 수 있을 거라 기대했지만 나는 10프랑이나 5프랑밖에 받지 못할 것만 같았다. 정말 재수 없으면 지난번 왔을 때 보았던 '가 없은 83번' 처럼 퇴짜를 맞을지도 모른다. 나는 직원이 5프랑이라고 선언했을 때 사람들이 웃어대는 모습을 보지 않으려고 맨 앞자리에 앉았다.

마침내 직원이 내 번호를 불렀다.

"117번!"

"네."

나는 대답하고 일어섰다.

"50프랑 어떻겠습니까?"

순간 상상을 초월한 금액에 입이 떡 벌어졌다. 지난번 70프랑이라는 어처구니없는 금액에 놀라던 때보다 더 큰 충격이었다. 나중에 생각해 보니 그 엉터리 직원이 누군가의 번호와 내 번호를 합쳐서 계산한 듯했다. 우리들의 외투는 아무리 깨끗하게 하여 팔아넘긴다 해도 절대로 50프랑을 받을 만한 물건들이 아니었기 때문이다.

나는 서둘러 집으로 돌아와 손을 뒤로 감추고 말도 없이 방으로 들어섰다. 보리스는 혼자서 체스를 두다가 기다렸다는 듯이 쳐다보았다.

"얼마 받았지? 20프랑은 무리였나. 하지만 10프랑 정도는 되겠지? 젠장, 5프랑이란 말이야? 차라리 관두고 말지. 제발 5프랑이라고는 말하지 말게. 5프랑이라면 자살이라도 하고 말겠네."

나는 아무 말도 하지 않고 50프랑짜리 지폐를 테이블 위에 던졌다. 보리스는 얼굴이 새하얗게 되더니 벌떡 일어나 내 손을 잡고 으스러져라 움켜쥐었다. 우리는 당장 뛰쳐나가 빵과 포도주, 고기와 램프에 쓸 알코올을 샀고, 배가 터지도록 먹어댔다.

배가 부르자 보리스는 그 어느 때보다도 낙천주의자로 변했다.

"그것 봐. 내가 뭐랬나?"

그는 미소를 띠며 말하기 시작했다.

"운명이라는 것도 별 거 아니라구! 아침에 5수를 주웠고, 지금 우리의 모습을 보라고. 이게 바로 운명이야. 세상에 돈처럼 벌기 쉬운 것이 어디 있는가? 아, 그러고 보니 떠오르는 놈이 하나 있군. 우리가 만나봐야 할 친구가 퐁다리 가에 살고 있다네. 내 돈 4천 프랑을 사기쳐 먹은 놈이지. 아주 도둑놈이야. 그놈은 특이하게도 맨정신일 때는 지독한 사기꾼인데, 이상하게도 술만 들어갔다 하면 아주 선량한 놈으로 변한다니까. 녀석은 저녁 6시쯤이면 취해 있을 시간이야. 나가서 놈을 찾아보자구. 백 프랑 정도는 갚지 않을까? 젠장! 잘하면 2백 프랑을 갚을지도 몰라. 가보세!"

우리는 그를 찾으러 퐁다리 가로 갔다. 보리스의 말처럼 그는 이미 취해 있었지만 우리는 돈을 받아낼 수가 없었다. 보리스와 그가 맞닥뜨리자 끔찍스러운 말다툼이 벌어졌다. 그 친구란 사람은 자신은 보리스에게 한 푼도 빌리지 않았으며 오히려 보리스가 자신에게 4천 프랑을 갚아야 한다고 고래고래 외쳐댔다.

급기야 두 사람은 나에게 시비를 가려달라고 했다. 나로선 영문을 알 까닭이 없었다. 그들의 싸움은 끝없이 이어졌다. 처음에는 길바닥에서, 다음에는 술집에서, 저녁을 먹으러 간 대중식당에서 그리고 또 다른 술집에서까지. 둘은 서로 사기꾼이라고 다투고 마셔대기를 반복해 보리스의 마지막 한 푼까지 털어 밤이 새도록 퍼마셨다.

그날 밤 보리스는 코머스 가에 있는 또 다른 러시아 망명자인 구두수선공의 집에서 잤다. 내게는 8프랑과 많은 양의 담배가 남았으며, 더 먹을 수 없을 정도로 먹고 마신 상태였다. 이틀간의 지옥 같은 시간이 지난 후에 찾아온 기적 같은 변화였다.

8

다음날 우리에겐 28프랑이 남아 있었고, 다시 일거리를 찾아나설 수 있게 되었다. 신통방통하게도 보리스가 지난밤 신세를 진 구두 수선공인 러시아 친구로부터 20프랑을 더 꾸어온 것이다. 보리스는 전직 러시아 장교들을 파리 이곳저곳에 친구로 두고 있었다. 그 중에는 웨이터, 접시닦이, 택시운전사도 있었고 돈 많은 귀부인의 애인으로 사는 친구도 있었다. 또 그 중의 일부는 러시아로부터 돈을 가져와 정비공장이나 댄스홀을 경영하기도 했다. 파리에 머물고 있는 러시아 망명객들은 같은 계층의 영국인들보다 훨씬 잘 적응하고 어려운 상황에 처해도 잘 견뎌내고 있는 것 같았다.

물론 예외도 있었다. 보리스에게서 고급 레스토랑만 출입하는 추방된 러시아의 공작에 대해 이야기를 들은 일이 있다. 그 공작은 레스토랑에 들어서면 먼저 웨이터 중에 전직 러시아 장교가 있는가 하고 찾았다. 그리고 식사를 다 마치고는 다정스럽게 그를 테이블로 불렀다고 한다.

"아아, 자네도 전에는 나와 같은 군인이었겠지?"

공작은 아주 기품있고 우아하게 말을 건넨다.

"참 어려운 세상이 되었군. 안 그래? 하지만 러시아 군인은 이 세상에 아무것도 두려울 게 없다네. 자네가 근무하던 연대는?"

"예, 00연대입니다."

전직 장교인 웨이터는 대답하기 마련이다.

"매우 용감한 부대였지! 난 그 부대를 1912년에 사열한 적이 있어. 그건 그렇고 안타깝게도 지갑을 집에다 놓고 왔네. 러시아의 장교였다면 내게 3백 프랑을 빌려주리라 믿네."

전직 장교 웨이터가 3백 프랑을 지니고 있으면 아주 당연하다는 듯이 그걸 건네주고 그것을 돌려받을 생각은 하지도 않는다. 그 공작은 이 짓을 수없이 되풀이 했다. 아마도 웨이터들은 속임을 당하는 일을 개의치 않았던 모양이다. 망명중이라도 공작은 엄연히 공작이었다.

보리스는 이러한 망명객들 중 한 부류로부터 돈을 마련할 수 있을 만한 한 가지 방법을 들었다. 외투를 전당포에 맡기고 난 이틀 후, 보리스는 내게 엉뚱한 이야기를 꺼냈다.

"이보게, 자네 혹시 정치에 관심 있나?"

"아니."

내가 무슨 소리냐는 표정으로 대답했다.

"나 역시 정치엔 전혀 관심이 없어. 물론 모든 사람들이 다 애국자라고 할 수 있지. 자네는 영국인이니까 성경을 읽어서 잘 알겠지만 모세도 이집트인들에게 트집을 잡는 일을 했었지. 그러니까 내가 말하고자 하는 것은 공산주의자들에게서 돈을 버는 일에 반대하겠는가, 이 말이야."

"그야 물론 반대지."

"사실은 파리에 러시아의 비밀결사 단체가 있는데 그들을 이용하면 뭔가 좋은 일이 있을 것만 같단 말이야. 그들은 공산당원들이고 과격파의 요원들이지. 그들은 우호협회라는 명목을 내세워 러시아의 망명자들을 접촉해서는 과격파로 전향시키려고 설득하고 있다네. 내 친구 중 한명이 그 단체에 가입했는데, 거기에 들어가면 그들이 도움을 줄 거라고 하네."

"하지만 그들이 우리를 위해 무엇을 도와준단 말인가? 더구나 나는 러시아인도 아닌데. 그들은 나를 결코 도와주지 않을 걸세."

"바로 그거야. 그들은 모스크바 신문의 특파원들인 모양이야. 그렇다면 영국의 정치 상황에 대한 기사를 원할 게 뻔하잖아. 우리가 지금 그들에게 가면 자네에게 원고를 청탁할지도 모른다는 거지."

"내게 말인가? 하지만 나는 정치에 대해서는 전혀 모르는데."

"젠장할! 모르긴 그들도 마찬가지야. 도대체 누가 정치란 것을 잘 알 수가 있단 말인가? 결코 어려운 일이 아니라구. 자네는 그저 영국에서 나온 신문을 베끼기만 하면 된다구. 왜 그 데일리 메일 지의 파리판이란 게 있잖은가? 거기서 정치적인 부분만 베끼면 된다니까."

"데일리 메일은 보수적 성향의 신문이고 그들은 공산주의자들을 혐오하고 있다네."

"그럼 데일리 메일의 내용과 정반대로 쓰면 되지. 전혀 문제될 게 없다구. 이렇게 좋은 기회를 놓치면 안 되네. 하루아침에 수백 프랑이 생길지도 모른다구."

나는 보리스의 아이디어가 마음에 들지 않았다. 파리 경찰은 공산주의자들에 대해 신경을 바짝 곤두세우고 있었다. 특히 외국인들에게는 더욱 심했다. 그리고 나는 이미 한차례 혐의를 받은 적도 있었다. 몇 달 전 공산당이 내는 주간지의 사무실에서 나오는 것을 한 형사에게 들켜 경찰서에 끌려가 온갖 괴롭힘을 당한 적이 있었다. 만약 이번에 또 그 비밀단체와 접촉을 하다가 들키는 날에는 영락없이 추방이었다. 그러나 한편으론 이 기회를 놓치기가 아깝기도 했다.

그날 오후 웨이터인 보리스의 친구가 우리를 그 비밀회합에 데려갔다. 나는 어느 거리를 지나갔는지 그 이름을 기억할 수가 없었다. 아마 국회의사당의 하원 건물 어딘가로, 센 강 둑으로부터 남쪽으로 내려가는 초라한 거리였던 것 같다. 보리스의 친구는 우리에게 매우 조심해 줄 것을 거듭거듭 당부했다.

우리는 아무런 볼일도 없이 빈둥대는 것처럼 거리에서 어슬렁대다가 들어갈 입구를—그곳은 세탁소였다—확인하고 다시 그곳으로부터 멀리까지 걸어갔다. 혹시 주변의 집이나 카페의 창문 뒤에서 감시하고 있을지도 모를 눈을 속이기 위해서였다. 만일 그곳이 공산주의자들의 거점이라는 것이 발각된 상태라면 그곳에 드나드는 사람은 모두 체포될 것이기 때문에 조금이라도 수사요원인 듯해 보이는 자가 눈에 띄면 당장 집으로 돌아갈 셈이었다. 나는 잔뜩 긴장하고 있는데, 보리스는 이런 은밀한 행동을 즐기는 듯했다. 자신의 부모를 죽인 살인자들과 교섭하려 한다는 것을 까맣게 잊고 말이다.

탐색 결과 우리를 감시하는 자가 없다고 확신하자 우리는 재빠르게 입구로 들어섰다. 세탁소 안에는 프랑스 여인이 다림질을 하고 있었는데, 우리에게 '그 러시아 신사분'들은 안뜰을 지나 계단을 올라간 곳에 살고 있다고 일러 주었다.

우리는 좁고 구불구불한 계단을 몇 굽이나 올라가 평평한 층계에 올라섰다. 그 계단 꼭대기에는 머리를 짧게 깎은 강직하고 무뚝뚝하게 생긴 젊은 사내가 지키고 서 있었다. 내가 다가가자 그는 나를 의심이 가득 담긴 눈초리로 쏘아보더니 한쪽 팔로 가로막았다. 그리곤 러시아말로 무어라고 말했다.

"암호!"

내가 대답을 하지 못하고 머뭇거리자 그가 다그쳤다. 나는 놀라서 주춤했다. 암호를 물을 줄은 전혀 예상도 못했다.

"암호!"

그가 다시 다그쳤다. 뒤에 따라오던 보리스의 친구가 앞으로 나서더니 암호인지, 설명인지 러시아 말로 뭔가를 말했다. 그러자 그 무뚝뚝한 젊은 사내가 안심한 듯 희뿌연 창문이 있는 작고 지저분한 방으로 들여보내 주었다. 촌티가 줄줄 흐르는 사무실이었다. 벽에는 러시아 글로 된 선전포스터와 크기만 할뿐 서툰 솜씨로 그려진 레닌의 초상화가 여기저기 붙어 있었다. 책상에는 신문더미가 쌓여 있었고 그 신문들을 어디론가 부치려는 것인지 셔츠 소매를 걷어붙인 수염 투성이의 러시아인이 겉봉에 주소를 쓰고 있었다. 내가 들어서자 그는 나에게 억양이 엉망인 프랑스어로 말했다.

"정말 조심성이 없으시군요!"

신경질적인 말투였다.

"왜 빨래 보따리를 들고 오지 않았습니까?"

"빨래 보따리요?"

"이곳에 오려면 누구라도 빨랫거리를 가져와야 합니다. 아래층에 있는 세탁소에 오는 척해야 하는 것 아닙니까. 다음에는 그럴 듯하고 커다란 보따리를 가져오시오. 경찰에게 우리의 꼬리를 밟히고 싶지 않으니까."

이건 내가 짐작했던 것보다 한술 더 뜨는 계책이었다. 달랑 하나 밖에 없는 의자는 보리스가 차지했고, 곧바로 러시아어 토론이 장황하게 시작되었다. 토론은 수염 투성이 사나이가 일방적으로 이야기하는 형태였다. 무뚝뚝한 문지기 젊은이는 벽에 비스듬히 기대 서서 아직도 의심이 풀리지 않는다는 듯 나의 행동 하나하나를 계속 주시하고 있었다.

혁명 포스터가 덕지덕지 붙은 작고 은밀한 방에서 한 마디도 알아들을 수 없는 토론을 들으며 서 있어야 하는 것은 으스스한 일이었다. 두 사람은 어깨를 들먹이거나 미소를 지어가며 빠르고 열정적으로 이야기를 주고받았다.

도대체 저들은 무슨 이야기를 저토록 열정적으로 하고 있을까 하는 생각이 들었다. 러시아 소설에 나오는 인물들처럼 그들은 서로를 '작은 아버지' 혹은 '동무' 혹은 '이반 알렉산드로비치'라고 말하고 있는 걸까? 아니다. 어투로 보아 혁명에 관한 이야기를 하고 있는가 보다. 수염 투성이 사나이가 단호하게 '더 이상 논쟁하지 맙시다. 논쟁이란 부르조아들의 시간 낭비요. 행동이야말로 우리의 논쟁입니다'라고 말하고 있는지도 모른다는 생각을 했다. 하지만 곧 나는 그런 이야기가 아니라는 것을 알 수 있었다. 토론의 주제는 어처구니없게도 단체에 가입하는 가입비라는 명목으로 20프랑을 요구하고 있었던 것이다. 결국 보리스는 가입비를 내기로 약속했다. 우리에게는 다 털어봤자 17프랑밖에 없었다. 보리스는 주머니를 털어서 천금 같은 5프랑을 선금으로 지불했다.

이것을 보자 무뚝뚝하던 사내도 의심을 푸는 듯 책상 한구석에 앉았다. 수염 투성이 사내는 종이와 연필을 꺼내 적을 준비를 한 후 나에게 불어로 묻기 시작했다. 그는 나에게 공산주의자였었냐고 물었다. 나는 양심적으로 대답했다.

"나는 어떤 단체에도 가입했던 적이 없습니다."

"영국의 정치 상황에 대해서는 이해하고 있습니까?"

"아, 물론이죠. 이해하고 말구요."

나는 여러 장관들의 이름을 거론하며 노동당에 대해서는 비판적인 어조로 이야기했다.

"그러면 스포츠지는 어떠시오? 스포츠지에 기사를 쓸 수 있습니까?"

(축구와 사회주의는 유럽대륙에서 어떤 은밀한 관련성이 있다)

"아, 물론이죠."

두 사내가 진지하게 고개를 끄덕였다. 수염 투성이 사내가 말했다.

"당신은 영국의 정세에 대하여 해박한 지식을 가지고 있군요. 모스크바의 주간지에 연재 기사를 맡아주십시오. 자세한 내용은 나중에 알려드리겠습니다."

"알았습니다."

"그러면 동무, 내일 오전중에 우편으로 편지를 보내드리겠습니다. 어쩌면 오후 우편이 될지도 모르겠습니다. 원고료는 일회분에 150프랑입니다. 다음에 올 때는 빨래 보따리 가져오는 것을 잊지 마십시오. 자, 그러면 다음에 봅시다, 동무."

우리는 아래층으로 내려가 세탁소 밖에서 누군가 보고 있는 사람이 없는가를 주의깊게 살핀 후 그곳을 빠져나왔다. 보리스는 뛸 듯이 기뻐했다. 그는 기쁨을 억누르지 못하고 가까운 담뱃가게로 달려가 50상팀을 주고 시가 한 개를 샀다.

"됐어, 됐어. 드디어! 우리의 운수가 트인 거라구. 자네 정말 훌륭하게 잘했네. 그가 자네에게 동무라고 하는 것 들었지? 기사 한 꼭지에 150프랑이라구. 아, 신이여, 아 행운의 신이여!"

다음날 아침, 우체부가 오는 소리를 듣고 우편물을 받으러 아래층 술집으로 뛰어 내려갔다. 그러나 실망스럽게도 편지는 오지 않았다. 오후의 우편물을 기다리며 한시도 비우지 않고 집에 있었지만 역시 편지는 오지 않았다. 사흘이 지난 후에도 그 비밀단체라는 데에서는 아무런 소식도 없었다. 우리는 그들이 그 기사 쓸 사람을 다른 데서 구했을 것이라고 여기면서 희망을 포기했다.

열흘이 지난 후 우리는 빨래 꾸러미처럼 꾸민 보따리를 안고 그 사무실로 찾아갔다. 그런데 그 비밀단체는 사라져 버리고 없었다. 세탁소 여자는 아무런 영문도 모르고 있었다. 단지 '그 양반들'이 집세로 말썽을 부리더니 며칠 전에 갑자기 떠났다고 말했다.

세탁소 여자에게 빨래 보따리를 안고 서 있는 우리들의 모습이 얼마나 바보스러워 보였을까! 그러나 불행중 다행이었다. 가입비 20프랑이 아니라 단지 5프랑밖에 주지 않았다는 것을 위안으로 삼을 수밖에 없었다.

그 후로 그 비밀단체에 대하여 들어본 적이 없다. 그들의 정체에 대해서는 아무도 알지 못했다. 내 생각에 그들은 공산당과 아무런 관련도 없는 단순한 사기꾼들로 러시아 망명객들로부터 유령단체 가입비만 떼어먹는 사기꾼임에 틀림없었다. 그것은 아주 기발한 아이디어였다. 그들은 분명히 다른 어떤 도시에선가 그 짓을 되풀이 하고 있을 것이다. 그들은 머리가 비상한 놈들로 각자의 역할을 기막히게 해냈던 것이다. 그 사무실은 누가 봐도 공산주의자들의 사무실처럼 보였으며, 세탁소를 근거지로 삼아 빨래 보따리를 가지고 오라고 한 수법은 가히 천재적이었다.

9

우리는 다시 3일 동안 일자리를 찾아 떠돌아다녔다. 스프와 빵의 양은 점점 줄어들기 시작했다. 하지만 우리에겐 두 줄기의 희망의 빛이 남아 있었다.

하나는 보리스가 콩코드 광장 부근의 X호텔에 일자리가 났다는 얘기를 들은 것이고, 또 하나는 코머스 가에 새로 생긴 레스토랑의 주인이 마침내 돌아왔다는 것이다.

우리는 오후에 그곳으로 가서 그를 만나보았다. 가는 도중에 보리스는 그곳에 일자리를 잡게 되면 더할 나위 없는 행운을 잡는 셈이니 주인에게 좋은 인상을 주어야만 한다고 강조했다.

"외모가 중요해. 외모에서 모든 게 결정된다구. 양복을 빌려주게, 그러면 내가 저녁 때까지 천 프랑을 꾸어오겠네. 돈이 있을 때 칼라를 사 두지 않은 것이 잘못이었어. 아침에 칼라를 뒤집어 달아 양쪽 다 때가 묻었으니 어쩌지. 내 얼굴이 굶주림에 찌든 꼴이 되어 있지는 않나?"

"좀 창백해 보이는데."

"젠장할, 빵과 감자만 먹고 사니 오죽하겠어. 굶주린 놈처럼 보여서는 절대로 안 되는데 말이야. 굶주림에 찌든 얼굴을 보면 어떤 사람이건 퇴짜를 놓고 말거든. 잠깐만 기다리게."

보리스는 금은방의 진열대 앞에 가더니 그의 볼을 마구 비벼서 혈색이 돌게 했다. 그리곤 그 홍조가 사라지기 전에 서둘러 레스토랑으로 들어가 주인을 만났다.

그 주인은 작달막한 키에 약간 살이 찐 체구였다. 곱슬곱슬한 은발에 향수 냄새를 풍기고 있었고, 더블로 가슴을 받친 단아한 플란넬 양복을 위엄있게 차려 입고 있었다.

보리스는 나에게 그가 러시아 군대의 연대장이었다고 소개해 주었다. 그의 아내 역시 뚱뚱했으며 매섭게 생긴 프랑스 여자였다. 창백한 피부와 분홍빛 입술은 마치 푸르스름한 토마토에 차가운 송아지 살점을 붙여 놓은 듯했다.

주인은 보리스를 정답게 맞아 주었고, 서로 러시아어로 대화를 나누었다. 나는 뒤에서 기다리며 접시닦이로 많은 경험이 있다고 시치미를 뚝 떼고 거짓말할 만반의 채비를 하고 있었다.

잠시 후 주인이 나에게 다가왔다. 나는 좀 상냥하게 보이려고 주춤주춤 뒤로 물러섰다. 보리스가 접시닦이는 하인 중에서도 가장 하층이기 때문에 그렇게 해야 한다고 알려주었기 때문이다. 나 역시 그가 나를 비천한 존재로 대하리라는 각오를 하고 있었다. 그런데 뜻밖에도 그는 정답게 내 손을 잡는 것이었다.

"그래, 영국인이시라고요!"

그가 소리를 높였다.

"얼마나 멋지십니까! 당신이 골퍼였다는 사실에 대해서는 물어볼 필요도 없겠군요."

"네, 물론입죠."

이런 대답을 원하리라 여기고 나는 대답했다.

"내 평생 소원 중 하나가 골프를 쳐보는 것이었습니다. 내게 기본적인 타법만이라도 좀 가르쳐 주시지 않겠습니까?"

확실히 이것은 러시아식의 비즈니스 방식이었다. 주인은 내가 나무로 만든 골프채와 쇠로 만든 골프채의 차이점에 대해 이야기하는 동안 관심을 보이며 듣고 있다가 그것은 그저 한번 해본 소리였다고 했다.

레스토랑이 개점되면 보리스는 주방장으로, 나는 장차 화장실 관리인으로 승진할 수 있는 접시닦이로 내정했다고 말했다. 그럼 레스토랑은 언제 열 계획이냐고 내가 물었다.

"정확히 오늘로부터 2주일 후입니다."

주인은 단호하게 대답했다. 그가 천천히 손을 흔들어 담뱃재를 터는 모습은 매우 단호한 인상을 주었다.

"정확히 오늘로부터 2주일 후 점심식사 때입니다."

그리고 그는 아주 거만스러운 태도로 우리에게 레스토랑의 곳곳을 보여주었다. 아늑한 분위기의 레스토랑으로 바와 식당, 그리고 보통 욕실 크기의 주방이 있었다. 실내는 현란한 장식들로 꾸며져 있었는데, 그는 그것을 노르망디풍이라고 설명해 주었다. 그는 레스토랑을 중세적인 분위기가 풍기는 '오베르주 드 제앙 코타르' 라고 이름 붙이겠다고 했다. 또한 그는 한 장의 인쇄물을 가지고 있었는데, 이 장소와 관련된 역사적 사실들에 관한 믿을 수 없는 서술들로 되어 있었다.

그 인쇄물에는 옛날에 샤를 대제가 자주 들렀다는 여인숙이 레스토랑 자리에 있었다는 것을 다른 어떤 사실보다 은근히 강조하고 있었다. 주인은 이런 식의 풍에 스스로 흐뭇해 하고 있었다.

한편 바는 살롱 전람회의 화가로부터 사들인 외설스러운 그림들로 장식되어 있었다. 마지막에 그는 우리에게 고급 여송연 한 대씩을 건네주고는 몇 마디 말을 더 주고받다가 갑자기 집으로 가 버렸다.

나는 이 레스토랑의 일자리는 이미 물 건너갔다는 강한 인상을 받았다. 나를 바라보던 주인의 눈빛에 진실성이 없었고, 상황에 전혀 어울리지 않는 농담을 걸어오는 것으로 보아 뭔가 숨기는 게 있다는 느낌이었다. 하지만 가장 결정적인 것은 따로 있었다. 그것은 빚쟁이임이 분명한 두 명의 사나이가 줄곧 뒷문 근처에서 서성이고 있는 모습을 보았기 때문이다. 하지만 보리스는 다시금 주방장이 될 수 있다는 꿈에 부풀어 어느 것 하나도 의심할 줄을 몰랐다.

"이제 모든 게 결정됐어. 이제 두 주일만 견디면 된다구. 까짓, 겨우 두 주일! 먹을 것 따위가 무슨 문제야. 3주일만 지나면 여자들도 거느릴 수 있다 이 말씀이야! 검은 머리칼이든 금발이든지 상관없다구. 말라깽이만 아니면 돼."

다음날부터 이틀 동안 견디기 힘든 시간이 시작되었다. 우리에겐 60상팀밖에 없었고, 그것으로 반 파운드의 빵을 사서 마늘로 된 양념을 발랐다. 마늘 양념을 바른 이유는, 그렇게 하면 입안에 마늘냄새가 오래 남아 방금 전에 식사를 마친 기분을 하루종일 느낄 수 있기 때문이었다.

첫날은 하루종일 파리에 있는 식물원에 앉아있었다. 보리스는 아무런 잘못도 없는 비둘기들에게 돌멩이를 던졌지만 번번이 빗나갔다. 그게 지루해진 보리스는 봉투 뒷면 같은 데에 멋진 식사 메뉴를 나열하였다.

우리는 너무나도 허기져서 먹을 것 외에는 다른 어떤 것도 생각할 기력이 없었다. 보리스가 엄선한 요리들을 지금도 잊지 않고 있는데, 그것은 다음과 같다. 국 한 접시, 볼치스프(위에 크림을 뿌린 불그레하고 달착지근한 사탕무 스프), 왕새우 튀김, 스튜 냄비로 삶은 어린 닭, 건포도로 양념한 쇠고기, 햇감자, 샐러드, 쇠기름 푸딩, 로크포르 산 치즈, 거기에 곁들이는 부르군디 산 포도주 한 병과 잘 익은 브랜디.

보리스는 국제적인 규모의 미각을 갖추고 있었다. 훗날 우리가 돈의 근심걱정에서 벗어나게 되었을 때 실제로 보리스가 위에 열거한 요리들을 한꺼번에 별 어려움 없이 먹어치우는 것을 종종 목격하곤 했다.

돈이 다 떨어진 나는 일자리 찾기를 그만 두고, 하루를 더 굶으며 보냈다. 나는 '오베르주 드 제앙 코타르' 레스토랑이 문을 열게 될 것이라고는 전혀 믿지 않았다. 그렇다고 다른 희망이 있는 것도 아니고 너무 지쳐서 그저 침대에 누워 지낼 뿐이었다. 그런데 또 갑자기 행운이 찾아왔다.

밤 10시쯤이었다. 갑자기 거리에서 누군가 큰소리로 내 이름을 외쳐댔다. 일어나 창가로 가 보니 보리스가 지팡이를 흔들며 환한 표정으로 서 있었다. 보리스는 말보다 먼저 여기저기 호주머니를 뒤져 꾸겨 넣었던 빵들을 꺼내 나에게 던져 주었다.

"이보게, 사랑하는 친구여. 이제 우리는 살았네!"

"일거리를 구했나?"

"물론이지. 콩코드 광장 근처에 있는 X호텔이야. 한 달에 5백 프랑에 식사를 해결하는 일거리를 구했단 말일세. 지금 난 거기서 일을 마치고 오는 중이야. 제기랄, 얼마나 많이 먹어댔는지!"

보리스가 12시간의 고된 노동을 끝낸 뒤 가장 먼저 생각해낸 것은 절룩이는 다리를 끌고서 내 여관까지 3킬로미터를 걸어와서 희소식을 전하는 것이었다. 그뿐만이 아니었다. 보리스는 잘하면 나를 위해서 음식을 몰래 빼내올 수 있을 것 같으니 내일 점심에 그를 만나러 퀼르리 공원으로 나오라고 말했다.

다음날 나는 약속 시간에 공원 벤치에서 보리스를 만났다. 그는 조끼단추를 풀더니 구겨진 큼지막한 신문뭉치를 꺼냈다. 그 속에는 송아지 고기를 잘게 다진 것, 치즈덩이, 빵과 생과자 등이 뒤범벅이 되어 있었다.

"자네를 위해 빼내왔지. 수위놈이 얼마나 깐깐한지 혼났네."

남들이 다 보는 거리의 벤치에서 신문지에 싸인 음식을 먹는 일은 차마 못할 짓이었다. 더구나 예쁜 여자들이 많이 오가는 퀼르리 공원에서. 하지만 너무 굶주린 나로서는 다른 사람들의 시선 따위 신경 쓸 겨를이 없었다.

내가 허겁지겁 먹고 있을 때, 보리스는 자신이 호텔의 카페테리에서 일하고 있다고 설명해주었다. 영국식으로 표현한다면 그곳은 '별

볼일 없는 곳'이었다. 카페테리아라는 것은 호텔에서 가장 보잘 것 없는 일자리였다. 때문에 웨이터들이 그곳으로 가는 것은 끔찍스런 강등이었다. 그래도 '오베르주 드 제앙 코타르' 레스토랑이 문을 열 때까지는 절대적으로 필요한 생계수단이었다.

다음날부터 나는 매일 퀼르리 공원에서 보리스를 만났고, 그는 최대한 많은 음식을 훔쳐왔다. 사흘 동안 우리의 만남은 계속되었고, 나는 훔쳐낸 음식으로 연명하는 신세가 되고 말았다. 하지만 이 고생스런 짓은 X호텔의 접시닦이 중 한 사람이 일을 그만두는 바람에 해결되었다. 보리스의 추천으로 내가 그곳에서 일을 하게 된 것이다.

10

호텔 X는 넓고 거대하며 고풍스러운 건물이었다. 그 건물의 뒤쪽에 종업원들이 사용하는 쥐구멍 같이 작고 어두운 문이 나 있었다.

　나는 그곳에 아침 7시 5분 전에 도착했다. 기름때가 묻은 바지를 입은 사람들이 서둘러 모여들었다. 조그마한 사무소에 앉아 있는 수위가 체크를 하고 있었다.

　조금 기다리자 부지배인격인 인사계장이 나오더니 나에게 묻기 시작했다. 그는 이탈리아인이었는데 그의 둥근 얼굴은 과로로 인해 초췌하고 창백했다. 그가 나에게 접시닦이의 경력이 많냐고 물어서 그렇다고 대답했다. 그는 내 손을 슬쩍 내려다보는 것만으로도 내가 거짓말을 하고 있다는 것을 알 수 있었지만, 내가 영국인이라는 말을 듣고는 바로 고용을 결정해버렸다.

　"우리는 영어를 가르쳐 줄 사람을 찾고 있었소."

　그가 말했다.

　"우리의 고객들이 거의가 미국인들인데 우리가 아는 영어라고는……."

　그는 런던의 개구쟁이들이 벽에다 낙서하는 투의 영어를 몇 마디 되풀이해 보였다.

　"당신은 쓸모가 많을 것 같소. 따라 오시오."

그는 나를 데리고 지하 깊숙이 있는 좁은 통로를 따라 들어갔는데, 천장이 너무 낮아 허리를 구부려야만 했다. 그곳은 찜통처럼 더웠고, 몇 야드 간격으로 떨어져 있는 희미하고 노란 전등만이 켜진 매우 어둠침침한 곳이었다. 거기에는 어두운 미로 같은 복도가 몇 마일이나 있을 것처럼 느껴졌다.

안으로 들어갈수록 커다란 여객선의 선실에 들어가고 있다는 느낌이 들게 했다. 열기와 비좁은 공간, 끈적한 음식 냄새, 그리고 마치 선박 엔진소리 같은(이 소리는 주방의 커다란 화덕에서 나는 것이었다) 웅웅대는 소리까지 같았다.

지나는 복도 곳곳에 문이 나 있어 때로는 욕설이 쏟아져 나오기도 하고 때로는 시뻘건 불길이 보이기도 하고, 때로는 얼음 창고의 으스스한 냉기가 전신을 감싸기도 했다.

한참 걷다보니 무엇인가가 내 어깨에 세차게 부딪쳤다. 그것은 청색 앞치마를 두른 짐꾼에 의해 운반되는 백 파운드짜리 얼음덩어리였다. 그 뒤에는 커다란 송아지 갈비짝을 어깨에 메고, 볼이 축축해 보이는 소년이 따라가고 있었다. 그들은 나에게 "조심하라구, 이 멍청아!"라고 소리치며 한구석으로 거칠게 밀치고는 멀어져 갔다. 벽에는 희미한 전등불 아래 또박또박 쓴 낙서들이 보였다. 'X호텔에서 순결한 처녀를 보기란 겨울에 푸른 하늘 보기보다 어렵다' 참으로 기묘한 분위기를 자아내는 곳이었다.

복도의 갈라진 부분에서 그중 한 곳은 세탁소로 통했는데, 얼굴이 해골같이 생긴 할머니가 나에게 푸른 앞치마와 접시닦는 데 쓸 수건

한 뭉치를 주었다. 그리고 인사계장은 나를 조그마한 굴 속으로 데리고 갔다. 그곳은 지하실 속의 지하실이라는 느낌이 드는 곳이었다. 거기에는 싱크대 하나와 몇 개의 가스 오븐이 있었다. 천장이 낮아서 똑바로 설 수조차 없었고, 온도는 섭씨 45도는 될 것 같았다.

계장은 내가 할 일은, 위층의 작은 식당에서 식사하는 간부 종업원들에게 음식을 날라다 주고, 그들의 방을 청소하고 그들이 먹고 난 그릇을 씻는 일이라고 설명해주었다. 계장이 가고나자 이탈리아인 웨이터가 문턱에 나타나 털이 숭숭 난 험상궂은 얼굴을 들이밀고 나를 노려보았다.

"영국놈이지, 흥?"

그가 말했다.

"알아둬. 이곳에선 내가 대장이란 말이야. 네놈이 일을 잘해내면……."

하면서 그는 술병을 거꾸로 들고 벌컥벌컥 마시는 시늉을 해 보였다.

"만일 그렇지 못하면."

그는 문짝을 서너 번 세차게 차 보였다.

"나한테는, 네놈의 목을 비트는 일 정도는 바닥에 침을 뱉는 일보다도 쉽다는 걸 알아야 해. 만일 문제가 발생하면 간부들은 내 말을 믿어도 네 말은 아무도 믿지 않을 테니, 조심하라구."

곧이어 나는 서둘러서 일을 하기 시작했다. 한 시간 정도의 휴식시간을 빼면 아침 7시부터 밤 9시 15분까지 줄곧 일만 했다. 처음에는 접시들을 닦고, 다음에는 종업원 전용식당의 테이블과 바닥을 닦는다. 그 다음으로 술잔과 나이프를 마른 헝겊으로 닦고, 접시를 한번 더 씻은 다음 음식을 날라주고, 다시 그릇들을 닦는다. 간단한 일이라 어려움은 없었지만 문제는 주방으로 음식을 가지러 가는 일이었다.

이 집 주방은 이제껏 내가 본 일도 없고 생각지도 못한 뜻밖의 곳이었다. 천장이 낮아 질식할 것 같은 지하실에서 불이 시뻘겋게 타오르고 아우성과 냄비나 팬의 부딪치는 소리에 귀가 멀 지경인 생지옥 같은 곳이었다.

그곳은 기온이 너무 높아서 레인지를 제외한 모든 금속제품에는 헝겊을 덮어 놓아야만 했다. 화덕이 있었는데, 거기서는 열두 명의 요리사들이 흰색의 모자를 썼음에도 온 얼굴에 땀을 줄줄 흘리면서 분주하게 왔다갔다했다.

주방을 빙 둘러 싼 바깥쪽에 카운터가 있었는데, 거기에는 웨이터들과 접시닦이들이 쟁반을 들고 모여들어 시끌벅적했다. 상의를 벗어 붙인 화부는 화덕에 불을 피우면서 커다란 구리로 만든 스튜냄비를 모래로 문질러댔다. 모두가 바쁘고 정신없어 보였다. 주방장은 붉은 피부의 혈기왕성하고 길다란 콧수염을 기른 사람이었는데, 가운데 서서 쉴새없이 외쳐댔다.

"스프 두 개 나간다! 튀긴 감자 넣은 샤토브리앙 한 개 나간다!"

이 외침은 접시닦이에게 호령할 때만 중단되곤 했다. 거기에는 세 개의 카운터가 있었다. 처음 주방에 들어갔을 때 나는 잘 몰라 다른 카운터의 쟁반을 들고 갔다. 그러자 주방장이 나에게로 걸어와서는 손가락으로 수염을 꼬며 아래 위로 훑어보더니 아침 당번 요리사를 손짓으로 불러 나를 가리켰다.

"저거 봤지? 요즘 놈들이 저런 접시닦이들을 보내준단 말이야. 어디서 왔냐, 이 멍청아? 샤랑튼(샤랑튼에는 대규모 정신병원이 있다)에서 왔지?"

"영국에서 왔습니다."

"아, 그러세요? 몰라 뵀군요. 친애하는 영국 양반, 꼭 갈보년의 아들 같이 생겨먹었군! 냉큼 다른 카운터로 가지 못해!"

나는 주방에 갈 때마다 이런 따위의 욕설을 들어야 했다. 나는 매번 약간의 실수를 저질렀기 때문이다. 내가 어느 정도 일에 경험이 있으리라고 생각하기 때문에 그런 욕을 해대는 것이었다. 한번은 재미 삼아서 내가 하루에 '얼간이 같은 놈'이라는 욕을 몇 번이나 얻어먹는지 세어봤더니 무려 서른아홉 번이나 되었다.

4시 반이 되자 그 이탈리아 웨이터가 나에게 와서 말했다.

"좀 쉬어도 좋다. 하지만 5시면 또 일이 시작되니까 밖에 나갈 시간은 없다."

나는 담배를 피우려 화장실에 갔다. 흡연은 철저히 금지되어 있기 때문에 피울 곳은 화장실밖에 없다고 보리스가 알려주었다. 그런 후 다시 일이 시작되었고 계속 일을 하다가 9시 15분이 되자 그 이탈리아 웨이터가 문으로 얼굴을 들이밀고 나머지 그릇들을 내버려두라고 말했다. 놀랍게도 온종일 내게 얼간이, 등신이라며 온갖 욕을 해대던 그가 갑자기 매우 친절해졌다. 생각해 보니 나한테 그처럼 욕지거리를 해댄 것은 일종의 테스트였다는 것을 알게 되었다.

"잘 했네, 친구."

그가 말했다.

"솜씨가 좋지는 않지만 잘해냈네. 이리 와 저녁을 들게. 호텔에서는 하루에 포도주를 일 리터씩 나눠준다네. 내가 한 병 더 훔쳐뒀지. 우리 한번 실컷 마셔보자구."

우리는 간부 종업원들이 남긴 음식으로 훌륭한 식사를 했다. 얼큰해진 그는 여자와 사귀던 일, 이탈리아에서 칼로 찔렀던 두 사람에 대한 이야기, 그리고 어떻게 군대에서 탈영해 도망쳤는지에 대해 얘기했다. 그는 사귀고 보니 좋은 사람이었다. 나는 피곤했고 땀에 흠뻑 젖어 있었지만 하루를 잘 먹고 나니 비로소 사람이 된 기분이었다. 일은 어렵지 않았고 내게 어울리는 일이라고 생각했다.

나는 25프랑짜리 일당으로 고용되었기 때문에 이 생활이 언제까지 계속된다는 보장이 없었다. 깐깐한 표정을 한 수위가 일당을 지급해 주면서 보험금이라고 50상팀을 뗐다(나중에 알고 보니 새빨간 거짓이었다). 그리고 입구로 나오자 수위는 내 코트를 벗기고는 훔친 음식이 없는지 온몸을 세밀히 조사했다. 이게 끝나자 인사계장이 나타나서 나에게 말했다. 그는 아까 그 웨이터와 마찬가지로 훨씬 부드러워진 목소리로 말했다.

"원한다면 여기서 계속 일하도록 해요."

그가 말했다.

"우두머리가 영국사람을 호통을 쳐가며 부려먹는 것도 재미있겠다고 하던데, 한 달간 계약하지 않겠소?"

드디어 난 일자리를 잡은 것이다. 즉각 사인을 하려는데, 문득 2주일 후에 열기로 되어 있는 러시아 레스토랑이 떠올랐다. 계획대로 된다면 한 달간 일을 다 못하고 중간에 떠나게 될 것 같았다. 그래서 나는 앞으로 다른 데서 일하게 될 것 같으니 2주일간만 계약하는 게 어떻겠느냐고 했다. 그러자 계장은 어깨를 움찔해 보이더니 이 호텔에서는 한달 단위로만 계약한다고 말했다. 결국 나는 일거리를 잡을 기회를 놓쳐버린 것이다.

보리스는 약속한 라이볼리 가의 아케이드에서 나를 기다리고 있었다. 그에게 그동안의 이야기를 해주었다. 그러자 보리스는 갑자기 엄청나게 화를 냈다. 그를 알게 된 후 그토록 심하게 화를 내는 것은 처음 보았다. 보리스는 어쩔 줄 몰라하며 내게 고래고래 소리쳤다.

"바보! 멍청이! 내가 어떻게 구해준 일자린데 그걸 차버리다니! 아니 다른 레스토랑 어쩌고 하는 그딴 소리를 왜 하느냐 말이야. 그저 한 달간 일하겠다고 계약하면 되는 거 아니야!"

"중간에 떠나게 될 것 같다고 정직하게 이야기하는 것이 좋을 것 같았네."

나는 반론을 폈다.

"정직. 정직이라고! 세상에 누가 접시닦이 따위에게 정직을 문제삼겠느냐고? 이 답답한 친구야."

보리스가 갑자기 내 멱살을 움켜잡더니 매우 진지하게 말했다.

"이 보라구! 거기서 하루 동안이나마 일을 해봤으니 호텔의 일이란 게 어떤 것인지 알았겠지. 그래, 자네 생각엔 접시닦이가 정직을 인정받을 수가 있는 존재라고 보나?"

"아니, 아닐 거야."

"그러면 냉큼 돌아가서 그 계장에게 한 달 동안 죽도록 일하겠다고 말하게. 다른 일거리는 모두 포기하겠다고 하구. 그랬다가 우리가 가기로 한 레스토랑이 문을 열면, 우린 그때 거기서 나오면 되는 거야."

"하지만 내가 계약을 깨면 내 월급은 어떻게 되지?"

보리스는 지팡이로 땅바닥을 치며 나의 어리석음에 대하여 호통을 쳤다.

"일당으로 계산해 달라고 하면 한 푼도 떼일 일이 없지. 한낱 접시닦이가 계약을 위반했다고 그들이 소송이라도 걸 것 같은가? 접시닦이는 소송을 할 가치도 없는 미천한 존재라고."

나는 당장 돌아가서 인사계장을 찾아가 한 달간 계약을 하자고 했고, 그는 곧 사인해 주었다. 이것이 접시닦이의 가치관에 대하여 얻은 첫번째 교훈이었다. 세월이 지나 그때 내가 정직함 때문에 망설이고 주저했던 것이 얼마나 어리석었던가를 절실히 깨닫게 되었다.

큰 호텔에서는 종업원들을 인정사정없이 다루었다. 그들은 작업량에 따라 필요하면 고용하고 불필요하면 가차없이 해고했다. 시즌이 지나면 종업원 중의 10퍼센트 혹은 그 이상을 아무런 예고도 없이 해고하곤 했다. 그리고 어느 날 훌쩍 떠나버리는 종업원이 있어도 보충하는 일에 아무런 어려움이 없었다. 파리에는 호텔 종업원 일자리를 찾는 사람들이 무수히 많았기 때문이다.

11

결국 나는 계약을 깨지 않고 무사히 한 달을 넘길 수 있었다. 그것은 '오베르주 드 제앙 코타르' 레스토랑의 개점이 6주 뒤로 미루어졌기 때문이었다. 그동안 나는 X호텔에서 일했다. 일주일의 4일 동안은 카페테리에서, 하루는 5층에서 웨이터들의 시중을, 나머지 하루는 식당 청소부 아주머니들의 일을 대신해야 했다.

　나의 휴일은 일요일이었지만 누군가가 병이 나면 그날도 일을 해야 했다. 노동시간은 오전 7시부터 오후 2시까지와 오후 5시부터 밤 9시까지 11시간이었지만 식당의 교대 근무를 하는 날은 14시간이었다.

　파리의 접시닦이들의 평균 노동시간과 비교하면 이것은 지극히 짧은 것이었다. 가장 힘들게 하는 것은 미로와 같은 지하실의 끔찍스런 열기와 질식할 것 같은 답답함이었다. 이런 악조건에도 불구하고 규모가 크고 잘 정돈되어 있는 이 호텔은 매우 좋은 일자리로 알려져 있었다.

　우리가 일하는 주방은 가로가 20피트, 세로가 7피트, 높이가 8피트의 답답한 지하실이었는데, 커피 끓이는 그릇, 빵 자르는 기구 등등으로 꽉 차 있어서 움직였다 하면 무엇인가에 부딪치기 일쑤였다. 조명이라곤 흐릿한 전구 한 개와 시뻘건 불꽃을 뿜어내고 있는 네댓 개의 가스버너뿐이었다.

벽에는 온도계가 걸려 있었는데 결코 43도 이하로는 내려가지 않았고, 하루 중 가장 바쁠 때는 60도 가까이 올라가는 일도 있었다. 한쪽 구석에는 다섯 가지 종류별로 실어올릴 수 있는 승강기가 있었고, 다른 한쪽 구석에는 우유와 버터를 저장해 두는 냉장고가 있었다. 그 냉장고에 한걸음만 들어가도 온도가 무려 1백도 정도 내려가기 때문에 나는 이곳에 들어갈 때마다 그린란드의 빙산과 인도의 산호초를 찬양한 어떤 시를 떠올리곤 했다.

그 주방에는 보리스와 나 이외에도 두 사람이 더 일했다. 한 사람은 몸집이 크고 다혈질의 이탈리아 사람으로 아리오라고 했다. 또 한 사람은 야생동물처럼 털이 무성한 사나이로 마자르인이라고 했다.

내가 보기에 그는 트란실바니아 혹은 그보다 더 먼 곳에서 온 사람인 듯했다. 그를 제외한 세 사람은 모두 덩치가 크기 때문에 바쁠 때는 수시로 몸을 부딪쳤다.

주방 일이란 정신없이 바삐 돌아가다가도 잠시 동안이지만 한가해지곤 한다. 한가해진다 해도 전혀 할 일이 없는 것은 아니었다. 그러다가 진짜로 바쁜 시간이 밀려오는데 한번 밀려오면 꼼짝없이 두 시간 동안은 정신없이 움직여야 한다.

주방 사람들은 이렇게 단시간에 밀려드는 일을 불벼락이라고 불렀다. 첫번째 불벼락은 위층의 투숙객들이 일어나 아침식사를 주문하는 8시에 떨어진다. 8시가 되면 종업원들이 일하는 지하실에서는 갑자기 와글와글 바글바글 탕탕, 하는 소음들이 터져나오기 시작한다. 사방에서 벨이 울리고, 푸른 앞치마를 두른 종업원들이 복도를 뛰어

다니고, 음식을 실어나르는 승강기가 한꺼번에 몰려 내려온다. 그리고 다섯 개 층에 있는 웨이터들이 주문을 외쳐대는 소리와 욕설이 승강기의 구멍을 통해 들려온다.

너무도 바빠 우리가 하던 일을 다 기억해낼 수조차 없다. 차와 커피와 초콜릿을 끓여 내고, 주방에서 음식을 창고에서 포도주를, 식당에서 과일 등을 날라오고, 빵을 자르고, 토스트를 굽고, 버터덩어리를 만들고, 잼의 양을 저울에 달고, 우유깡통을 따고, 각설탕을 세고, 달걀을 삶고, 죽을 쑤고, 얼음을 부수고, 커피를 가는 일들이었다. 백 내지 2백 명의 손님을 위해 매일처럼 이 모든 일을 해야만 하는 것이다.

주방은 30야드 식당은 60야드나 떨어진 곳에 있었다. 승강기로 올려보내는 모든 음식에는 반드시 전표를 첨부하게 되어 있었고, 그 전표는 정확하게 작성해야 했다. 만약 각설탕 한 개라도 없어지면 골치 아픈 문제가 발생했다. 이 밖에도 우리는 종업원들에게는 빵과 커피를 그리고 위층에서 일하는 웨이터들에게는 음식을 날라 주어야 했다. 한 마디로 모든 게 복잡하기 짝이 없다.

내가 계산해 보니 하루 동안 15마일 정도를 걷거나 뛰어야 했다. 하지만 정작 힘든 것은 육체적인 게 아니라 정신적인 것이었다. 속사정을 모르는 사람들이 보기엔 단순한 접시닦이 작업보다 더 편한 일이 없을 것 같지만 정신없이 바쁠 때는 매우 힘들었다.

한꺼번에 여러 가지 일거리를 처리해야 하기 때문에 이리저리 사방으로 뛰어다녀야만 했다. 예를 들면 토스트를 만들고 있는데 갑자기 쿵! 하고 홍차에 롤빵, 세 종류의 잼을 주문하는 승강기가 내려온다. 거기에 또 하나의 승강기가 쿵! 하면서 계란반숙과 커피와 포도를 주문한다. 그러면 달걀을 가지러 주방으로, 과일을 가지러 식당으로 달려가야 하고, 토스트가 타버리기 전에 총알같이 돌아와야 한다. 또한 홍차와 커피를 잊어서는 안될 뿐 아니라, 그때까지 처리하지 못한 대여섯 가지 다른 주문들이 기다리고 있다. 설상가상으로 어떤 웨이터가 따라다니며 소다수 한 병이 빠졌다고 따지고 들면 뭐라고 대꾸를 해 줘야만 한다. 생각했던 것보다 훨씬 머리를 많이 써야 하는 일이었다. 마리오가, 이 일을 제대로 처리할 수 있는 종업원이 되려면 일 년이 걸릴 거라고 하더니 맞는 말이었다.

8시에서 10시 반 사이는 정신을 차릴 수 없을 정도로 바쁜 시간이었다. 때로 우리는 5분 후면 죽을 사람들처럼 바삐 움직여야 했다. 그러다 갑자기 태풍의 눈처럼 주문이 뚝 끊기고 모든 것들이 잠잠한 순간이 있었다. 그러면 우리는 바닥에 흩어진 쓰레기들을 쓸어내고 새로운 톱밥을 뿌렸다. 그러고 나서 포도주건 커피건 물이건 어떤 것이든 닥치는 대로 마셨다. 우리는 얼음 덩어리를 부수어야 하는 일을 할 때면 얼음조각을 입에 넣고 빨았다. 가스불이 뿜어내는 열기에 구역질이 날 지경이었기 때문이다. 우리는 하루종일 계속해서 물을 마셔대는데, 한두 시간 지나면 앞치마마저도 땀으로 흠뻑 젖었다. 때로는 너무 많은 일을 다 처리할 수가 없어 몇몇 손님들이 아침식사를 하지 못하고 떠나야 할 지경에 이른 일도 있었다. 그럴 때면 마리오가 우리를 이끌고 일을 해치워 고비를 넘길 수 있었다.

마리오는 카페테리아에서 14년 동안 일을 해서 일과 일 사이의 자투리 시간을 1초도 허비하지 않는 요령을 터득하고 있었다. 마자르인은 행동이 굼떴고 나는 경험이 없으며 보리스는 다리를 절었을뿐 아니라 웨이터였던 자기가 카페테리 같은 데서 일한다는 데 대한 굴욕감으로 꾀를 부리기 일쑤였다. 하지만 마리오는 매우 훌륭하게 모든 일을 해냈다. 그는 기다란 팔을 뻗어 한손으로는 커피포트에 더운 물을 따르면서, 다른 손으로는 달걀을 삶으면서 동시에 토스트 굽는 것을 살펴보고, 마자르인에게 뭔가를 지시했다. 그러면서도 틈틈이 오페라 리골레토의 한 소절을 부르는 모습은 정말 감탄하지 않을 수 없었다. 호텔 지배인은 그의 능력을 인정하고 있었기 때문에 우리에겐 한 달에 5백 프랑을 주지만 마리오에겐 천 프랑을 주었다.

10시 반이 되어서야 아침의 아수라장은 끝이 난다. 그러면 우리는 카페테리의 테이블을 닦고, 바닥을 청소하고 놋쇠냄비를 닦는다. 이 때가 우리에겐 유일하게 한가한 시간이다. 그러나 마음을 놓을 수 있을 만큼 한가한 것은 아니다. 우리에게는 고작 10분 동안의 점심시간이 있을 뿐이었다.

12시와 2시 사이의 점심시간은 아침식사 시간과 마찬가지로 또 한바탕 소동이 벌어지는 시간이다. 우리 일의 대부분은 주방에서 음식을 날라오는 것이었다. 그것은 곧 요리사들로부터 쉴새없이 욕설을 듣게 된다는 의미였다. 그때쯤 되면 요리사들은 4시간 내지 5시간을 화덕 앞에서 땀 흘리며 시달렸기 때문에 신경이 날카롭게 곤두서 있었기 때문이다.

2시가 되면 우리는 갑자기 자유인이 된다. 우리는 잽싸게 앞치마를 벗어던지고 윗옷을 걸친 다음 서둘러 밖으로 뛰쳐나가 돈이 좀 있으면 근처의 술집으로 들어간다. 푹푹 찌는 아궁이 속 같던 지하에서 나와 거리로 나서는 기분은 각별했다. 대기는 마치 북극지방의 여름처럼 차고 신선하게 느껴졌다. 열기와 음식냄새에 절어 있다가 맡는 자동차의 가솔린 냄새는 너무도 향기로웠다. 우리는 이따금 술집에서 우리 호텔의 요리사나 웨이터들을 만나기도 했다. 그들은 친근하게 마주서서 같이 마셨다. 안에서는 우리의 상전이었지만 휴식시간에는 모두가 동등하다는 것, 그리고 일을 하면서 했던 욕설들은 깨끗이 잊는 것이 호텔 종업원들의 불문율이었다.

4시 45분, 우리는 다시 호텔로 돌아간다. 6시 반까지는 주문이 없기 때문에 우리는 이 시간에 은그릇에 윤을 내고, 커피포트 속을 닦고, 그밖의 잔일을 처리했다. 그러고나면 마침내 하루중 가장 거대한 소용돌이가 휘몰아치는 저녁시간이 시작된다. 그러한 저녁시간을 묘사하기 위해서 잠시 동안만이라도 내가 에밀 졸라가 될 수 있다면 얼마나 좋을까 생각해 본다.

백 명 내지 2백 명의 손님들이 각각 다른 다섯 내지 여섯 가지로 된 서로 다른 음식을 주문하는데, 고작 5, 60명의 종업원들이 조리를 하고, 날라주고, 심부름을 하고 식사 뒤처리까지 해야 하는 것이다. 직접 음식을 만들어 본 사람이라면 이것이 무엇을 의미하는지 알 수 있을 것이다. 게다가 하루 두 번째로 겪는 이 소동의 시간이 되면 종업원의 대부분은 지쳐있고, 상당수는 술에 취해 있다.

이 광경에 대하여 몇 페이지의 글을 쓴다 해도 나는 그 진정한 모습을 표현해내지 못할 것이다. 좁은 복도에서 이리 뛰고, 저리 뛰며 서로 부딪치고 고함치고 욕하고, 바구니와 쟁반을 서로 먼저 차지하려 하고, 냉기와, 열기, 어둠침침함, 싸울 틈도 없으면서 잡아먹을 듯이 으르렁대는 모습. 이 모든 것들은 도저히 다 묘사해 낼 수가 없다. 아마 이런 광경을 처음 본 사람들은 모두가 미치광이 소굴에 들어온 것이라고 생각할 것이다. 나는 나중에서야, 호텔 일이 어떤 것인지를 이해하였고, 이 모든 혼돈 속에서의 질서란 것을 보았다.

8시 반이 되면 갑자기 일이 중단된다. 하지만 9시까지는 자유롭게 쉴 수가 없다. 그래서 우리는 바닥에 주저앉아 길게 다리를 펴고 벽에 등을 기댄 채 휴식을 취했다. 너무 지쳐 있어 뭔가 마실 것을 꺼내러 얼음창고에 갈 기력조차 없었다.

어떤 날은 인사계장이 맥주병을 들고 찾아오기도 했다. 우리의 일이 너무 힘든 날은 호텔측에서 특별히 맥주를 제공해주기 때문이었다. 우리에게 주어지는 음식은 그렇게 풍족하지 못했지만 술만은 부족하지 않게 후하게 제공되었다.

호텔에서는 매일 한 사람당 2리터의 포도주가 지급되었다. 그것은 접시닦이들에게 2리터의 포도주를 주지 않으면 3리터를 도둑맞는다는 사실을 알고 있었기 때문이다. 게다가 손님들이 먹다 남긴 술까지 있어서 우리는 매일 취하도록 마실 수 있었다.

일주일 중 나흘은 이런 식으로 지나갔다. 나머지 이틀은 하루는 좀더 힘들고, 또 하루는 매우 고된 날이었다. 이렇게 일주일이 지나면 하루쯤 푹 쉬고 싶어진다. 토요일 밤이 되면 여관의 술집에는 술을 마시는 사람들로 엄청 붐볐다. 나 또한 다음날 점심때까지 잘 생각으로 술에 취해 새벽 2시에 잠자리에 들었다. 그런데 새벽 5시 반에 누군가 나를 깨웠다. 호텔에서 보낸 야간 경비원이 내 침대맡에 서 있었다. 그는 내가 덮고 있던 담요를 벗기고 세차게 흔들어 댔다.

"빨리 일어나!"

그가 큰소리로 말했다.

"술이 곤드레가 되셨군. 하지만 어쩔 수 없어. 호텔에 한 사람이 부족하니 오늘도 일을 해야겠어."

"내가 왜 일을 해야 한단 말이오?"

나는 단호히 거절했다.

"오늘은 내가 쉬는 날이란 말이오."

"쉬는 날이 어딨어! 빨랑 일어나!"

결국 나는 일어나야만 했다. 등이 빠개질 것처럼 아팠다. 머릿속은 뜨거운 불덩이가 가득차 있는 것처럼 어질어질했다. 도저히 하루 동안 버티지 못할 것만 같았다. 하지만 호텔 지하실에 한 시간 정도 있으니 술기운이 완전히 사라지고 거뜬해졌다.

그 지하 주방에 있으면 마치 터키탕 속에 든 것처럼 열기가 몸 속의 술기운을 모두 땀으로 증발시켜 버리는 듯했다. 접시닦이들은 그 사실을 알기 때문에 그것을 감안하여 술을 마시는 것이다. 포도주를 아무리 많이 마셔대도 술이 몸에 해를 끼치기 전에 땀으로 배출해내는 접시닦이들의 지혜야말로 생활이 주는 커다란 보상이라고 할 수 있었다.

12

뭐니 뭐니 해도 호텔에서 가장 즐거운 시간은 5층에 있는 웨이터를 도우러 갈 때였다. 우리는 카페테리와 주문용 승강기로 연결되어 있는 조그마한 식료품 임시 저장실에서 일했다. 지하실에서 올라오면 거기는 말할 수 없이 상쾌하고 시원했다. 그리고 그곳에서 하는 일이라야 주로 은식기와 유리그릇을 닦는 일이어서 매우 '인간적인' 것이었다.

　그 웨이터의 이름은 발렌티였는데 매우 겸손하고 인간적이어서 둘이만 있을 때는 내게 동등하게 대해주었다. 하지만 다른 누군가가 옆에 있을 때에는 거칠고 무례하게 대해야만 했다. 그것은 웨이터가 접시닦이와 친근하게 지낸다는 것이 용납되지 않기 때문이었다.

　그는 벌이가 좋은 날이면 나에게 5프랑을 팁으로 주기도 했다. 그는 스물네 살이었지만 열여덟 살 정도로 보일만큼 잘생긴 미남이었다. 모든 웨이터들이 그러한 것처럼 그도 세련되게 행동했고 옷차림도 매우 깔끔했다. 검은 연미복에 하얀 타이를 매고 윤기가 흐르는 밤색 머리에 생기있는 표정을 지을 때면 마치 이튼 칼리지의 학생을 보는 듯했다. 그러나 그는 열두 살 때부터 혼자의 힘으로 생계를 꾸려온 그야말로 밑바닥 인생부터 출발하여 출세한 사람이었다.

　그는 여권도 없이 이탈리아 국경을 넘어와서 파리의 북쪽 강변에서 군밤장수도 했고, 불법 취업자로 붙잡혀 런던에서 50일간 감방생활을 하기도 했다. 또 어떤 돈 많은 늙은 부인과 호텔에서 정사를 맺고 선물로 다이아몬드 반지를 받았지만 그것을 훔쳤다는 누명을 쓰고 고소를 당하는 등 파란만장한 경력을 가지고 있었다.

나는 휴식시간에 그와 승강기 밑에서 담배를 피우며 얘기하는 시간이 매우 즐거웠다.

가장 힘겨운 것은 웨이터 전용식당에서 설거지를 할 때였다. 큰 접시는 주방에서 닦기 때문에 닦지 않아도 되었으나, 다른 그릇들과 은식기류, 칼과 유리컵 등을 씻고 닦아야 했다.

하루 열세 시간을 일해야 하는 고된 일로, 하루에 보통 30 내지 40포의 세척용 헝겊을 소모해야 했다. 프랑스의 재래식 설거지 방법은 일을 두 배는 힘들고 더디고 번거롭게 했다. 건조용 식기걸이는 아예 보이지도 않았고, 가루비누도 없어서 물에 잘 풀리지도 않는 물컹물컹한 연성軟性의 덩어리 비누만이 사용되었다.

나는 식기 저장실과 설거지하는 곳을 겸한 더럽고 비좁은 곳에서 일했다. 그곳은 식당과 직통으로 연결된 지하실이었다. 설거지를 하는 외에도 웨이터들에게 음식을 날라주어야 했고 테이블의 손님들 시중도 들어야 했다. 그들은 대부분 구역질이 날만큼 거만했다. 나는 이성을 잃지 않기 위해 보이지 않게 주먹을 불끈 쥐곤 했다.

더럽고 비좁은 주방에서 일을 하다가 그곳이 식당과 겨우 문 하나를 사이에 두고 있다는 사실을 생각하면 웃음이 비어져나왔다. 티끌한 점 없는 테이블. 그 위의 꽃병에 소담스레 꽂혀 있는 꽃. 거울들과 금가루로 수놓은 장식들. 날개 달린 천사 그림 아래 호화찬란하게 차려입은 손님들이 즐겁게 떠들며 음식을 먹을 때 나는 불과 몇 발자국 떨어져 있는 구역질 나는 곳에서 힘겹게 일을 하고 있는 것이다.

바닥은 음식물 찌꺼기들과 비눗물로 뒤범벅이었지만 청소할 겨를이 없어 저녁때까지 그대로 방치되었고 우리는 이리저리 미끌거리며 바삐 뛰어다녀야 했다.

웃통을 벗은 십여 명의 웨이터들이 땀이 흐르는 겨드랑이 털을 드러낸 채 테이블에 앉아 샐러드를 만들거나 크림 통에 손가락을 담갔다. 주방은 항상 음식물과 땀 냄새가 섞여서 악취가 진동한다. 찬장의 쌓아놓은 그릇들 뒤에는 웨이터들이 훔쳐다 놓은 음식들이 지저분하게 숨겨져 있다. 그곳에는 단 두 개의 싱크대가 있을 뿐, 세면대는 없었기 때문에 웨이터들은 그릇을 헹궈낸 물로 세수를 하곤 했다. 하지만 손님들이 이런 사정을 알 턱이 없다. 웨이터들은 식당문 바깥에 있는 코코넛나무로 만든 매트와 거울 앞에서 몸단장을 하고 청결한 차림으로 안으로 들어갔다.

호텔 식당으로 들어가는 웨이터의 모습에는 다분히 교훈적인 분위기가 서려 있기도 했다. 웨이터들은 문을 나서는 순간 전혀 다른 모습으로 돌변한다. 몇 번 어깨를 으쓱거리는 순간 모든 더러움, 서두름, 초조와 불안 등이 사라져 버린다. 그는 품위있는 왕자같은 엄숙한 태도로 카펫 위를 미끌어지듯 걸어간다.

언젠가 신경질적인 이탈리아인 부지배인이 식당문 앞에 서서 포도주병을 깨뜨린 신출내기 종업원에게 호통을 치던 것을 기억한다. 그는 머리 위로 주먹을 휘두르면서 소리치고 있었다(다행히도 문은 그의 소리가 들리지 않게 막아주었다).

"이런 병신같은 놈. 그러고도 웨이터라고 떠들어대겠지. 너 같은 놈은 네 어미가 살던 창녀촌의 마룻바닥도 제대로 못 닦을 놈이야. 머저리같은 놈!"

허공에 주먹을 휘두르며 입에 담을 수 없는 쌍욕을 내뱉던 그는 식당으로 들어서는 순간 손에 요리 접시를 들고 백조처럼 우아한 걸음걸이로 나아갔다. 그리고 10초 후에는 한 손님 앞에 정중하게 고개를 숙이고 있었다. 숙련된 웨이터들이 정중한 미소로 고개를 숙이고 있는 모습을 보면 손님은 그러한 정중한 대접을 받는 데 대해서 황송함을 느끼게 될 거라는 생각이 들곤 했다. 손님들의 뒤치다꺼리 일은 육체적으로는 그렇게 고되지 않았지만 말할 수 없이 지겹고 따분한 것으로 한심하다는 생각이 들게 했다. 인생의 수십 년을 이런 일에 종사하며 보낸다는 것은 생각만 해도 끔찍한 일이었다.

나와 교대했던 여자는 60이 넘은 노파였는데, 일 년 내내 주에 6일 동안 하루 13시간씩 설거지통 앞에 서서 일한다. 웨이터들에게 무시당하고 심하게 들볶이면서. 그녀는 자신이 과거에 유명한 배우였다고 했지만 내 짐작으로 그녀는 창녀였던 것 같았다. 대부분의 창녀들은 잡역부로 생을 마감하기 때문이다. 그런데 이해하기 힘든 것은 그 나이에 그런 생활을 하면서도 그녀는 항상 화려한 금발가발을 쓰고, 마치 이십대 처녀들처럼 짙은 화장을 한다는 것이었다. 그런 면에서 보면 일주일에 78시간의 고된 노동도 사람에게서 삶의 희망을 빼앗아가지는 못하는 것 같았다.

13

호텔에서 일한 지 사흘째 되던 날이었다. 항상 부드럽고 점잖게 내게 말을 건네던 인사계장이 나를 부르더니 성난 목소리로 말했다.

"이봐, 그 수염 당장 밀지 못해! 세상에 어떤 접시닦이가 수염을 기르나?"

내가 변명하려 하자 그는 재빨리 가로막았다.

"수염 난 접시닦이라, 세상에 그런 건 없네. 내일까지 수염이 그대로 있으면 나와는 영원히 볼 수 없을 걸세."

퇴근길에 보리스에게 그 이유를 물었다. 보리스는 어깨를 움찔해 보였다.

"그가 지시한 대로 하게. 호텔에서는 요리사 외에는 아무도 수염을 기를 수가 없어. 자네가 벌써 눈치 챘을 줄 알았네. 그 이유가 뭐냐고? 이유는 없어. 단지 관습이야, 관습."

파티를 위한 정장차림에는 흰 타이를 매지 않는 것과 같은 일종의 에티켓이라 생각하고 나는 수염을 깎았다. 나중에 나는 이 관습에 대하여 알게 되었다. 고급 호텔의 웨이터는 수염을 기를 수 없도록 되어 있다. 그래서 그들의 우월감을 과시하려고 접시닦이들에게도 수염을 기르지 못하도록 정했던 것이다. 하지만 요리사들은 웨이터들에 대한 시위로 경멸과 멸시를 나타내기 위해 수염을 길렀다는 이야기다.

나는 서서히 호텔 내에 존재하는 엄격한 계급 체제에 대해 알게 되었다. 우리 호텔의 종업원은 백여 명 정도 되었는데 마치 군대의 계급 체계처럼 엄격하고 정교하게 서열이 정해져 있었다. 요리사나 웨이터의 직급은 접시닦이에 비하면 군대의 대위와 졸병의 관계 만큼이나 격차가 컸다.

종업원 중의 최고는 지배인인데 그는 어느 누구라도, 요리사까지도 해고할 수 있는 권한을 가지고 있었다. 우리는 그 호텔의 사장을 한번도 볼 수가 없었다. 단지 우리가 아는 것이라곤 호텔 사장의 식사는 손님들보다 더욱 세심하고 깔끔하게 신경을 써야만 한다는 것이었다.

호텔의 규율은 전적으로 지배인의 손에 달려 있었다. 그는 매우 성실한 사람으로 종업원들의 규율이 느슨해지지 않았나 철저히 감시했다. 그러나 우리는 그보다 한 수 위였다. 호텔의 구석구석에는 연락용 벨이 설치되어 있어 종업원들은 이것을 이용해 서로 신호를 주고받았다. 길게 한 번 짧게 한 번, 그리고 다시 길게 두 번 울리면 지배인이 떴다는 신호였다. 그러면 우리는 바쁘게 일하는 척하며 서둘러대곤 했다.

지배인의 바로 아래는 급사장이다. 그는 보통 테이블에서는 시중을 들지 않고 귀족이나 그 이상 지체 높은 계층의 시중만 들었다. 그는 모든 웨이터들을 지휘하여 서비스 전반을 살핀다. 그가 받는 팁과 샴페인 회사로부터 받는 부수입(코르크 마개 한 개당 2프랑씩)을 합하면 하루에 2백 프랑에 달했다.

그는 다른 종업원들과는 매우 다른 지위에 있는 만큼 식사도 그의 전용방에서 두 명의 견습 웨이터가 시중을 드는 가운데 은식기로 했다. 급사장 바로 아래 직급이 주방장인데 그는 한 달에 5천 프랑을 받았다. 그는 주방에서 식사를 했지만 테이블은 별도였고 견습 요리사 한 명이 시중을 들었다. 그 다음은 인사계장이다. 그는 한 달에 겨우 천오백 프랑을 받지만 항상 검정색 정장을 차려입고 힘든 일은 전혀 하지 않았다. 그리고 그에게는 접시닦이를 해고할 수도 있고 웨이터로부터 벌금을 받을 수도 있는 권한이 있었다. 그 다음이 요리사인데 한 달에 3천 프랑에서 750프랑에 이르기까지 여러 층이 있다.

그 다음이 웨이터였다. 웨이터들은 기본금은 적었지만 팁으로 하루에 70프랑쯤 벌었다. 다음은 세탁과 바느질을 하는 여자들이고 그 다음은 견습 웨이터인데 팁은 받지 못하지만 한 달에 750프랑의 고정급을 받을 수 있었다. 다음이 접시닦이며 역시 750프랑을 받는다. 다음은 방청소를 맡은 하녀들로 한 달에 5,6백 프랑을 받았고, 맨 밑이 한 달에 5백 프랑을 받는 잡역부였다. 잡역부들은 호텔에서 가장 밑바닥의 계급으로 모든 사람들로부터 멸시를 당하고 함부로 취급당했다.

이밖에도 호텔에는 별의별 직종이 다양하게 모여있었다. 일반적으로 급사라고 불리는 사무실 직원, 창고지기, 지하실 관리인, 짐꾼과 심부름꾼, 얼음 관리인, 빵 굽는 기술자, 야간 경비원, 수위 등이 있었다. 그들은 직종에 따라 인종도 달랐다. 사무직원과 요리사, 바느질 담당은 프랑스인, 웨이터는 이탈리아인과 독일인(파리에는 프랑스인 웨이터는 전혀 없었다), 접시닦이는 유럽의 각 민족이 골고루 섞여 있었지만 아랍인과 흑인은 제외되었다. 공용어는 프랑스어였다. 때문에 이탈리아인들끼리도 우스꽝스런 프랑스어로 대화를 했다.

지위 고하를 막론하고 부서마다 나름대로의 기지를 발휘하여 부수입을 올리고 있었다. 파리의 모든 호텔에서는 겉이 찌그러진 빵을 1파운드당 8수에 빵장수에게 내다 팔았다. 또 주방의 음식찌꺼기를 싼 값에 돼지사육업자에게 팔아서 그 돈을 접시닦이들끼리 나누어 가지는 것은 관습처럼 되어 있었다. 좀도둑질도 극성을 부렸다. 모든 웨이터들은 음식들을 도둑질했다. 나는 웨이터들이 호텔에서 제공해 주는 급식에 불만을 표시하는 것을 거의 보지 못했다. 그 이유는 요리사들이 호텔에서 정한 것보다 훨씬 많은 음식들을 빼돌려 주었기 때문이다. 주방에서 일하는 우리들도 커피와 홍차를 빼돌려 때와 장소를 가리지 않고 퍼마셨다.

지하 식품창고 관리인은 브랜디를 빼돌렸다. 호텔의 규칙에 웨이터들이 주류를 보관하는 일은 금지되어 있었다. 그래서 주문을 받을 때마다 지하 식품관리인에게 가지러 가야만 했다. 관리인은 술을 따를 때마다 한 잔당 한 스푼씩 빼돌렸다. 그렇게 모아진 브랜디는 한 잔에 5수씩 팔았다.

종업원들 중에는 좀도둑도 많았다. 깜빡하고 윗옷 주머니에 돈을 넣어두었다면 그날은 틀림없이 도둑을 맞았다. 우리에게 급료를 나누어주고, 음식물을 훔쳐가는지 몸수색을 하는 수위는 호텔에서 가장 큰 도둑이었다. 실제로 그는 내가 호텔에서 한 달 동안 일하고 받은 5백 프랑에서 114프랑을 사기쳐먹었다. 그것도 단 6주만에. 나는 일당으로 급료를 받기로 되어 있기 때문에 수위는 매일 저녁 16프랑을 건네주었는데 일요일(일요일에도 급료는 받을 권리가 있었다)치는 아무 말도 없이 주지 않고 64프랑을 가로챘다. 또 일이 많을 때면 일요일에도 근무했는데, 일요일에 근무를 하면 특근수당으로 20프랑을 추가로 지급하기로 되어 있는데 이것도 말없이 슬쩍해서 75프랑을 가로챘다. 나는 그 호텔을 그만 둘 때쯤에야 그에게 속았다는 것을 깨달았지만 증거를 댈 수가 없어 겨우 25프랑만 돌려받았을 뿐이다. 교활한 수위는 어리숙해 보이는 종업원이면 누구에게나 비슷한 수법으로 사기를 쳤다. 그는 자신이 그리스인이라고 했으나 사실은 아르메니아인이었다. 그렇게 그에게 당하고 나서, 나는 다음 속담의 의미를 절실하게 깨달았다.

'유태인의 말보다는 차라리 뱀의 말을 믿어라. 그리스인보다는 차라리 유태인을 믿어라. 그러나 아르메니아인은 절대 믿지 말라.'

웨이터들 중에는 특이한 이력을 가진 별종들도 많았다. 그중 한 청년은 대학교육까지 받은 엘리트 젊은이였다. 그는 어떤 회사에서 높은 보수를 받으며 근무하다가 그만 성병에 걸려 일자리를 내놓고 떠돌아다니다가 웨이터가 되었는데, 웨이터가 된 것을 오히려 다행스럽게 여기고 있었다.

웨이터 중에는 여권도 없이 프랑스로 몰래 들어온 사람들이 상당히 많았다. 때문에 그 중에는 스파이들도 끼어있게 마련이었다. 사실 웨이터는 스파이들이 가장 선호하는 직종 중 하나였다.

어느 날 웨이터들이 식사하는 식당에서 요란스런 소동이 벌어졌다. 미간이 넓고 험상궂은 얼굴의 모란디와 몸도 약한 데다 겁이 많은 이탈리아인이 격돌했다. 모란디가 상대의 애인을 건드린 모양이었다. 상대는 약골이었고 모란디에게 겁을 먹고 있었지만 위협을 가하고 있었다.

모란디는 겁을 먹기는커녕 그를 비웃었다.

"그래, 그래서 어쩌겠다는 거야? 내가 네 계집과 잤다. 그것도 세 번이나. 기분 좋더라. 그래서 네놈이 어떻게 할 거냐, 응?"

"나는 네놈을 비밀경찰에 고발할 수 있어. 네놈이 이탈리아 스파이란 것 알고 있다구."

모란디는 그것을 부정하려 하지 않았다. 단지 그는 뒷주머니에서 면도날을 꺼내 상대의 얼굴을 긋는 시늉을 허공에 대고 두어 번 해보였다. 그러자 이탈리아인 웨이터는 싸움을 거두고 돌아서 버렸다.

내가 호텔에서 봤던 별종 중 가장 특이한 사람은 린지라고 불리는 사나이였다. 그는 갑자기 병이 난 마자르인을 대신하여 일당 25프랑에 고용된 임시 고용인이었다. 그는 스물다섯쯤 되어 보이는 땅딸하고 약삭빠른 세르비아인이었는데, 영어를 포함해서 6개 국어를 할 줄 알았다. 그는 호텔 일에는 환한 것 같았고 정오가 될 때까지는 마치 노예처럼 일했다. 그런데 시계가 12시를 땡하고 치면 갑자기 퍼질러져 빈둥대며 포도주를 훔쳐 마시더니 급기야는 보란듯이 담배를 꼬나물고 주위를 서성거렸다. 흡연은 엄격하게 금지되어 있었고 어기면 엄청난 벌금을 내야했다. 결국 지배인의 귀에까지 그 소리가 들어갔고, 화가 난 지배인은 씩씩거리며 내려와 그를 불러세웠다.

"여기서 담배를 피우다니 어떻게 된 놈이야?"

지배인이 소리쳤다.

"여보쇼, 그런 얼굴로 쳐다보면 어떻게 하겠다는 거요?"

세르비아인은 꿈쩍도 않고 맞받아쳤다.

그건 지배인에겐 엄청난 모욕이었다. 만일 접시닦이가 주방장에게 대놓고 그렇게 말했다면 당장 뜨거운 국물이 든 냄비가 얼굴로 날아갔을 것이다.

"너는 당장 해고야!"

지배인이 소리쳤고, 아직 2시밖에 되지 않았는데 25프랑을 주고 해고시켰다. 그가 떠나기 전에 보리스가 그에게 다가가 러시아말로 왜 그렇게 했느냐고 은밀히 물었다. 그러자 세르비아인은 이렇게 대답했다고 한다.

"보세요, 형씨. 호텔에서는 정오까지 일하면 일당을 주게끔 되어있습니다. 법으로 정해져 있으니까요. 바로 그겁니다. 내게 이미 일당이 들어왔는데 일할 기분이 나겠습니까? 그래서 나는 이렇게 합니다. 나는 호텔의 일당 근로자로 고용되어 정오까지 열심히 일해줍니다. 그리고 12시가 넘어서는 순간부터 보란듯이 빈둥댑니다. 해고당할 수밖에 없지 않아요. 깨끗하지 않습니까? 대개는 12시 반에 해고되게 마련인데 오늘은 2시로군요. 하지만 이 정도면 괜찮은 편입니다. 그래도 네 시간은 벌었으니까요. 이런 방법의 치명적인 문제점은 같은 곳에서 두 번 써먹을 수가 없다는 것이죠."

그는 이 수법을 파리 시내의 호텔과 레스토랑의 절반 정도에서 써먹었던 모양이다. 호텔들은 이런 류의 인물들에게 당하지 않으려고 블랙리스트를 작성하기도 했지만 여름철 성수기에는 아주 유용하게 써먹을 수 있는 수법 중 하나였다.

14

얼마의 시간이 흐른 후 나는 비로소 호텔 일의 전반에 대하여 이해할 수 있었다. 호텔 서비스 분야에 처음 발을 들여놓은 사람은 한창 바쁜 식사시간의 끔찍스런 소음과 혼란스러운 광경에 엄청나게 놀랄 것이다.

그곳은 상점이나 공장의 차분한 작업 분위기와는 너무나 성격이 다르기 때문에 얼핏 보면 운영 솜씨가 미숙하여 우왕좌왕하는 것이 아닌가 여겨질 정도다. 그러나 그것은 사실상 불가피한 것으로 충분한 이유가 있다. 호텔 일 자체는 별로 어려울 것이 없지만 속성상 일이 한꺼번에 쏟아지기 때문에 능률적으로 합리적으로 처리할 수가 없다.

예를 들면 스테이크를 주문받기 두 시간쯤 전에 미리 구워둘 수는 없는 일이 아닌가. 주문이 있을 때까지 기다릴 수밖에 없는데 그때가 되면 다른 일들도 밀려있어 이것을 모두 한꺼번에 미친 듯이 처리하지 않으면 안 된다. 때문에 식사시간에는 모든 종업원이 두세 사람 몫의 일을 처리해야만 되고 그러자니 소란과 다툼이 끊이지 않는다.

오히려 싸움은 일을 하는 과정의 필수불가결의 요소라고 할 수도 있다. 왜냐하면 서로가 동료를 질책하고 몰아세우지 않으면 일처리를 원활하게 할 수 없기 때문이다. 그래서 한창 눈코 뜰 새 없이 바쁜 때에는 모든 종업원들이 잔뜩 신경이 곤두선 악마처럼 서로를 헐뜯고 욕을 해댄다. 그렇게 바쁜 와중에 호텔에서 쓰이는 모든 단어에는 '제기랄', '우라질' 하는 욕설이 앞을 장식한다. 제과부에서 빵을 굽는 열여섯 살된 계집애가 입에 담는 욕지거리는 택시 운전사도 혀를 내두를 정도였다(햄릿도 '접시닦이처럼 욕한다' 라는 말을 하지 않았던가? 세익스피어는 접시닦이들이 일하는 현장을 보았음이 분명하다) 그러나 우리는 이성을 잃거나 시간을 허비하지 않았다. 우리는 다만 네 시간의 일을 두 시간 안에 해내기 위하여 서로가 서로를 분발케 했을 뿐이다.

호텔을 제대로 돌아가게 하는 가장 중요한 원동력은 비록 어리석고 지저분할지라도 모든 종업원들이 자신들의 일에 대하여 긍지를 지니고 있기 때문이다. 누군가가 게으름을 피우면 다른 사람들 모두가 합심하여 음모를 꾸며 그가 호텔에서 쫓겨나도록 한다. 요리사와 웨이터 그리고 접시닦이는 각각 다른 사고방식을 가지고 있지만 자신이 맡고 있는 일에 대하여 자부심을 가지고 있다는 공통점을 가지고 있다.

자신의 일에 가장 자부심이 강하고 굽실거리거나 비위를 맞추는 일을 하지 않는 부류는 요리사들이다. 요리사들은 웨이터보다 돈을 많이 벌지는 못하지만 지위가 더 높기 때문에 안정적이다. 요리사들은 자신이 단순히 요리를 하는 하인이 아니라 고급 기술을 가진 기술자라고 생각했다. 그래서 요리사들은 기술자라는 말을 듣지만 웨이터는 그렇지 못하다. 요리사들은 자신이 지닌 '파워'를 알고 있다. 식당이 잘되거나 못되는 게 자기 손에 달려있으며 만일 자신이 5분만 늦장을 부려도 모든 일이 뒤틀려버린다는 것을 잘 알고 있기 때문이다.

때문에 요리사들은 다른 모든 종업원들을 멸시하고 모욕을 주는 것을 아무렇지도 않게 생각했다. 급사장급 이하 모든 종업원들을 경멸하며 모욕을 줄 수 있다는 것을 명예로 삼았다. 요리사들은 특별한 기술을 익혀야만 하는 자신의 일에 대한 긍지와 자부심이 대단했다. 사실 요리 자체는 특별히 어려운 일이 아니었다. 가장 중요한 것은 시간을 맞추는 일이었다. 아무리 바쁘고 혼란스런 상황일지라도 제시간 내에 주문량의 요리를 만들어내야만 하는 것이다.

X호텔 주방장은 아침식사와 점심식사에 나갈 수백 가지 요리를 주문받는다. 그는 자신이 직접 요리하는 것은 거의 없지만 수백 가지 요리에 대하여 모두 지시하고 손님 테이블에 올라가기 전에 모든 음식을 점검한다.

그의 기억력은 감탄할 정도였다. 주문표를 판에 꽂아놓고 있었지만 그는 거기엔 눈길조차 주지 않았다. 모든 것이 그의 머릿속에 기록되어 있어 각각의 요리에 필요한 조리시간에 맞추어 정확하게 소리치곤 했다.

"송아지 커틀릿 한 개 나간다!"

그는 아니꼬울 정도로 거만했고 거드름을 피웠다. 하지만 그의 장인적인 재주는 결코 부정할 수 없었다. 호텔에서 여자 요리사보다 남자 요리사를 더 선호하는 것은 음식 솜씨가 뛰어나기 때문이 아니라 정해진 시간에 정확하게 음식을 만들어내기 때문이었다.

하지만 웨이터들의 세계는 전혀 다르다. 웨이터들도 어느 정도는 자신의 일에 대한 기교와 숙련도에 긍지를 가지고 있지만 사실 그것은 손님들에게 알랑대며 굽실거리는 것에 불과했다. 웨이터들의 일은 속성상 노동이라기보다는 손님들의 기분을 맞추는 일이 전부라고 해도 과언이 아니다.

웨이터들은 항상 부유한 상류층 사람들의 식탁 옆에 서서 미소를 지으면서 조심스럽게 그들의 기분을 맞추어 줘야 한다. 웨이터들은 부유한 상류층 사람들이 하는 행동에 자신의 감정을 이입시켜 대리 만족을 느끼곤 한다. 때문에 그 자신도 언젠가는 상류층 사람들의 부류에 편승해서 부유하게 살아갈 것이라고 생각한다.

대부분의 웨이터들은 가난하게 살다 가난하게 죽어가지만 엄청난 행운을 거머쥐는 경우도 있다. 실제로 그랑불바르에 있는 카페 중에는 수입이 너무 좋아 웨이터들이 주인에게 돈을 주고 고용되기도 한다. 항상 많은 돈을 가진 사람들과 가까이 하고 자신도 언젠가 그렇게 될 것이라는 생각 속에 살다보면 착각을 일으키게 된다.

언젠가 웨이터 발렌티가 니스에서 열린 어떤 연회에 다녀와서 나에게 들려준 이야기를 기억한다. 연회 비용으로 무려 2십만 프랑을 뿌려댄 엄청난 파티로 몇 달을 두고 화젯거리가 됐다.

"한마디로 굉장했지. 엄청나게 화려했다구. 정말 놀랐어! 샴페인, 은식기, 화초들 하며, 그런 건 생전 본 일이 없었지. 정말 잊혀지지 않을 광경이었다네. 아, 정말 대단했어!"

"하지만 자네는 거기서 단지 손님들 시중을 든 거 아닌가?"

내가 물었다.

"아, 물론 그건 그렇지. 그렇지만 정말로 경이적이었다구."

웨이터들이 이렇게 자신의 처지를 잊고 착각 속에 살아간다고 해서 그들을 불쌍히 여길 필요는 없다. 식사 마감시간이 지났는데도 식사를 하는 손님들이라면 옆에 서 있는 피로에 지친 웨이터가 자신들을 속으로 욕하며 경멸할 것이라고 생각할 것이다. 하지만 그렇지 않다. 웨이터는 손님을 바라보며 '나도 언젠가 돈을 많이 모으면 저들처럼 할 수 있겠지' 하고 생각한다. 그는 자신이 동경하고 있는 대상에 봉사하며 쾌락을 얻는 것이다. 이런 이유 때문에 웨이터들은 결코 사회주의자가 될 수 없다. 노동자 조합도 만들지 못하고 하루에 열두 시간씩 일을 한다.

접시닦이들에게도 나름대로의 자부심과 긍지가 있다. 접시닦이 일은 특별한 기술을 필요로 하거나 일 자체가 흥미로운 것도 아니다. 때문에 장래에 대한 희망도 없고 육체적인 노역에 시달려야 한다. 충분한 힘만 있다면 여자들도 쉽게 해낼 수 있는 일이다. 접시닦이들에게 요구되는 것은 장시간의 노동시간 동안 한시도 쉬지 않고 버텨낼 수 있는 체력과 숨이 막히는 환경 속에서도 견뎌낼 수 있는 인내력뿐이다.

한번 접시닦이에 발을 들이면 결코 빠져나갈 수가 없다. 그들이 받는 급료로는 한 푼도 저축을 할 수가 없기 때문이다. 또한 일주일에 60시간이 넘는 노역에 시달려야 하는 만큼 다른 기술을 배울 시간도 기회도 주어지지 않는다. 접시닦이들의 가장 큰 소망은 경비원이나 화장실 관리 같이 육체적으로 좀 힘들지 않은 직종으로 옮기는 것이다.

그토록 악조건 속에서 살아가는 접시닦이들도 나름의 긍지를 가지고 있다. 그것은 아무리 많은 일이 몰려온다 해도 해낼 수 있다는 자부심이다. 그들이 내세울 수 있는 것은 소처럼 끈기있게 일을 해낼 수 있는 힘과 인내심이다. 접시닦이들이 가장 듣고 싶어하는 호칭은 '해결사'다. 해결사는 다른 사람들이 불가능하다고 하는 일을 어떤 수단과 방법을 강구해서라도 해결해내는 사람을 의미한다.

X호텔의 한 독일인 접시닦이는 해결사로 유명했다. 어느 날 밤, 한 영국 백작이 이 호텔에 들어 복숭아를 찾았다. 그런데 호텔에는 복숭아가 없었고, 상점들도 모두 문을 닫은 시간이어서 웨이터들은 발을 동동 구르며 어찌할 바를 몰라했다. 그때 그 독일인이 나서서 자신에게 맡겨달라고 했다. 그리곤 밖으로 나가더니 10분도 안돼 복숭아 4개를 구해왔다. 근처 레스토랑의 식품저장실에 몰래 들어가 훔쳐왔던 것이다. 영국 백작은 복숭아 한 개당 20프랑씩을 지불했다.

식품저장실의 감독을 맡고 있는 마리오는 하급 노동자의 전형적인 기질을 가장 철저히 지닌 인물이었다. 그는 어떤 일을 맡겨도 그 일을 처리하는데 자신의 모든 것을 바치는 사람으로 일거리가 아무리 많다 해도 전혀 불평을 하거나 게으름을 피우지 않았다. 14년 동안 지하 저장실에서 생활해온 그는 마치 기계의 피스톤처럼 반복적인 일상에 적응되어 있었다.

"꾸준히 계속하면 되는 거지 뭐."

누가 불평 불만이라도 늘어놓을 때면 그는 입버릇처럼 항상 그렇게 말하곤 했다.

접시닦이들이 가장 자랑스레 하는 말은 '끝까지 견디어내는 놈이

이기는 거야였다.

이처럼 호텔에서 일하는 모든 종업원들은 나름대로의 긍지를 지니고 있었다. 때문에 감당할 수 없을 정도로 어려운 일이 산더미처럼 몰려와도 전원이 일치단결하여 처리해 냈다. 작업 분야 간에 일어나는 갈등과 알력은 오히려 일의 능률을 높여주었다. 각자가 자기가 맡은 분야에 최선을 다하면서 다른 종업원들의 나태와 부당행위를 견제했기 때문이다.

지금까지는 호텔 일의 좋은, 긍정적인 측면만 살펴본 것이다. 호텔이라는 거대하고 복잡한 기구가 멈추지 않고 굴러가는 것은 각자가 맡은 분야에서 자기 몫을 제대로 해내기 때문이다. 하지만 거기에는 엄청난 비밀이 숨겨져 있다. 그것은 종업원들이 하는 일과 손님이 지불하는 돈과 일지하지 않는다는 것이다. 손님들은 자신이 최상의 서비스를 받고 있다고 생각하고 돈을 지불한다. 종업원들도 자신이 최고의 서비스를 하고 있다고 생각하고 돈을 받는다. 하지만 그 서비스는 눈속임일 뿐이다.

먼저 청결함을 예로 들어보자.

X호텔의 종업원들이 일하는 곳을 들여다보면 당장 구토를 일으킬 정도이다. 우리가 일하는 식품저장실에도 수년 동안 묵은 쓰레기가 구석마다 쌓여 있다. 빵을 보관하는 곳에는 바퀴벌레가 우글거렸다. 언젠가 내가 마리오에게 그 벌레들을 잡아야 하는 것 아니냐고 물었다.

"왜 그 불쌍한 것들을 잡아 죽이나?"

마리오는 오히려 내가 이상하다는 듯 반문했다.

내가 버터를 만지기 전에 손을 씻으려고 하니까 다른 동료들이 비웃었다. 하지만 청결함을 보여야 하는 곳에서는 철저히 청결함을 지켰다. 우리는 그렇게 지시를 받았기 때문에 테이블은 항상 깨끗하게 유지하고 구리그릇들은 번쩍번쩍 빛이 나게 닦았다. 하지만 진짜로 깨끗하게 하라는 명령은 받은 적이 없다. 물론 그럴 시간도 없다. 우리는 그저 의무만 다하고 있을 뿐이다. 그리고 무엇보다 가장 중요한 것은 시간을 맞추는 것이었기 때문에 더러움을 감수하고서라도 시간을 절약해야만 했다.

불결함은 주방에서 가장 심했다. 프랑스인 요리사는 자신이 먹을 게 아니면 스프에 침을 뱉는다고 하는 말이 있다. 그런데 놀랍게도 그 말은 사실이다. 요리사는 예술가지만 그 예술은 청결과는 아무런 상관도 없다. 예술가이기 때문에 오히려 더 불결하다고 말할 수도 있다. 요리가 먹음직스러워 보이게 하기 위해선 불결한 손질이 필요하기 때문이다.

예를 들면 스테이크를 주방장에게 검사를 받으러 갔다 하자. 그는 그것을 포크로 다루지 않고 손가락으로 집어들었다가 내려놓은 후 손가락으로 꾹꾹 눌러 다진다. 그런 다음 엄지손가락으로 접시 둘레를 한바퀴 두른 다음 손가락을 빨아 고기 맛을 본 뒤 또다시 한바퀴 두른 다음 맛을 본다. 그런 후 한발 뒤로 물러서서 마치 화가가 그림을 감상하듯이 고기를 들여다보다가 그의 살찌고 불그레한 손가락으로 다시 보기좋게 꾹꾹 눌러 놓는다. 그 손가락은 오전중에만 해도 백 번은 넘게 빤 손가락이다. 검사가 끝나면 주방장은 행주로 접시에 난

손자국을 지우고 웨이터에게 넘겨준다. 그러면 웨이터 역시 그의 손가락을 고깃국물에 담근 채 들고 간다. 그의 손가락은 윤기 흐르는 머리칼을 쓸어올리던 더럽고 기름때가 묻은 손가락이다. 파리에서 한 접시에 10프랑 이상 하는 요리라면 모두가 이런 과정을 거쳤다고 생각하면 틀림없다. 가격이 저렴한 레스토랑의 경우는 다르다. 그곳에서는 이렇게 번거로운 절차를 거치지 않고 프라이팬에서 포크로 접시에 옮겨 놓을 뿐이다. 때문에 값비싼 음식일수록 손님들은 그 음식을 통해서 더 많은 땀과 침을 먹게 되는 것이다.

호텔이나 레스토랑 요리에서 불결함은 피할 수 없는 필요불가분의 관계이다. 정해진 시간에 정확하게 맞추어야 하고 또 먹음직스럽게 보이기 위해서는 청결함은 뒷전으로 밀려나고 만다. 호텔 종업원들은 음식 만들기에 너무나도 분주하기 때문에 그것이 사람의 입 속으로 들어간다는 사실을 생각할 겨를이 없다. 마치 병원의 의사에게 죽어가는 암환자가 '환자'에 불과한 것처럼 호텔종업원들에게 요리란 익명의 손님을 위한 '주문품'에 불과하다.

이를테면 어떤 손님이 토스트를 주문했다 하자. 지하 깊숙한 곳에서 시간에 쫓겨 경황이 없는 종업원이 그것을 만들어야 한다. 그가 어떻게 '이것은 손님이 먹을 것이다. 손님이 맛있게 먹을 수 있도록 위생적이고 청결하게 만들어야 한다'라고 생각할 수 있겠는가.

주문표를 본 순간 그의 머릿속에는 보기에 그럴듯한 토스트가 3분 안에 만들어져야 한다는 것뿐이다. 그의 이마에서 굵은 땀방울이 토스트 위에 떨어진다. 그게 무슨 상관인가? 이번엔 토스트가 톱밥이 깔린 더러운 바닥에 떨어진다. 새로운 것으로 만들 필요가 있을까? 톱밥만 털어내면 당장 내보낼 수 있고 시간도 훨씬 절약된다.

손님들이 있는 위층으로 올라가는 도중에 이번에는 토스트가 옆에 있는 버터 위로 떨어진다. 걱정할 것은 아무것도 없다. 단지 한번 더 닦아내면 그만이다. 모두가 이런 식이다.

X호텔에서 유일하게 청결하게 만들어지는 음식은 사장과 종업원 자신들이 먹을 것뿐이다. 종업원들은 입을 모아 말한다. "사장이 먹을 음식에는 신경을 써야 한다. 손님들 것이야 알 게 뭐냐!" 종업원들이 일하는 모든 구역에는 불결함이 구석구석마다 숨어 있는 것이다. 아무리 근사하게 차려입은 신사라 할지라도 그의 몸속에는 더러운 내장이 흐르고 있듯이 화려하고 거창한 호텔의 내부엔 불결함이 흐르고 있는 것이다.

위생 상태는 그렇다 치고 호텔의 사장은 모든 수단과 방법을 동원하여 손님들의 지갑을 턴다. 식료품의 재료는 요리사들이 그럴 듯하게 보이도록 꾸미고 있지만, 사실 질이 아주 낮은 것들을 사용한다. 고기는 중품에도 미치지 못했고, 야채는 가정주부들이라면 시장에서 거들떠보지도 않을 물건들이었다. 크림은 항상 우유를 섞어 만들었고, 홍차와 커피는 최하등품이었다. 잼은 상표도 없는 깡통에 든 것을 사용했다.

종업원들에게는 자신이 실수로 손상시킨 물건은 변상을 해야 한다는 규정이 있었다. 그래서 웬만큼 망가진 것들은 절대 쓰레기통으로 가지 않았다. 언젠가 4층 웨이터가 실수로 통닭을 승강기 구멍에 떨어뜨린 일이 있었다. 통닭은 빵부스러기와 휴지조각들이 지저분하게 널려있는 바닥으로 나뒹굴었다. 하지만 우리는 그것을 행주로 한번 쓱 닦아 위로 올려보냈다.

위층의 객실에서는 사용한 시트를 세탁도 하지 않고 물만 뿌려 다림질을 하여 다시 사용한다는 이야기도 들었다. 호텔 사장은 손님들에게 뿐만 아니라 우리에게도 매우 인색했다. 그 넓은 호텔에 솔이 달린 걸레와 쓰레받기가 한 개도 없었다. 그래서 우리는 빗자루와 빳빳한 종이로 요령껏 처리해야만 했다. 종업원용 화장실은 공중변소보다 더러웠고 설거지통 외에는 손을 씻을 데도 없었다.

이런 형편인데도 X호텔은 파리에서 열 손가락 안에 꼽히는 고급 호텔이었고, 손님들은 엄청난 요금을 지불했다. 아침식사도 없는 하루 숙박비가 2백 프랑이나 되었다. 도매금으로 들여온 포도주와 담배는 시중가격의 두 배를 받았다. 손님이 유명인사거나 이름난 부자일 경우에는 자동적으로 모든 요금이 올라갔다.

어느 날 아침 5층에 투숙한 미국인이 다이어트를 한다면서 아침식사로 소금과 물만을 주문했다. 발렌티는 화가 치밀었다.

"우라질! 십 퍼센트의 팁은 어떻게 되는 거지? 소금과 물 값의 십 퍼센트라구!"

그래서 그는 아침식사 비용으로 25프랑을 청구했다. 손님은 불평 한 마디없이 아침식사비를 지불했다.

보리스의 말에 의하면 파리의 모든 호텔들, 크고 고급인 호텔들에서는 모두가 똑같은 일이 벌어지고 있다고 했다. 게다가 X호텔에 묵는 손님들은 속여먹기가 더욱 쉬웠다. 왜냐하면 손님들의 대부분은 불어는 모르고 영어만을 할 줄 아는, 그리고 고급요리란 게 뭔지도 까맣게 모르는 미국인들이었기 때문이다. 그들은 맛없는 미국산 쌀로 배를 채웠고, 차를 마실 때는 마멀레이드랑 먹었고, 저녁을 먹고 나서는 백포도주를 주문했다. 그리고 백프랑이나 주고 주문한 영계백숙에 우스터 소스를 마구 끼얹어 먹는 식이었다. 그리고 피츠퍼그에서 왔다는 한 손님은 매일 밤 자기 침실로 건포도와 계란반숙, 코코아를 주문했다. 이런 사람들은 속임을 당해도 싸다고 할 수 있을 것이다.

15

나는 이 호텔에서 여러 가지 괴이한 이야기들도 들었다. 마약 중독자, 예쁘장한 심부름꾼 소년을 만나러 밤낮 호텔을 찾아오는 나이 많은 호모, 절도범과 사기꾼에 대한 이야기도 있었다.

마리오가 전에 일하던 호텔에서 객실 담당 하녀가 미국 부인으로부터 엄청나게 비싼 다이아몬드 반지를 훔친 이야기를 해주었다. 모든 종업원들은 며칠 동안 퇴근할 때 몸수색을 당해야 했다. 형사 두 사람이 꼭대기 층에서 지하실까지 샅샅이 뒤졌으나 반지는 나오지 않았다. 그 하녀의 애인이 빵 굽는 곳에 있었는데 그가 빵 속에 반지를 넣고 구워버렸기 때문이었다.

어느 날은 발렌티가 휴식시간에 자신에 관한 이야기를 해주었다.

"이런 호텔 생활은 그래도 나은 편이라구. 일자리가 없다는 것은 끔찍스런 일이야. 자네도 먹을 것이 없다는 것이 어떤 상황이라는 것은 알고 있겠지? 그걸 모르면서 접시나 닦고 있지는 않겠지. 나는 접시닦이처럼 시달리지는 않는 웨이터지만 언젠가 닷새 동안이나 굶어본 적이 있다네. 닷새 동안 빵조각 한 개도 없이 말일세. 우라질!

그 닷새 동안은 정말 악마 같은 날들이었네. 그래도 다행이었던 것은 미리 방세를 지불해두었던 것이었네. 나는 라틴계 사람들이 사는 지역의 지저분한 싸구려 여관에서 묵고 있었네. 여관 이름은 '수잔 메'였는데, 제국시대의 유명한 창녀 이름을 딴 것이었지. 나는 굶어 죽기 직전이었지만 내가 할 수 있는 일은 아무것도 없었네. 심지어 호텔 주인들이 와서 웨이터를 뽑아가는 카페에도 차를 마실 돈이 없어서 갈 수 없는 처지였다네. 나는 침대에 처박혀 나날이 야위어 갔고, 할 수 있는 일이라곤 천장에 기어가는 빈대들을 멀거니 보는 일이었지. 정말이지 이젠 절대로 그런 지경에 빠지지 않을 걸세.

닷새째 오후가 되자 나는 반미치광이 상태가 되었다네. 그때 내 방 벽에는 빛바랜 여인의 초상화가 한 장 걸려있었는데, 그게 누구일까 궁금해지기 시작했다네. 한 시간쯤 지났을까. 나는 그것이 그 지역의 수호성인인 생텔루아즈라는 것을 알 수 있었다네. 그 전까지는 그림에 전혀 관심이 없었는데, 그 지경이 되자 그림에서 뭔가 기발한 생각이 떠올랐다네.

나는 나 자신에게 이렇게 말했다네. '너 이런 식으로 가면 곧 굶어 죽고 말거야. 뭐라도 해야지. 생텔루아즈한테 기도라도 해보지 그래. 무릎을 꿇고 돈을 좀 보내달라고 빌어봐. 손해볼 것도 없잖아. 당장 기도를 하라구.'

미친 것 같지, 응? 하지만 누구라도 오랫동안 굶주리게 되면 무슨 짓이라도 한다구. 게다가 그것은 손해날 것도 없고 말이지. 나는 침대에서 내려와 기도를 하기 시작했지.

존경하는 생텔루아즈님이시여, 당신께서 제 기도를 듣고 있다면 내게 돈을 좀 보내주세요. 많이 바라지는 않습니다. 기운을 차릴 수 있게 빵과 포도주 한 병을 살 수 있는 3,4프랑이면 됩니다. 생텔루아즈시여, 한번만 도와주시면 평생 은혜를 잊지 않겠습니다. 당신께서 도와주신다면 제일 먼저 거리에 있는 당신의 교회에 달려가서 촛불을 바치겠습니다. 아멘.

내가 촛불을 바치겠다고 한 것은 성인들은 그들을 존경하는 표시로 촛불을 밝히는 것을 좋아한다고 어디선가 들었기 때문이야. 물론 약속은 꼭 지킬 생각이었다네. 하지만 나는 무신론자였고, 그 초상화가 무언가를 베풀어줄 것이라고는 믿지 않았다네.

기도를 마치고 나는 다시 침대로 올라갔는데 5분쯤 지나자 누군가 문을 꽝꽝 두드리는 소리가 나더라구. 마리아라는 계집애였는데, 우리 여관에서 묵고 있는 덩치 크고 뚱뚱한 시골 아가씨였지. 머리는 좀 멍청했지만 마음씨는 착했어. 그 아가씨가 들어와 나의 처량한 모습을 바라보는 것을 나는 견딜 수 없었다네.

그런데 그 아가씨가 나를 보자마자 큰소리로 말했어. '세상에! 어찌 된 일이죠? 이런 대낮에 침대에 누워서 뭘 하세요? 어머, 저 안색 좀 봐! 마치 시체처럼 보이네요.'

시체처럼 보이는 것도 무리가 아니었다구. 닷새 동안을 아무 것도 먹지 못했고 세수도 면도도 안 했으니 말이야. 게다가 방은 돼지우리 같았거든.

'어떻게 된 거예요?' 마리아가 다시 묻더군.

'어쩐 일이냐고! 젠장할! 굶어서 그래. 닷새를 굶었다구. 알겠어.'

마리아는 놀라서 다시 물었지. '닷새 동안이나요? 왜죠? 돈이 없나요?'

'돈! 그래! 내가 돈이 있다면 이러고 있겠나? 나는 겨우 5수밖에 가진 게 없어. 모조리 저당잡혀 먹었지. 온 방안을 다 뒤져봐. 이젠 팔아먹을 것도 저당잡힐 것도 아무것도 없다구. 50상팀 정도 나갈만한 것을 찾아낸다면 정말 기적이지.'

마리아는 방안을 둘러보더니 여기저기를 뒤졌네. 여기저기 마구 널려 있는 잡동사니들을 이것저것 들춰보더라구. 그러더니 갑자기 그 크고 두꺼운 입술을 찢어지도록 벌리며 소리쳤다네.

'정말 멍청하시군요! 이건 뭐죠?'

나는 그녀가 구석에 뒹굴던 빈 석유통을 들고 있는 것을 보았지. 몇 주일 전에 샀던 거야. 내가 가진 것들을 다 팔아먹기 전에는 석유램프가 있었거든.

'그거? 그건 석유통인데, 그게 어쨌단 말이야?'

'어유, 바보! 이거 살 때 3프랑 50상팀의 보증금을 지불하지 않았어요?'

아, 그렇지. 당연히 나는 3프랑 50상팀을 지불했지. 석유를 살 때면 통값으로 3프랑 50상팀을 미리 받아두었다가 통을 돌려주면 그 돈을 되찾을 수 있었던 거야. 그런데 나는 그것을 까맣게 잊고 있던 것이지.

'그래. 아 그게 있었지.' 내가 말하자 마리아는 큰소리로 외쳐댔지.

'이런 바보 같으니!'

마리아는 몹시 흥분해서 펄쩍펄쩍 뛰면서 외쳐댔어. '멍청이에요! 바보! 바보! 가게에다 돌려주고 돈을 빼오면 되잖아요? 코앞에 3프랑

50상팀이 있는데 굶다니 이런 바보 천치!'

꼬박 닷새 동안이나 쫄쫄 굶으면서도 석유통 생각을 못했다는 것이 믿겨지지 않았네. 3프랑 50상팀이나 되는 현금이 눈앞에 있는데도 그것을 모르고 있었다니! 나는 침대에서 벌떡 일어나 마리아에게 외쳤지. '빨리 이걸 가져가 모퉁이에 있는 상점에 돌려주럼. 그리고 달려가서, 먹을 것을 사 오렴!'

마리아는 내 말이 끝나기도 전에 기름통을 움켜쥐더니 마치 코끼리 떼들이 지나가듯이 쿵쾅거리며 계단을 뛰어 내려가더니 채 3분도 되지 않아 한손에 2파운드의 빵, 또 한손에 반 리터가 든 포도주병을 들고 돌아왔더군. 나는 그녀에게 고맙다는 말도 하지 못하고 빵을 집어들고 크게 베어 물었지. 지독히 굶주린 상태에서 먹는 빵맛이 어떤지 자네는 짐작이나 할 수 있나. 차갑고 축축하고 설익은 것 같아 마치 유리창 접착제를 씹는 것 같았지. 그래도 얼마나 맛이 좋던지! 포도주는 또 어땠겠나? 단숨에 다 들이켜 버렸지. 빈 아랫배로 직통으로 흘러내려간 포도주는 새로운 피가 된 것처럼 온 몸으로 번져나갔다네. 아! 난 새롭게 태어난 사람 같았네!

난 단숨에 2파운드의 빵을 먹어치웠지. 마리아는 손을 뒤로 한 채 서서 내가 먹는 것을 보고 있었지. '그래 기분이 좀 좋아지셨어요?' 내가 다 먹고 나니까 그녀가 묻더군.

'그럼 좋지! 기분 최고야. 지금의 나는 5분 전의 내가 아니라구. 이제 내게 필요한 것은 오직 한 가지뿐이야. 담배 말이야.'

마리아는 앞치마를 뒤지더니 말했어. '3프랑 50상팀에서 남은 거라

곤 7수뿐이에요. 제일 싼 담배도 한 갑에 12수우인데, 안 되겠는데요.'

'아, 그거면 됐어!' 젠장할, 천만다행이군. 내가 5수를 가지고 있잖아. 딱 되는군.'

마리아는 12수를 가지고 담배가게로 가려 했네. 그런데 그때 한 가지 생각이 불쑥 떠올랐다네. 그 빌어먹을 생텔루아즈 말이야. 돈이 생기게 해주면 촛불을 바치겠다고 약속까지 하지 않았나. 그 기도가 이렇게 당장 이루어질 것이라고는 전혀 기대도 하지 않았는데. '3,4프랑만 좀…' 하고 빌었더니, 10분만에 3프랑 50상팀이 생긴 거니까. 그러니 약속을 어길 수가 없더군. 나는 그 12수로 양초를 사야만 했다구.

나는 마리아를 불러 세웠지. '갈 필요 없어. 난 생텔루아즈님께 촛불을 바치겠다고 맹세를 했다구. 12수는 거기에 써야 해. 하는 수 없지 뭐. 담배는 사지 못하겠어.'

마리아가 의아한 표정으로 묻더군. '생텔루아즈라구요? 생텔루아즈가 어쨌는데요?'

'돈을 보내주십사 기도를 올리며 소원을 이루어주면 촛불을 바치겠다고 약속했거든. 아무튼 어떤 식으로든 돈이 생겼으니 초를 사야 할 것 같아. 그것은 일종의 낭비지만 왠지 그래야 할 것 같아.'

'그런데 왜 생텔루아즈가 떠오른 거죠?'

'그것은 저 그림 때문이지' 하면서 나는 그동안의 이야기를 해주었네. '보이지? 저기 계시잖아' 나는 벽에 걸린 그림을 가리켰지.

마리아는 그림을 물끄러미 쳐다보더니 갑자기 큰소리로 웃음을 터뜨리는 게 아닌가. 점점 소리 높여 웃으며 발을 동동 구르더니 마침내는 배꼽이 떨어져 나갈 것처럼 배를 움켜쥐는 것이 아닌가? 꼭 미친 것 같지. 2분쯤 지나서야 겨우 진정하고 입을 열더라구.

'바보예요!' 마침내 그녀가 외쳤지. '바보! 바보! 정말로 저 그림 밑에서 무릎을 꿇고 기도를 드렸단 말이에요? 누가 저게 생텔루아즈라고 그랬죠?'

'하지만 나는 생텔루아즈라고 확신했어!' 내가 말했지.

'바보시군요! 저건 생텔루아즈님이 아니라구요. 누굴 것 같아요?'

'누구야? 내가 물었지.

'바보, 저게 바로 수잔 메예요. 이 여관의 주인 되는 여자 말이에요.'

결국 나는 제국시대에 악명을 떨친 매춘부 수잔 메에게 기도를 했던 것이지….

하지만 나는 부끄럽게 생각하지 않았다네. 마리아와 나는 한바탕 실컷 웃어댔지 그리고 많은 이야기를 주고받은 끝에 내가 생텔루아즈한테 빚진 것이 없다는 결론을 내렸지. 기도에 응해서 돈을 보내준 것은 그녀가 아니라는 점이 분명했기 때문에 초를 살 필요도 없어졌지. 그래서 담배 한 갑을 사 피울 수가 있었다는 얘기일세."

16

시간이 꽤 지났는데도 '오베르주 드 제앙 코타르'는 개점할 조짐이 보이지 않았다. 어느 날 보리스와 나는 오후의 휴식시간을 이용해서 그곳으로 가보았다. 조잡한 싸구려 그림이 걸린 것 외에는 거의 변화가 없었고, 두 사람이었던 빚쟁이가 세 사람으로 늘어났음을 확인했을 뿐이었다.

주인은 온후한 모습으로 우리를 반갑게 맞이해 주었다. 그러더니 바로 나에게(장차 자신이 부리게 될 접시닦이에게) 다가오더니 5프랑만 꾸어달라고 했다. 그 순간 나는 그 레스토랑에 더 이상 기대할 것이 없음을 깨달았다. 하지만 사장이라는 작자는 오늘로부터 정확히 두 주일 후에 있을 개업에 대해 이야기하면서 요리를 맡기로 했다는 여자를 우리에게 소개해 주었다.

그녀는 5피트 정도의 키에 엉덩이가 마당만한 발틱해 연안 출신의 러시아 여자였다. 그녀는 요리사가 되기 전에는 가수였으며, 예술에 조예가 깊은 체하며 영문학에 심취해 있다며 〈톰 아저씨의 오두막〉을 좋아한다고 자신을 소개했다.

보름 동안 접시닦이로 일을 하고 나니 그 틀에 박힌 생활에 익숙해져서 다른 직업을 찾는다는 것은 거의 불가능했다. 접시닦이는 변화가 전혀 없는 생활이었다. 6시 15분 전에 서둘러 일어나서 기름때에 절은 옷을 주섬주섬 꿰어입고, 세수도 못한 부스스한 얼굴에 무거운 몸을 이끌고 급하게 거리로 나선다.

아직 이른 새벽이어서 노동자들의 식당을 제외하면 모든 집들의 창문이 깜깜할 때다. 하늘은 검은 종이로 만든 지붕과 첨탑 모양을 오려 붙인 코발트색의 벽처럼 보인다. 잠이 덜 깬 청소부가 긴 빗자루로 거리를 쓸고 있고, 넝마주이 가족이 쓰레기통을 뒤지고 있다. 남녀 노동자들이 한손에는 초콜릿 또 한손에는 빵을 들고 지하철 정거장으로 쏟아져 들어온다. 노동자들을 가득 태운 전차가 요란한 소리를 내며 을씨년스럽게 들어선다. 역으로 달려간 사람들은 전동차에 올라타기 위해 한바탕 전쟁을 치른다. 새벽 6시의 파리 지하철은 글자 그대로 전쟁터다. 승객들 틈바구니에 끼어 이리저리 떠밀리며 시큼한 포도주와 마늘냄새가 역겹게 풍기는 희멀건 얼굴의 프랑스인들과 코와 맞대고 서 있어야 한다.

지하철에서 내려 호텔의 미로 같은 지하실로 내려간다. 그곳에 들어서면 밖은 쨍쨍 내리쬐는 햇볕 아래 사람들과 자동차로 붐비지만, 우리는 오후 2시까지 바깥세상과 단절된 채 지낸다.

호텔에서 일한 지 일주일쯤 지나고부터 나는 오후의 쉬는 시간을 잠을 자거나, 근처의 술집에서 보냈다. 영어를 배우러 가는 몇몇 의욕적인 웨이터들을 제외한 나머지 대부분의 종업원들은 여가시간을 이렇게 보냈다. 오전 일을 마치면 몸과 마음이 늘어져 다른 일을 할 의욕이 생기지 않았다. 때로는 대여섯 명의 접시닦이들이 작당을 해서는 싸구려 창녀촌으로 몰려가곤 했다. 요금은 겨우 5프랑 25상팀으로

10펜스 반이었다. 그 창녀촌은 '정찰제'라는 별명으로 불렸고, 접시 닦이들은 그곳에서 있었던 일을 신나게 떠들어 대곤 했다. 그곳은 호텔 종업원들의 밀회장소로 쓰이기도 했다. 접시닦이의 수입으로는 결혼은 꿈도 꾸지 못할 형편이었기 때문이다.

휴식시간이 끝나면 다시 네 시간을 지하에서 땀에 흠뻑 젖은 채 보내다가 신선한 대기의 거리로 나온다. 곧 해가 지고 거리엔 가로등이 켜진다. 휘황한 불빛이 거리를 수놓는다. 파리의 가로등들은 신기하게도 보랏빛 광채로 빛났다. 그리고 센 강 건너편의 에펠탑은 마치 거대한 뱀이 휘감겨 있는 듯이 불빛이 밑에서부터 꼭대기까지 지그재그로 비춰고 있었다.

자동차의 행렬이 소리없이 흐르고, 우아하게 차려입은 여인들이 희미한 불빛을 받으며 아케이드 앞을 한가로이 거닐었다. 때로 그런 여인이 보리스나 나를 쳐다볼 때도 있었는데, 우리의 때에 절은 누추한 옷차림을 보고는 재빨리 외면해 버리곤 했다. 그리고 지하철에서 또 한바탕 전쟁을 치르고 10시쯤에는 집으로 돌아왔다. 그리고 나는 10시부터 자정까지 숙소에서 가까이에 있는 술집에서 시간을 보내곤 했다. 그곳은 주로 아랍인 잡역부들이 드나드는 지하 술집이었다. 치고받고 하기가 거북할 정도로 좁은 곳이었지만 때로 술병이 날아다니곤 했다. 그러나 대개는 아랍인들끼리 싸울뿐 기독교인들에게는 피해를 주지 않았다. 라키라는 아랍술은 매우 쌌으며, 술집은 스물네 시간 영업을 했다. 왜냐하면 아랍인들은 하루 종일 일을 하고도 밤새 술을 마셔도 끄떡없는 체력을 지니고 있었기 때문이다.

이것이 접시닦이들의 전형적인 일상이었다. 당시에는 그 생활이 별로 나쁘다는 생각이 들지 않았다. 가난하거나 궁핍하다는 생각도 들지 않았다. 방세를 지불하고 담배값과 차비, 그리고 일요일의 식사비를 떼어놓고도 매일 4프랑씩의 술값이 남았기 때문이다. 당시로서는 그 4프랑이면 내게 큰돈이었다.

접시닦이 생활보다 더 단순한 생활은 결코 없을 것이다. 일과 잠자기를 반복하며 생각할 여유도 없이 외부세계와 단절된 채 살아가는 것이다. 접시닦이에게 파리라는 도시는 호텔과 지하철, 그리고 몇몇 술집과 침대가 전부다. 어쩌다 궤도를 벗어난다 해봤자 겨우 몇 블록이었고 여자를 불러놓고 맥주와 굴을 먹을 뿐이다.

쉬는 날은 정오까지 침대에 퍼져 있다가 깨끗한 셔츠로 갈아입고 술값 내기 주사위 놀이를 한다. 그리고 점심을 먹고 난 다음엔 다시 잠을 잔다. 일하고, 술 마시고, 잠자는 일 외에는 거의 하는 일이 없다. 그 중에서도 잠자는 것이 가장 중요하다.

어느 날 밤, 한밤중에 바로 내 방 창문 아래에서 살인사건이 벌어졌다. 끔찍스런 비명소리에 깨어 창문으로 달려가 보니, 길바닥에 한 남자가 엎어져 있었다. 나는 막다른 길 쪽으로 달아나는 세 명의 살인범들을 보았다. 몇 사람이 내려가 보았으나 그 사람은 이미 죽어 있었다. 그의 머리는 납 파이프에 얻어맞아 파열되어 있었다. 마치 포도주 빛 같이 묘한 보랏빛을 한 핏빛을 아직도 잊을 수가 없다. 핏자국은 이튿날 밤 내가 퇴근하여 돌아왔을 때까지도 여전히 길 위에 방치되어 있었다. 어린 학생들이 몇 마일 밖에서 그걸 구경하러 왔었다고 했다. 그러나 지금 돌이켜 보면 나를 정작 놀라게 한 것은 살인사건을 목격한 지 채 3분도 되지 않아 다시 침대로 돌아와 잠들었다는 사실이다. 그곳에 사는 대부분의 사람들이 그런 식이었다. 우리는 그 사람이 이미 손을 쓸 수 없는 상태임을 확인하자 곧바로 잠자리로 들어가 버렸다. 우리는 일을 해야 하기 때문에 살인사건 따위로 잠을 허비할 이유가 없었다.

호텔 일은 내게 잠의 진정한 가치를 가르쳐 주었다. 마치 굶었을 때 음식의 참 가치를 느낄 수 있는 것처럼. 수면은 단지 육체적인 필요에 그치지 않았다. 단순한 휴식이 아니라 관능적인 매력을 지닌 탐닉과 같은 안락이었다.

이제는 빈대들에게 시달리지도 않게 되었다. 마리오가 확실한 퇴치법을 알려주었기 때문이다. 침대 시트에 후추를 잔뜩 뿌리는 것이었다. 재채기가 심하게 나긴 했지만 빈대들은 후추 냄새를 싫어해서 모두 다른 방으로 이사를 가버렸다.

17

일주일에 30프랑 정도를 술값으로 쓸 수 있는 여유가 생기면서 나도 이 거리의 사교모임에 참여할 수 있게 되었다.

우리는 토요일 밤마다 트루아 무아노 여인숙 지하 술집에서 유쾌한 시간을 보냈다.

바닥에 벽돌을 깐 15피트 정도의 실내에는 스무 명 정도의 사람들로 꽉 차있었고 담배연기가 자욱했다. 모두가 큰소리로 떠들거나 노래를 부르는 통에 귀가 멀 지경이었다. 각자의 목소리들이 뒤엉켜 커다란 소음을 이루기도 했고, 때로는 모두가 입을 모아 합창을 하기도 했다. 프랑스 국가인 '마르세예즈'나 '인터내셔널', '마들롱' 혹은 '딸기와 산딸기'를 부르곤 했다. 유리공장에서 하루에 14시간의 중노동을 하는 덩치 큰 시골출신 아가씨인 아자야는 "찰스톤은 춤을 추다가 바지를 잃어버렸네"라는 노래를 불렀다. 또 그녀의 친구인 깡마르고 괴팍한 성격을 지닌 검은 머리의 코르시카 출신의 마리네트라는 아가씨는 두 무릎을 묶고 배로 추는 배꼽춤을 추었다. 루지에라고 불리는 늙은 부부는 항상 비틀거리며 들어와서는 술을 달라고 조르면서, 옛날에 사기당한 일을 장황하게 떠들어댔다.

말이 없고 죽은 사람처럼 창백한 얼굴의 R은 항상 구석 자리에 앉아 술만 마셨다. 술에 취한 샤를리는 통통하게 살찐 손에 가짜 압상트가 든 술잔을 들고는 춤을 추는 것인지 비틀거리는 것인지 모를 동작으로 시를 낭송한다고 아우성이었다.

사람들은 술내기 주사위 놀이를 하거나 칼 던지기 놀이를 했다. 스페인 사람인 마누엘은 주사위통을 아가씨들의 배에다 대고 흔들어대며 운수를 점치고 있었다. 마담 F는 바에 서서 백랍으로 된 깔대기로 포도주를 반 리터씩 따르고 있었다. 그녀는 실내에 있는 모든 사내들이 수작을 걸려하기 때문에 바쁜 체하기 위해 항상 젖은 행주를 가까이 두었다.

한구석에서는 덩치 큰 벽돌공인 루이의 두 어린애가 한잔의 시럽을 나누어 마시고 있었다. 그곳에 모인 사람들은 모두가 행복한 표정을 짓고 있었다. 세상은 살만한 곳이고 행복은 결코 멀리 있지 않다는 표정을 짓고 있었다.

소음은 한 시간 가량 지속되었다. 그러다가 어느 순간 갑자기 "시민 여러분!" 하고 외쳐대는 고함소리와 동시에 의자가 뒤로 밀려 넘어지는 소리가 요란하게 났다.

얼굴이 벌겋게 달아오른 갈색머리의 한 노동자가 벌떡 일어나서는 술병으로 테이블을 두드리고 있었다. 사람들은 일제히 노래를 멈추었다. 곧이어 여기저기서 수군대는 소리가 들리기 시작했다. "쉿! 퓌레가 시작했다!" 퓌레는 석공이었는데 특이한 정신세계를 가진 사내였다. 그는 일주일 내내 누구보다 열정적으로 열심히 일했다. 하지만 토요일만 되면 발작을 일으키듯 술을 퍼마셔댔다. 그는 기억상실증에 걸려 전쟁 전의 일은 전혀 기억하지 못하는 상태였다. 만약 마담 F가 돌봐주지 않았다면 그는 술로 인해 파멸하고 말았을 것이다. 토요일 저녁 5시쯤만 되면 마담은 사람들에게 '퓌레가 돈을 다 써버리기 전에 그를 데리고 와주세요' 하고 부탁하곤 했다. 그가 붙잡혀 오면 그녀는 적당히 취할 정도의 술값만 남겨놓고 나머지는 몽땅 뺏어 다른 곳에 보관해 두었다. 어느 주엔가는 마담의 손길에서 도망을 쳤다가 몽주 광장에서 만취가 되어 교통사고를 당해 심하게 다친 적이 있었다.

퓌레의 특이한 점은 술에 취하지 않았을 때는 공산주의자이다가 술만 마셨다 하면 지독한 애국자로 돌변한다는 것이었다. 술을 마시지 않았을 때는 그럴 듯하게 공산주의 이론을 펼치지만 일단 술이 들어가고 나면 광적인 애국주의자가 되었다. 국수주의자가 되어 스파이들을 비난하고, 외국인이다 싶으면 아무에게나 싸움을 걸어 술병을 집어던지곤 했다. 그런 상태가 되면 그는 갑자기 애국심에 불타는 연설을 했다. 그 내용은 한 자도 틀리지 않고 항상 똑같았다.

"공화국의 시민 여러분, 여기 프랑스인 있습니까? 만약 프랑스인이 있다면 나는 그들에게 주의를 환기시켜주고자 합니다. 다시 말해서 영광스러운 전쟁시절을 상기시켜주고자 합니다. 그때의 그 동지애와 영웅주의를 돌이켜 보자는 겁니다. 전쟁터에서 죽어간 영웅들을 돌이켜 보자는 말입니다. 공화국의 시민 여러분, 나는 베르됭에 전투에서 부상을 당했지요……."

그는 이 부분에서 옷을 걷어올리고 베르됭에서 입은 상처를 보여주었다. 그러면 박수갈채와 환호성이 터져나왔다. 우리는 세상에서 퓌레의 연설보다 더 재미있는 연설은 없다고 생각했다. 그의 연설은 그 거리에서 아주 유명한 구경거리였다. 그의 발작이 시작되면 다른 술집에서 술을 마시던 사람들도 구경하러 몰려올 정도였다.

퓌레의 발작을 이용하여 그를 골려주자는 사람들이 늘어갔다. 누군가가 주위 사람들에게 눈짓으로 조용해줄 것을 부탁하면서 그에게 '마르세예즈'를 불러달라고 권한다. 퓌레는 멋진 저음으로 애국적인 열정을 불태우면서 열창을 했다. 특히 '무장하라, 시민들이여! 용사들이여 서로 뭉치자!'라는 대목에 이르러서는 눈물이 그의 볼을 타고 흘러내렸다. 그는 너무나도 취해서 모든 사람들이 자신을 비웃고 있다는 것도 알아차리지 못했다. 그의 노래가 채 끝나지도 않았는데 힘센 두 남자가 그의 두 팔을 붙잡고 아래로 끌어내렸다. 그리고 그의 손이 닿을까 말까 하는 거리에서 아자야가 '독일 만세!' 하고는 선창을 한다. 이런 모욕을 받은 퓌레의 얼굴은 붉으락푸르락한다. 퓌레가 어쩔 줄 몰라 할 때 술집에 있는 모든 취객들이 일제히 '독일 만세! 쳐부수자, 프랑스!' 하고 외친다. 화가 머리끝까지 오른 퓌레는 그들에게 달려들려고 몸부림을 친다. 하지만 몸부림은 잠시 동시에 비웃음도 일시에 사라지고 만다. 퓌레의 얼굴은 분노와 고통으로 창백해지다가 슬픔으로 바뀌어 모든 것을 체념한 표정이 되고 만다. 그는 모든 것을 체념한 표정으로 사지를 축 늘어뜨린 채 테이블 위에 밤새 먹은 음식물들을 모두 토해낸다. 그러면 마담 F가 그를 마치 늘어진 자루처럼 끌어안고 침대로 데려간다. 다음날 아침이 되면 퓌레는 차분하고 정중한 모습으로 나타나 공산당계 기관지 신문인 뤼마니테를 한 부 산다.

마담 F가 걸레로 퓌레의 토사물들을 닦아내고 포도주 몇 병과 롤빵을 추가할 무렵이면 우리는 다시 자리잡고 앉아서 본격적으로 마시기 시작했다. 떠돌이 악사가 벤죠를 메고 와서 한 곡에 5수씩 받고 노래를 불렀다. 다른 술집에서 온 아랍인 사내와 젊은 아가씨가 춤을 추었다. 사내는 남근 모양으로 만든 커다란 방망이를 휘둘러댔다. 밤이 자정을 넘기면서부터는 소음도 조금씩 잦아들었다. 사람들은 이제 자신의 연애담이나 전쟁터에서의 활약상, 센 강에서의 낚시, 혁명을 성공으로 이끄는 방법 등으로 화제를 돌리고 있었다. 다시 술에서 깨어난 샤를리가 사람들의 이야기를 중단케 하고 5분 정도에 걸쳐 자신의 영혼에 대해 시적으로 열변을 토했다. 방안의 열기를 식히기 위해 문과 창문들을 열었다. 거리도 한적해졌다. 멀리 생미셀 거리로부터 심야의 기차가 덜컹거리며 지나는 소리가 들려왔다. 새벽의 시원한 바람이 이마를 스칠 때면 싸구려 아프리카산 포도주도 맛이 엄청 좋았다. 모두는 아직까지 행복감에 젖어 있었지만 와자지껄 떠들어대던 흥분은 많이 가라앉았다.

　자정이 지나 1시가 되면서부터는 더 이상 행복감에 젖어있을 수만은 없었다. 이제까지의 즐거움이 사그라들자 여기저기서 술을 재촉하는 목소리들이 높아져 갔다. 하지만 이때쯤 되면 마담 F가 포도주에 물을 타기 시작했기 때문에 술맛이 전과 같지 않았다. 남자들은 갈수록 거칠어져갔다. 여자들에게 난폭하게 키스를 하기도 했고, 가슴에 마구 손을 쑤셔넣기도 했다. 여자들은 더 이상의 불상사를 피하기 위해 자리를 떠버렸다. 벽돌공인 거구의 루이는 술에 취하면 바닥을 기어다니면서 개짖는 소리로 짖어댔다. 사람들은 루이가 옆을 지나칠 때면 발로 걷어차곤 했다. 사람들은 아무나 붙들고 뜻모를 이야기들을 장황하게 늘어놓기 시작했다. 만일 상대가 말을 들어주지 않으면 당장이라도 싸울 듯이 화를 내곤 했다. 술꾼들은 하나둘씩 자리를 뜨기 시작했다. 마누엘과 또 한 남자는 둘 다 도박꾼이었다. 그래서 그들은 새벽까지 도박을 할 수 있는 길 건너편의 아랍인 술집으로 갔다. 그들은 거기서 새벽까지 도박을 한다. 샤를리는 갑자기 마담 F에게 30프랑을 꾸더니 어디론가 사라져버렸다. 보나마나 사창가로 갔을 것이다. 술꾼들은 이제 마지막 잔을 비우고 짤막하게 '또 만납시다' 하고는 잠자리로 돌아갔다.

새벽 1시 반이 되면 흥겨움은 흔적조차 없이 사라져버리고 지독한 두통만이 남는다. 우리는 이 좋은 세상에 선택된 행복한 사람들이 아니라 형편없이 취한 초라한 저임금 노동자에 지나지 않는다는 것을 자각하게 된다. 하지만 우리는 타성에 젖어 계속해서 포도주를 마셔댔다. 밤새 마신 술은 구역질을 일으키기 시작한다. 머리는 풍선처럼 부풀어 오르고, 마룻바닥이 일렁거렸다. 입과 혀는 자주색으로 물들어 있었다. 이제 더 마셔봤자 소용이 없었다. 몇 명의 술꾼들은 술집 뒷마당으로 나가 토했다. 우리는 옷도 제대로 벗지 못한 채 침대로 기어올라가 쓰러진 뒤 열 시간 동안 죽음보다 깊은 잠을 잤다.

나는 토요일 밤을 거의 이런 식으로 보냈다. 길어봤자 두 시간 정도의 행복감에 젖은 광란의 시간이 그 뒤에 올 지독한 두통을 보상해줄 만큼 가치가 있는 것인지는 알 수 없었다.

그 거리에 사는 사람들은 결혼생활은 꿈도 꾸지 못하고, 계획하고 준비할 미래도 없기 때문에 일주일에 한번, 토요일밤의 술판이 인생의 유일한 즐거움이며 삶을 가치있게 해주는 것이었다.

18

어느 토요일 밤 샤를리는 술집에서 우리에게 재미있는 이야기를 해주었다. 그는 술에 취해 있었지만 이야기를 못할 정도는 아니었다. 그는 먼저 테이블을 탕탕 두드리며 조용히 해줄 것을 요구했다.

"조용히 해주세요. 신사 숙녀 여러분, 제발 조용히 해주십시오! 제가 하는 이야기를 잘 들어보세요. 기억에 남을 만큼 인상적인 이야기입니다. 세련되고 교양있는 삶에 도움이 될만한 이야기입니다. 조용하세요, 신사 숙녀 여러분!

이 이야기는 제가 매우 가난하게 지내던 때의 이야기입니다. 어떤 상태인지를 잘 아시겠지요. 교양있는 사람이 품위있게 살다가 그런 상황에 빠졌을 때 얼마나 견디기 힘드는지를 말입니다. 집에서 보내주던 돈은 끊겼고, 가진 것은 모조리 전당포에 잡혔지요. 꼼짝없이 일을 하러 나갈 수밖에 없는 상황이었지만, 그건 내가 원하는 생활이 아니었던 거죠. 그때 저는 이본이라는 아가씨와 살고 있었는데, 노랑머리에 다리가 굵은, 마치 저기 있는 아자야처럼 덩치가 크고 어리숙한 시골뜨기 처녀였습니다. 우리는 사흘 동안 쫄쫄 굶었습니다. 아, 정말 죽을 맛이었지요! 그 아가씨는 아랫배를 움켜쥐고 방안을 이리저리 걸어다니며 배가 고파 죽겠다며 개처럼 낑낑댔습니다. 정말 끔찍스러웠지요.

그러나 머리를 쓸 줄 아는 지성인에게 불가능이란 없는 법이지요. 나는 나 자신에게 물었습니다. '일을 하지 않고 돈을 벌 수 있는 가장 쉬운 방법은 무엇일까?' 그러자 당장 해답이 나왔습니다. '손쉽게 돈을 벌 수 있는 것은 바로 여자다. 여자는 누구든지 뭔가 팔 것을 가지고 있지 않은가?' 그래서 만약 내가 여자라면 무엇을 팔까 하고 생각하다보니 하나의 아이디어가 떠올랐습니다. 국립 산부인과 병원을 기억해냈던 겁니다. 여러분들도 국립 산부인과 병원이 뭐하는 곳인지 아시지요? 거기는 임신한 여자라면 어떤 조건도 달지 않고 공짜로 음식을 제공해주는 곳입니다. 국가에서 출산을 장려하기 위해서죠. 임신을 했다면 어떤 여자라도 거기에 가서 음식을 요구할 수 있으며, 음식을 제공받을 수 있습니다.

옳거니, 하고 저는 속으로 쾌재를 불렀죠. 내가 여자라면 매일 거기서 얻어먹을 텐데. 진단을 하지 않으니까 임신을 했는지 안 했는지 알 턱이 없거든요

나는 이본에게 말했지요. '이제 그 죽어가는 소리 좀 그만하라구. 음식을 마련할 수 있는 방법을 알아냈으니.'

'어떻게요?' 그녀가 물었지요.

'간단해. 국립 산부인과 병원에 가서 임신했다고 하고 먹을 것을 달라고 하라구. 그러면 그들이 음식을 내줄 거야. 물론 임신을 했는지 안 했는지 진단은 하지 않고.'

이본은 소스라치게 놀라면서 외치더군요. '어머나 세상에! 나는 임신을 하지 않았단 말예요!'

'누가 그걸 안다고 그래? 그럴듯하게 보이도록 쉽게 꾸밀 수 있다구. 쿠션만 있으면 돼. 필요하다면 두 개 정도 있어도 좋지. 이것은 하늘이 주신 영감이라구. 이 좋은 생각을 썩혀 버릴 거야?'

결국 저는 그녀를 설득했죠. 나는 쿠션을 빌려와 그녀가 임신한 것처럼 꾸며서 병원으로 데려갔지요. 산부인과에서는 그녀를 진심으로 환영해 주었고, 그녀에게 야채 스프, 쇠고기 스튜, 으깬 감자, 치즈, 샌드위치에 맥주까지 준 다음 태어날 아기에 대한 온갖 조언을 해주었죠. 이본은 배가 터지도록 먹고 저를 위해 치즈샌드위치를 주머니에 슬쩍할 수 있었죠. 돈이 생길 때까지 우리는 매일 그곳으로 갔습니다. 제가 머리를 쓴 덕에 우리 두 사람이 굶주림을 면하게 된 거죠.

거의 일 년 동안 우리의 생활은 순조롭게 돌아갔습니다. 그런데 어느 날 이본과 함께 포르루아얄 가를 걷고 있었습니다. 그런데 갑자기 이본이 입을 딱 벌리더니 어쩔 줄 몰라 했습니다.

'큰일 났어요!' 그녀가 외쳤습니다. '저기 오는 사람 좀 보세요! 산부인과에서 일하던 담당 간호사예요. 이걸 어쩌지!'

'빨리 도망가자!' 하지만 때는 이미 늦었지요. 그 간호사가 이본을 알아보고 곧바로 우리에게로 미소를 지으며 다가오고 있었습니다. 그녀는 사과같이 빨간 볼에 금테 코걸이 안경을 걸친 크고 뚱뚱한 여자였습니다. 자상하고 이것저것 간섭하기 좋아할 타입의 여자였습니다.

'반갑군요. 건강하게 잘 지내지요?' 그녀가 정답게 물었습니다.

'그리고 애기도 건강하죠? 바라던 대로 사내애였습니까?'

이본이 심하게 떨기 시작해 내가 그녀의 팔을 단단히 잡아주어야 했습니다.

'아니오' 이본이 기어들어가는 소리로 대답했습니다.

'아, 그럼 딸이었군요?'

그런데 완전히 얼이 빠진 이본이 다시 '아이오' 라고 대답해 버리지 않았겠습니까!

그 간호사가 깜짝 놀라서 '어머나! 사내도 딸애도 아니라니! 어떻게 된 일이지요?' 하고 소리쳤습니다.

신사 숙녀 여러분, 한번 상상해 보세요. 그야말로 위기일발의 순간이었습니다. 이본의 얼굴은 홍당무처럼 새빨갛게 되어서는 금방이라도 울음을 터뜨릴 것만 같았습니다. 무슨 일이 벌어질지 모르는 일촉즉발의 순간이었습니다. 하지만 나는 냉정한 이성을 지니고 있었지요. 내가 한발 앞으로 나서며 위기를 수습했습니다.

'쌍둥이였습니다' 하고 나는 아무렇지도 않게 말했지요.

'쌍둥이라구요!' 그녀는 큰소리로 외치더니 아주 기뻐하면서 이본의 두 어깨를 껴안고는 볼을 비벼댔습니다.

'아, 쌍둥이였군요…….' "

19

우리가 X호텔에서 일한 지 5주쯤 되는 어느 날 보리스가 한 마디 말도 없이 호텔에서 사라져버렸다. 그런데 저녁때 리볼리 가에서 보리스가 나를 기다리고 있는 것이 아닌가. 그는 무슨 이유인지 신이 나서 내 어깨를 반갑게 두드렸다.

"우린 해방이야, 친구! 내일 아침에 당장 그만둔다고 말하라구. 오베르주가 내일 문을 연다네."

"내일?"

"그래. 하지만 여러 가지 준비를 해야 하니 하루나 이틀쯤 더 걸릴지도 모르지. 아무튼 이제 그 지긋지긋한 지하 저장실하고는 끝장이야. 이제 제대로 된 우리 일을 하는 거란 말일세. 나는 벌써 연미복도 전당포에서 찾아왔다네."

보리스의 행동이 너무나도 들떠 있었기 때문에 뭔가 틀림없이 잘못되었다는 것을 느낄 수 있었다. 나는 결코 안정되고 편한 호텔을 떠나고 싶지 않았다. 그러나 이미 오래 전부터 보리스와 약속을 했기 때문에 어쩔 수 없었다.

나는 다음날 출근하자마자 사표를 내고 이튿날 아침 7시에 '오베르주 드 제앙 코타르'로 갔다. 그런데 그곳은 문이 잠겨 있었다. 나는 보리스를 찾아갔다. 그는 그동안 또 숙소에서 도망쳐나와 크루아 니

베르 가에 방을 얻어 살고 있었다. 가보니 보리스는 지난밤에 만났다는 여인과 함께 자고 있었다. 보리스는 여자를 소개하며 이해심이 아주 많은 여자라고 했다.

레스토랑에 대해서 묻자 그는 개업할 준비는 다 되었는데, 개업 전에 우리가 손봐야 할 일이 약간 있을 뿐이라고 말했다.

10시쯤에야 겨우 보리스를 침대에서 끌어내 레스토랑으로 데리고 가서 문을 열었다. 실내로 들어서는 순간 나는 보리스가 '약간의 일'이라 했던 일이 어떤 것인지 알 수 있었다. 한 마디로 말해 우리가 지난번 왔을 때와 달라진 것이라곤 아무것도 없었다.

주방에 쓸 레인지도 아직 마련되지 않았고, 수도와 전기시설도 되어 있지 않았다. 페이트칠도 하다 만 상태였고, 목수일 미장일들도 방치되어 있었다. 기적이 일어나지 않는 한 열흘 안에 개업을 한다는 것은 절대 불가능해 보였다. 아니 기적이 일어나 개업을 한다 해도 틀림없이 망할 것 같았다. 무슨 일이 벌어지고 있는지 보지 않아도 뻔했다.

교활한 사장은 돈이 없으니, 종업원들(우리까지 해서 겨우 네 명)을 고용해서 인부들 대신 부려먹을 속셈이었다. 왜냐하면 웨이터한테는 원래 급료를 지불하지 않아도 되고 우리에게는 어차피 안 줄 수는 없지만 레스토랑을 개업할 때까지 그저 부려먹으려는 속셈이었다. 요컨대 그는 레스토랑을 개업하기 전에 우리를 불러들임으로 해서 우리에게서 수백 프랑어치의 노동력을 착취할 셈이었다. 결국 우리는 공연히 좋은 일자리만 날려버린 셈이 되고 말았다.

하지만 보리스는 희망으로 가득 차 싱글벙글이었다. 그는 아무 것도 생각할 수가 없었다. 드디어 지극지긋한 지하에서 벗어나 멋들어진 턱시도를 입고 웨이터로 활약할 수 있다는 기대 밖에 없었다. 그 꿈을 이루기 위해서라면 10일이 될지 100일이 될지 모를 무보수 일을 감당해야 되고 그것이 잘못되면 결국 안정된 일자리마저 날려버릴 것이라는 것을 각오하고 있는 듯했다.

"참고 기다려봐."

그는 자신에게 뿐만 아니라 내게도 계속 반복해서 말했다.

"잘 될 거야. 개업만 하게 되면 다 보상받을 수 있어. 참자고, 참고 기다리자고."

우리는 정말로 모든 것을 인정하려 노력하며 열심히 일했다. 하지만 레스토랑 주인의 약속은 조금도 지켜지지 않았다. 우리는 지하실을 청소하고, 선반을 설치하고, 벽에 페인트칠을 하고, 가구들을 윤내고, 천장에 흰 칠을 하고, 바닥이 번쩍번쩍하도록 윤을 냈다. 하지만 가장 중요한 공사인 수도배관과 가스관 설치나 전기시설 등은 사장이 돈이 없다는 이유로 손도 대지 못하고 방치되어 있었다. 그가 빈털터리 사기꾼이라는 것은 이미 밝혀진 것 같았다. 그는 사소한 비용도 지불하려 하지 않았고, 돈을 청구하는 소리만 나오면 아무런 흔적도 남기지 않고 연기처럼 사라져 버리는 재주를 가지고 있었다.

험악한 인상의 빚쟁이들이 시도 때도 없이 그를 찾으러 왔지만 우리는 사장이 시킨 대로 그들에게 그가 퐁텐블루나 생클루 등 빚쟁이들이 찾아갈 수 없는 먼 곳에 가 있다고 얘기해 주었다. 그렇게 하루하루를 보내게 되자 점차 배고픔을 참을 수 없게 되어 갔다. 호텔을 그만두고 나올 때 30프랑을 가지고 있었는데, 이제는 싸구려 마른 빵으로 끼니를 때워야만 했다. 보리스가 어떤 재주를 부렸는지 교활한 사장으로부터 선금으로 60프랑을 받아냈었다. 하지만 그 중 절반은 웨이터 제복을 찾는데 썼고, 나머지 절반은 그 '이해심 많은' 아가씨에게 쓰고 말았다. 보리스는 날마다 미래의 수습 웨이터인 쥘한테 3프랑씩을 꾸어 빵을 샀다. 담배 살 돈도 없이 지내기가 일쑤였다.

가끔씩 그 요리사 아주머니가 어떻게 돼가는가를 보러 왔다. 그녀는 부엌에 아직도 냄비나 팬도 마련되어 있지 않은 것을 보고는 울상이 되어 돌아가곤 했다. 미래의 수습 웨이터인 쥘은 어느 날부터 일하기를 완강히 거부했다. 마자르인인 그는 가무잡잡하고 날카롭게 생긴 얼굴에 안경을 썼는데 말이 매우 많았다. 전에는 의과대학생이었으나 돈이 없어서 수련의 과정을 포기했다고 했다. 그는 다른 사람들이 일할 때 빈둥거리며 떠들어대는 걸 좋아했다. 그는 자신의 신상에 관한 것은 물론 자신의 생각들을 거리낌없이 떠들어댔다. 그는 사회주의자였는데 여러 가지 기묘한 이론들을 펼쳐보이곤 했다(그는 노동하는 것이 잘못이라는 것을 수치로 증명해 보이기도 했다). 대부분의 마자르인들이 그렇듯 그 역시 콧대가 매우 높았다. 자존심이 세면서 게으른 것은 웨이터가 되기엔 치명적인 약점이었다. 그는 옛날에 일하던 레스토랑에서 어떤 손님이 웨이터인 자신에게 모욕을 주자 손님의 목덜미에 뜨거운 국물을 끼얹고는 해고되기 전에 그곳을 그만둬 버렸다는 것을 자랑스레 떠들어댔다.

쥘은 날이 갈수록 우리를 우롱하는 사장의 속임수에 분노가 솟구

치는 것 같았다. 그는 입에 거품을 물어가며 웅변조로 일장연설을 했다. 그는 주먹을 불끈 쥐고 이리저리 서성거리며 내게도 일을 하지 말라고 부추겼다.

"당장 그 빗자루를 집어 던지시오. 당신과 나는 민족적인 긍지를 지닌 종족의 후손이란 말입니다. 우리는 러시아의 무지렁이 농노들처럼 아무 대가도 받지 않고 일할 수는 없습니다. 정말이지 이런 식으로 사기를 당한다는 것은 견딜 수 없는 수치입니다. 예전엔 누군가가 내게 5수만 사기를 쳐도 화산처럼 분노를 폭발시키던 시절이 있었습니다.

잘 들으십시오. 나는 사회주의자입니다. 부르조아들은 모두 쓸어버려야 한다 이겁니다. 내가 안 해도 될 일을 하는 걸 본 적이 있나요? 결코 없을 겁니다. 나는 어리석은 당신들처럼 하지 않아도 되는 일에 매달리지 않지. 나는 나의 존재감을 증명하기 위해 도둑질을 합니다. 전에 나를 개처럼 취급하는 사람의 레스토랑에서 일한 적이 있습니다. 나는 복수를 해주기 위해 밀크통에서 밀크를 빼내고 다른 사람이 알아보지 못하게 다시 봉해놓는 방법을 발견했지요. 나는 매일 4리터의 우유와 크림 반 리터를 먹어치웠습니다. 주인은 도대체 우유가 어디로 빠져나가고 있는지 알 도리가 없어 머리를 싸매고 끙끙댔지요. 내가 우유를 좋아해서 한 것이 아닙니다. 오히려 저는 우유를 싫어합니다. 하지만 그렇게 한 것은 오직 이념, 사상 때문이었습니다.

그렇게 사흘을 계속하고 나니까 배가 너무 아파 견딜 수가 없더군요. 그래서 의사한테 갔지요. '무엇을 먹었습니까?' 의사가 묻기에

'하루에 4리터의 우유와 크림 반 리터를 마셨습니다' 라고 대답했더니 '4리터씩이나요?' 하면서 '당장 그걸 중단하시오. 계속하면 장이 터질 거예요!' 하더군요. '상관없어요' 하고 나는 말했죠. '내가 무엇을 두려워합니까? 내게는 이념이 가장 중요합니다. 내 장에 구멍이 나는 한이 있더라도 나는 그 우유를 계속 마셔대겠습니다' 라고 말해주었습니다.

그런데 다음날 우유를 훔쳐 마시는 현장을 주인에게 들키고 말았습니다. 그는 '너는 해고야. 주말에 나가도록 해' 하더군요. 나는 '죄송합니다만 지금 당장 나가고 싶습니다' 라고 했더니 '아냐, 넌 그럴 수 없어. 토요일까지 다른 사람을 대체할 수가 없어' 라고 하더라구요. 나는 속으로 생각했지요. '좋습니다. 누가 먼저 질려 손을 드는지 한번 해봅시다' 다음 날부터 나는 일부러 그릇들을 깼지요. 첫날에는 아홉 개의 접시를 다음날에는 열세 개를 깼습니다. 마침내 주인이 나가달라고 사정을 하더군요. 아아, 정말이지 나는 무지랭이 러시아 농노와는 다르다는 말입니다……."

열흘이 지나갔다. 하루하루가 고통이었다. 나는 또 무일푼 상태가 되었고 방세도 며칠이나 내지 못하고 있었다. 우리는 음산하고 휑뎅그렇한 레스토랑 안에서 할 일 없이 서성거렸다. 너무도 허기져서 남은 일들은 손도 댈 수 없는 상황이었다.

레스토랑이 개점할 거라고 믿는 사람은 오로지 보리스뿐이었다. 보리스는 아직도 자신이 웨이터가 될 것이라는 꿈에 빠져있었다. 그는 스스로에게 지금 사장은 주식을 가지고 있는데 그것을 현금으로 바꾸지 못하고 있는 상태라 돈을 주지 못하는 것이라고 거짓말을 해대고 있었다.

열흘째 되던 날, 나는 먹을 것과 담배가 다 떨어졌다. 사장에게 선금을 주지 않으면 일을 더 계속할 수 없다고 말했다. 사장은 늘 그래왔던 것처럼 친절한 태도로 선불을 약속했다. 하지만 또 늘 그래왔던 것처럼 자취를 감추어버렸다. 나는 하숙집으로 가려다가 숙박료를 독촉하는 마담 F와 싸우고 싶지 않아 길가의 벤치에서 하룻밤을 새웠다. 너무도 힘들었다. 벤치 팔걸이가 등에 파고들었고, 생각했던 것보다 훨씬 추웠다. 날이 밝아오고 있었지만 일하러 갈 시간까지는 시간이 많이 남아 있었다. 그 지루한 시간을 견디어내며 나는 형편없는 러시아인들의 손아귀에 내 운명을 맡겨놓은 것이 얼마나 어리석은 짓이었는가를 후회했다.

그런데 아침이 되자 상황이 완전히 바뀌었다. 사장이 빚쟁이들과의 채무를 청산한 것처럼 보였다. 사장은 호주머니에 돈을 듬뿍 넣고 와서 공사를 진행시켰고 나에게도 임금을 선불로 주었다. 보리스와 나는 마카로니와 말의 간을 사가지고 돌아와 열흘만에 처음으로 따끈한 식사를 할 수 있었다.

인부들이 와서 공사를 시작했다. 공사는 날림에 모조품 투성이였다. 예들 들면 테이블에는 원래 모직천을 씌워야 하는데, 주인은 그것이 매우 비싸다는 것을 알고 대신 땀 냄새가 배어 지워지지도 않는 군용 담요를 샀다. 물론 그 위에 테이블보(이것은 노르만 양식의 장식에 어울리도록 체크무늬를 한 것이다)를 씌웠다.

개업하기 전날 우리는 새벽 2시까지 일했다. 그릇들은 아침 8시에야 도착했는데, 새것이어서 모두 다시 씻어야 했다. 포크, 나이프 같은 철제품은 다음날 아침까지도 도착하지 않았고, 건조용 행주인 아마포도 없어서 그릇을 사장이 입었던 와이셔츠와 관리인의 베갯잇으로 닦아야 했다.

보리스와 내가 거의 모든 일을 도맡아 해야 했다. 쥘은 빈둥거렸고 사장 내외는 빚쟁이와 몇몇 러시아 친구들과 함께 레스토랑의 성공을 기원하는 축배를 들고 있었다. 요리사는 주방 테이블에 엎드려 울고 있었다. 오십 명분의 요리를 만들어야 하는데 열 명분에도 부족한 냄비와 팬밖에 없었기 때문이다. 자정쯤 되자 빚쟁이들이 더욱 성화를 부렸다. 그들은 사장이 외상으로 구해온 여덟 개의 구리 소스팬을 가져가려고 했다. 사장은 브랜디 반병을 먹여 달래서 돌려보냈다.

쥘과 나는 집으로 돌아가는 마지막 지하철을 놓쳐서 레스토랑의 바닥에서 자야 했다. 아침에 깨어나 처음으로 본 광경은 커다란 쥐 두 마리가 주방 테이블 위에서 그곳에 놓아둔 햄을 먹고 있는 것이었다. 그것을 매우 불길한 징조였다. 나는 '오베르주 드 제앙 코타르'가 틀림없이 망하고 말 것이라는 불길한 확신을 갖게 되었다.

20

나는 주방의 접시닦이로 고용되었다. 내가 할 일은 너무도 많았다. 설거지를 해야 하고, 주방을 청소하고, 채소를 다듬고, 홍차와 커피와 샌드위치를 만들고, 간단한 요리와 심부름까지 모두 내 몫이었다.

계약조건은 한 달에 5백 프랑과 식사를 제공받는 것이었다. 그런데 쉬는 날이 없었고 일하는 시간이 정해져 있지 않았다. X호텔에서 엄청난 자금력과 엄격하게 짜여진 최고 수준의 서비스업을 구경한 나는 이젠 최악의 레스토랑의 실상을 보게 되었다.

그들의 실상을 밝히는 것도 가치가 있다는 생각이 들었다. 파리에는 이와 비슷한 레스토랑이 수백 개나 되기 때문에 거의 모든 여행자들은 대부분 그런 데서 식사를 하기 마련이다.

먼저 말해둘 것은 이 음식점은 학생들이나 노동자들이 애용하는 저렴한 가격의 식당이 아니라는 것이다. 우리는 25프랑 이하의 음식을 만들지 않았다. 때문에 실내장식을 사회적인 지위를 과시하도록 화려하고도 고상하게 꾸몄다.

술을 마시는 바에는 그럴 듯한 그림도 걸어놓았고, 노르만 양식으로 장식하였다. 벽에는 그림으로 기둥을 만들어 놓았으며, 전등불로 촛불을 흉내 내었다. 농촌에서 쓰는 항아리들을 장식으로 들여놓았고, 심지어 입구에는 말을 탈 때 딛고 올라서는 디딤돌까지 설치했다.

사장과 수석 웨이터는 모두 러시아 장교 출신이었고, 손님들도 대부분 러시아 망명자들이었다. 한 마디로 그 음식점은 매우 세련된 레스토랑이었다.

하지만 주방 안으로 한 발짝만 들어서면 그곳은 돼지우리나 다름없었다. 주방은 가로 15피트에 세로 8피트 정도의 넓이였다. 그 중 절반은 레인지와 조리대가 차지하고 있었다. 때문에 냄비 따위는 손도 닿지 않는 선반 위에다 올려놓을 수밖에 없었다.

쓰레기통은 하나밖에 없어서 정오가 되기 전에 꽉 차서 흘러넘쳤기 때문에 바닥은 항상 밟혀 으깨진 음식들이 1인치 정도 두께로 쌓여 있었다.

음식을 구울 수 있는 기구라고는 오직 세 개의 가스레인지뿐, 오븐이 없었기 때문에 뼈가 붙은 큼직한 고기덩이는 모조리 빵집에 부탁해서 구워와야 했다.

식료품 저장실도 없어서 마당 한가운데 서 있는 나무와 지붕을 연결한 천막을 헛간 대용으로 사용했다. 육류와 채소 같은 식료품들이 땅바닥에 그대로 널려있어 쥐나 고양이들의 습격을 받기 일쑤였다.

뜨거운 물이 나오지 않아 설거지용 물은 냄비에 끓여야 했다. 하지만 음식을 요리하는 도중에는 레인지를 쓸 수가 없어 대부분의 접시들은 찬물로 씻어야 했다. 파리의 경수 수돗물과 연성 비누로는 설거지가 되지 않아 신문지로 그릇에 묻은 기름을 긁어내는 수밖에 없었다.

냄비가 너무 부족한 형편이어서 사용한 냄비를 저녁때까지 놔둘 수가 없어 그때마다 닦아야 했다. 그 일만 해도 하루에 한 시간 이상은 소모되었다.

설비는 비용을 너무 아낀 탓인지 밤 8시 정도가 되면 으레 전깃불의 퓨즈가 나갔다. 사장은 주방용으로 3개의 양초밖에 허용하지 않았다. 그런데 요리를 담당하는 아주머니가 3은 불길한 숫자라고 하는 바람에 두 개밖에 쓰지 못했다.

커피를 가는 기구는 근처 술집에서 빌려왔고, 빗자루와 쓰레기통은 관리인에게서 빌려온 것이었다. 일주일이 지나도록 리넨 커버를 찾아올 수 없었던 건 세탁비를 지불하지 못했기 때문이었다. 노동감독관들은 종업원 중에 프랑스인이 없다고 문제를 삼았다. 사장은 그들과 몇 번 은밀히 만났다. 사장은 그들에게 뇌물을 주지 않을 수 없었을 것이다. 전기회사는 끈질기게 전기료 체납 독촉을 해댔다. 식료품점에도 외상값이 밀려 있어 더 이상 물건을 가져올 수 없게 될 판이었다. 그런데 식료품점 마누라(코 밑에 수염이 난 듯 거뭇거뭇한 육십 대의 여자였다)가 쥘에게 홀딱 반했기 때문에 아침마다 쥘을 특사로 파견하여 그녀의 기분을 맞춰준 뒤 물건들을 외상으로 받아왔다. 나는 매일 몇 상팀을 아끼고자 한 시간 남짓 소모하면서 코메르스 가에까지 가서 채소값을 깎아야 했다.

부족한 자금으로 무리하게 레스토랑을 개업한 결과는 대충 이러했다. 하지만 이러한 열악한 조건에서도 요리사 아주머니와 나는 하루에 30내지 40건의 식사를 마련해야 했고, 나중에는 백 건 정도로 늘어날 판이었다. 우리에게 그것은 처음부터 무리였다. 요리사 아주머니의 노동시간은 아침 8시부터 자정까지였고, 나는 아침 7시부터 이튿날 새벽 0시 30분까지 열일곱 시간 반 동안을 휴식시간도 없이 줄곧 일해야 했다.

오후 5시까지는 한 번도 앉을 수가 없었다. 설령 앉을 시간이 있다 해도 쓰레기통 위에 걸터앉는 게 고작이었다. 보리스는 숙소가 가까이 있어 지하철 막차를 타지 않아도 되어서 아침 8시부터 이튿날 새벽 2시까지 하루에 열여덟 시간을 일주일 내내 일했다. 파리에서의 그러한 노동시간은 일반적인 것은 아니었지만 그렇다고 특별한 것도 아니었다.

X호텔 생활을 절실히 그리워하게 하는 이곳에서의 생활도 시간이 지남에 따라 조금씩 틀이 잡혀갔다. 나는 매일 아침 6시에 침대에서 빠져나와 면도도 하지 않고 지하철역으로 달려간다. 그리곤 만원 전동차와의 한판 전쟁을 치르고 7시면 썰렁하고 지저분한 주방에 도착한다. 바닥에는 감자껍질과 뼈다귀와 생선꼬리가 어지럽게 널려있고, 산더미처럼 포개놓은 기름투성이 접시들이 밤새워 기다리고 있다. 물이 차갑기 때문에 접시부터 닦을 수가 없다.

나는 우유를 가져와서 커피를 끓인다. 다른 종업원들은 8시에 오는데 오자마자 따끈한 커피를 찾기 때문이다. 또 항상 몇 개의 닦아야 할 구리 냄비가 있게 마련인데, 그 구리 냄비들은 접시닦이에게는 큰 골칫거리였다. 냄비 하나를 닦으려면 모래와 수세미로 십 분 정도는 문질러야 했고 바깥쪽은 광택제를 발라 윤을 내야 했다. 다행스럽게도 구리 냄비는 만드는 기술이 점차로 사라져 가고 있어 프랑스의 부억에서 사라져 가고 있지만 중고품이라면 당장에라도 살 수 있다.

내가 접시를 닦기 시작하면 요리사가 접시는 그만두고 양파껍질을 벗기라고 지시한다. 그래서 양파껍질을 벗기기 시작하면 이번엔 사장이 와서 양배추를 사오라고 한다. 양배추를 사오면 사장의 부인이 반 마일쯤 떨어진 곳에 가서 입술에 바를 루즈 하나를 사오라고 한다. 돌아오면 더욱 많은 야채가 다듬어주기를 기다리고 있고, 접시도 그대로 있다. 이런 식으로 워낙 일손이 부족하기 때문에 하루 종일 일이 쌓이고 쌓여 뒤로 밀리게 마련이다.

10시까지는 일들이 비교적 수월하게 진행된다. 모두가 바쁘다. 자기가 맡은 일을 하며 성질을 부리는 사람은 없다. 요리사 아주머니는 끊임없이 그녀의 예술적 재능에 대해 자랑을 늘어놓았다. 내게 톨스토이가 천재라고 생각해본 적이 없느냐고 묻는가 하면, 도마 위에서 쇠고기를 다지며 아름다운 소프라노 소리로 노래를 부르곤 했다.

10시가 되면 점심을 일찍 먹는 웨이터들이 점심을 달라고 하기 시작했고, 그들이 점심을 끝내면 11시부터는 손님들이 들이닥치기 시작했다. 갑자기 모든 일이 숨 가쁘게 돌아가고 분위기가 험악해진다. 여기는 X호텔에서와 같이 고함을 지르거나 급히 뛰어다니는 일은 없다. 대신 시시콜콜한 악다구니와 짜증이 뒤범벅된 분위기로 숨이 막힐 것 같다. 근본적인 이유는 일하기가 불편하기 짝이 없기 때문이다. 주방은 비좁기 짝이 없어 접시들을 바닥에 놓아야 했고, 행여 그것을 밟을까봐 신경을 곤두세워야 했다.

요리사 아주머니의 거대한 엉덩이는 움직일 때마다 나와 부딪쳤다. 그리고 그녀의 잔소리와 지시사항은 잠시도 멈추지 않고 쏟아져 나왔다.

"이 천하에 멍청한놈 같으니라구! 사탕무는 물을 빼면 안 된다고 내가 몇 번이나 말했어? 저리 비켜, 선반으로 갈 수 있게! 그 칼들을 치워. 그리고 감자 좀 빨리 깎아. 내가 쓰던 차 조리는 어디다 치웠어? 아, 그 감자는 그만 둬. 내가 스프를 떠달라고 하지 않았나? 그 물통을 레인지에서 내려놔. 그릇 닦는 것은 신경쓰지 말고 이 셀러리나 다듬어. 아니, 그렇게 하지 말고, 이렇게. 저런! 저 완두콩이 끓어 넘치잖아! 자, 이 청어의 비늘을 긁어내. 이 쟁반 더러운 게 보이지 않아? 당장 앞치마로 닦아. 그 샐러드는 바닥에 내려놔. 조심해. 저 냄비가 끓어넘치네! 그 스튜 냄비 좀 집어줘. 아니 그것 말고 저거 말야. 이것은 석쇠 위에 올려놔. 그 감자들은 버려. 시간낭비 하지 말고 그냥 바닥에 버려. 발로 짓밟아 버려. 그리고 그 위에 톱밥을 좀 뿌려. 이건 꼭 스케이트장 같네. 저런, 멍청하게 스테이크가 타고 있잖아! 오, 어째서 저런 천치 같은 접시닦이를 보내주었담! 내가 누군 줄이나 알아? 우리 큰 어머니가 러시아 공작부인이란 말이야!"

대충 이런 식이었다.

이런 상태는 큰 변화없이 오후 3시까지 계속된다. 특이한 사항은 11시쯤 아주머니가 신경이 한껏 곤두서서 발작을 일으켜 눈물을 줄줄 흘렸다는 것이다. 3시부터 5시까지 웨이터들에게는 한가한 시간이지만 요리사 아주머니는 여전히 바빴다. 나 역시 그 어느 때보다도 바빴다. 산처럼 쌓여있는 접시들을 닦아야 했는데, 그것을 저녁식사

시간이 되기 전에 닦아내느냐 그렇지 못하느냐 경주를 해야 했기 때문이다.

모든 설비들이 원시적이어서 설거지 하는 데에도 힘이 두 배는 더 들었다. 비좁은 개수구에 미적지근한 물, 젖은 행주, 한 시간마다 한 번씩 막히는 싱크대 등은 빠른 손놀림으로도 당해낼 재주가 없었다.

5시쯤 되면 아주머니와 나는 더 이상 서서 버틸 수 없는 상태가 된다. 아침 7시부터 아무것도 먹지도 못했고, 한 번 앉아 보지도 못했기 때문이다. 그녀는 쓰레기통 위에, 나는 바닥에 주저앉아 맥주 한 병씩을 마시며 아침에 있었던 불미스러운 말다툼에 대하여 변명하고 양해를 구하곤 한다. 우리가 계속 일할 수 있었던 것은 홍차 덕분이었다. 우리는 항상 포트에 물을 끓여두고 하루에 몇 리터씩 홍차를 마셔 댔다.

5시 반쯤 되면 또다시 바빠지고 한바탕 소란이 벌어진다. 이때는 모두가 지쳐있기 때문에 점심때보다 더욱 험악한 분위기가 연출된다. 요리사 아주머니는 6시와 9시에 한차례씩 신경질적인 발작을 일으켰다. 그 발작시간이 너무도 정확했기 때문에 시계를 보지 않고도 시간을 알 수 있을 정도였다.

그녀는 쓰레기통에 걸터앉아 눈물을 줄줄 흘리며 자신이 이런 지경에 처할 줄은 꿈에도 몰랐다며 신세타령을 하곤 했다. 그녀는 이런 생활을 도저히 견딜 수 없다면서, 옛날에는 자기가 빈에서 음악공부를 했다느니, 이젠 남편이 몸져 누워 있어 자기가 벌어 먹여야 한다는 등 신세타령을 했다. 다른 때 같으면 그녀의 그런 모습에 안타까움을 담아 동정해 주었을 것이다. 하지만 우리는 모두 지쳐 있었기 때문에 그녀의 흐느끼는 소리는 우리의 신경을 자극할 뿐이었다. 쥘은 문에 기대 서서 그녀가 흐느끼는 모습을 흉내 내며 낄낄거렸다.

사장 부인은 끊임없이 잔소리를 해댔고, 보리스와 쥘은 하루종일 다투었다. 쥘은 틈만 나면 빈둥거렸고, 보리스는 웨이터 장으로서 자기가 팁을 더 많이 가지려 했기 때문이었다. 개업한 지 겨우 이틀째 되던 날 보리스와 쥘은 2프랑의 팁을 놓고 주방에서 주먹을 휘둘러댔고 아주머니와 내가 뜯어 말려야 했다. 예의를 깍듯이 지키고 있는 사람은 사장뿐이었다. 그도 근무시간은 우리와 같았지만 실제적으로 일을 지휘하는 사람은 부인이었기 때문에 그가 할 일은 따로 있지 않았다. 그가 하는 유일한 일은 구매할 물품을 주문하는 것이었다. 그 외의 시간에는 바에 서서 담배를 피우며 신사답게 주위를 바라보는 일이 전부였다.

요리사 아주머니와 나는 10시부터 11시 사이에야 겨우 저녁식사를 할 수 있었다. 식사를 마치고 자정이 되면 아주머니는 남편에게 갖다 주겠다면서 훔친 음식 뭉치를 옷자락에 숨겼다. 그녀는 종종걸음으로 나가며 이렇게 일하다간 지레 죽겠다느니, 내일 아침에는 그만둬 버리겠다느니 하는 소리를 하면서 돌아갔다. 쥘은 항상 보리스와 한바탕 말다툼을 하고 12시에 돌아갔다. 보리스는 새벽 2시까지 남아서 바를 지켜야 했고, 나는 12시부터 12시 반까지 될 수 있는 대로 설거지를 했다. 시간이 촉박했기 때문에 식탁용 냅킨으로 접시에서 기름을 닦아낼 뿐이었다. 바닥의 쓰레기는 그대로 방치했고, 크게 눈에 거

슬리는 것들만 레인지 밑에 쓸어 넣어두었다.

12시 반이면 나는 서둘러 외투를 걸치고 황급히 나간다. 바 앞의 좁은 통로를 지날 때면 사장이 언제나 품위있게 나를 불러 세우곤 했다.

"이보게 친구, 몹시 피곤해 보이시는군. 여기 이 브랜디 한잔 들고 가시게나."

사장은 내게 접시닦이가 아니라 러시아의 공작을 대하듯 매우 정중하게 브랜디 잔을 건네주었다. 그게 우리가 하루 열일곱 시간을 일한 대가였다.

지하철 막차는 텅텅 비어 있기 때문에 15분쯤이나마 졸 수 있어 다행이었다. 나는 1시 반쯤에 잠자리에 들었다. 때로는 막차를 놓쳐서 레스토랑의 바닥에서 자야 할 때도 있었다. 하지만 그것도 별 문제가 되지 않았다. 그 시간쯤 되면 길바닥의 보도블록 위에서라도 단잠을 잘 수 있을 정도로 녹초가 되어 있었기 때문이다.

21

아무런 변화가 없는 생활이 2주나 지속되었다. 변화가 있다면 손님이 조금 늘었고, 그만큼 일거리도 늘어난 것뿐이었다.

레스토랑 근처에 방을 구한다면 하루 한 시간은 절약할 수 있었겠지만, 하숙방을 구하러 다닐 시간이 없었다. 하숙방은커녕 이발을 하거나, 신문을 본다거나, 옷을 제대로 갈아입을 시간조차 없었다.

열흘쯤 지난 후에야 나는 겨우 십여 분의 시간을 내어 런던에 있는 B라는 친구에게 편지를 썼다. 어떤 일자리라도 좋으니 하루에 다섯 시간 이상의 수면을 보장해 주는 일자리가 있는지 찾아봐 달라고 써 보냈다. 나로서는 하루 열일곱 시간의 노동을 도저히 견뎌낼 수 없었기 때문이다.

장시간의 노동에 종사하는 사람들은 자신보다 더 많은 시간 동안 일에 시달리는 사람들을 생각하며 위안을 삼았다. 파리 시내의 식당에는 자신보다 많은 시간 동안 노동하는 종업원이 수천 명도 넘는다는 생각. 그것도 하루 이틀이 아니라 몇 년 동안이나 똑같은 일상을 반복한다는 것을 생각하면서 자신의 처지는 잊는 것이다.

내가 묵던 여관 근처의 술집에도 일년 내내 아침 7시부터 자정까지 식사시간 외에는 잠시 앉아보지도 못하고 줄곧 일만 하는 여자가 있었다. 어느 날 나는 그녀에게 춤추러 가지 않겠느냐고 제의한 적이 있다. 그녀는 웃음인지 울음인지 알 수 없는 표정으로 몇 달 동안 그 동네조차 벗어나 본 적이 없다고 했다. 그녀는 결국 폐병에 걸렸고, 내가 파리를 떠날 무렵 죽었다.

일주일만에 그곳의 종업원 모두는 과로에 피로가 겹쳐 신경쇠약에 걸려버렸다. 항상 빠질거리며 요령을 피운 쥘만 생생했다. 초기에는 가끔 벌어지던 말다툼이 이젠 하루 종일 끊이지 않았다. 처음에는 불평불만과 잔소리가 주를 이루었는데, 이젠 사소한 일에도 처음부터 심한 욕설이 튀어나왔다. "아, 그 냄비 좀 내려달라니까, 멍청아!" 요리사는 하루에도 몇 번씩 이렇게 소리를 질러댔다. 그녀는 키가 작아 선반에 올려놓은 냄비를 내리지 못했다. 그러면 내가, "시키지 말고 네가 내려 할망구야!" 하고 대답하곤 했다. 주방의 금방이라도 폭발할 것만 같은 분위기가 우리를 그렇게 몰아세우는 것 같았다.

우리는 아무것도 아닌 사소한 일들로 싸웠다. 쓰레기통은 끊임없는 다툼거리를 제공해 주었다. 나는 그것을 요리사가 일하는 쪽에 놓으려 했고, 그녀는 나와 싱크대 사이에 놓아야 한다고 우겼다. 한번은 그녀가 하도 잔소리를 늘어놓길래 화풀이로 쓰레기통을 번쩍 들어 그녀가 지나다 걸려 넘어질 수밖에 없는 곳에 갖다 놓았다.

"자, 옮겨 놓으려면 당신 손으로 옮겨, 이 늙다리 할망구야."

그 가엾은 늙은이는 너무 무거워 자기 힘으로는 옮기지 못하고 주저앉아 테이블에 머리를 박고 울음을 터뜨렸다. 나는 그런 그녀를 조롱하곤 했다.

며칠이 지나자 요리사는 톨스토이와 자신의 천부적인 예술적 소질에 대하여 이야기하는 것을 그만 두었다. 그녀와 나는 일에 관계된 것 외에는 대화를 하지 않았다. 보리스와 쥘도 서로 말이 없어졌고, 그 두 사람과 아주머니 사이에도 대화가 없었다. 보리스와 나조차도 대화가 끊겨가고 있었다. 우리에겐 작업중의 욕설은 근무시간이 끝나면 문제삼지 않기로 약속이 되어 있었다. 하지만 근무시간이 끝나도 잊혀지지 않을 정도로 심한 욕설이 갈수록 쌓여갔다. 게다가 우리에게는 휴식시간 자체가 없었다. 쥘의 게으름은 점점 더해만 갔고, 의무감 때문이라는 말도 안 되는 핑계를 대면서 계속해서 음식을 훔쳐갔다. 그는 우리가 자신처럼 음식을 훔치지 않으면 우리를 동맹파업의 배반자라고 불렀다. 그는 이해할 수 없는 악의에 가득 차 있었다. 그는 부르주아 계급들에게 복수하기 위해서라면서 손님의 스프 그릇에 행주물을 짜넣은 것을 자랑스레 떠들어댔다.

주방은 점차 지저분해져 갔고, 쥐들은 점점 대담해졌다. 덫을 놓아 몇 마리 잡긴 했지만 소용이 없었다. 날고기가 오물이 널린 바닥에 놓여 있고, 기름이 엉겨붙은 냄비가 이리저리 내팽개쳐져 있으며 개수대는 막혀 기름때가 덕지덕지 쌓인 더러운 모습을 둘러보면서 나는 세상에 이 주방보다 더 더러운 곳이 또 있을까 생각했다. 그런데 나머지 세 사람은 이곳보다 더 지저분한 곳에 있어 봤다고 했다.

쥘은 더러운 것들을 보며 오히려 즐거움을 느끼는 듯했다. 그는 좀 일이 뜸한 오후에는 주방 입구에 기대서서 우리가 열심히 일하는 것을 보며 놀려댔다.

"어리석은 친구들, 뭘 위해서 그 접시를 닦느라 애를 쓰지? 바지에

다 대고 슬쩍 문지르면 될 것을. 손님들이 알 게 뭔가? 그들은 이 안에서 어떻게 하고 있는지 전혀 모른다구. 레스토랑의 일이란 이런 거야. 가령 손님 앞에서 통닭을 잘라주다가 실수로 바닥에 떨어뜨렸단 말야. 죄송합니다, 하면서 그것을 가지고 나갔다가 5분쯤 후에 다른 문으로 아까 그 통닭을 그대로 가지고 들어오는 거야. 이런 게 바로 레스토랑의 일이라구."

그런데 이해할 수 없는 점은 이렇게 더럽고 열악한 환경임에도 불구하고 '오베르주 드 제앙 코타르'는 나날이 손님이 늘어갔다는 것이다. 처음 며칠 동안은 손님들이라야 모두 사장의 친구들인 러시아인들이었으나 점차 미국인들과 다른 외국인들도 찾아왔다. 프랑스인은 아직 한 사람도 없었다. 그런데 어느 날 밤 엄청난 소동이 일어났다. 드디어 프랑스 손님이 찾아온 것이다. 우리는 욕지거리와 다투는 것을 잠시 중단하고 좋은 요리를 제공하기 위해 정성을 기울였다. 보리스가 발소리를 죽여가며 주방으로 들어왔다. 그는 어깨 너머로 손가락질을 해대며 무슨 음모라도 꾸미듯 낮은 소리로 속삭였다.

"쉬, 조심해. 프랑스인이야."

잠시 뒤에는 사장의 마누라가 와서 속삭였다.

"조심해. 프랑스인이야. 채소의 양을 두 배로 늘려."

그 프랑스인이 식사하는 동안 사장 부인은 주방에 난 창문 뒤에 숨어 그의 표정을 유심히 지켜보고 있었다.

다음날 밤 그 손님은 프랑스인 두 명을 더 데리고 왔다. 이는 우리 가게가 좋은 평을 받고 있다는 뜻이었다. 외국인들만 드나드는 레스토랑은 삼류 레스토랑이라는 명백한 증거였다.

이 가게가 성공한 비결 중의 하나는 사장의 독특하고 섬세한 감각으로 장식된 인테리어도 있겠지만 가장 결정적인 것은 식탁용 나이프를 아주 잘 드는 것으로 장만했기 때문이었다.

잘 드는 나이프는 성공한 레스토랑의 상징이나 마찬가지였다. 나는 레스토랑의 변화를 흥미롭게 생각했다. 왜냐하면 프랑스인들이라면 모두가 눈으로 보기만 해도 좋은 요리인지 나쁜 요리인지를 구별할 줄 안다는 선입견을 깰 수 있었기 때문이다. 그게 아니라면 우리 레스토랑의 요리 솜씨가 파리의 기준으로 정말 상위에 속했기 때문이었을지도 모른다. 그렇다면 도대체 이보다 더 형편없는 레스토랑은 어떨까. 그것은 도저히 상상조차 할 수 없는 것이었다.

B에게 편지를 보낸 지 며칠 후 일자리를 구했다는 회신이 왔다. 선천적인 정신박약아를 돌보는 일이라고 했다. '오베르주 드 재앙 코타르' 에서 극심한 고역에 몸과 정신이 지쳐있는 내게는 좋은 요양이 될 것 같았다. 나는 한가로이 시골길을 산책하며, 구운 염소고기와 시럽 파이를 먹으며, 라벤더향이 풍기는 깨끗한 시트에서 열 시간쯤 푹 자는 모습을 상상해 보았다. B는 내게 전당포에서 옷을 찾고 교통비로 쓰라고 5파운드를 보냈다.

돈이 도착하자 나는 하루 전에 통보하고 레스토랑을 그만두었다. 내가 갑자기 그만둔다고 하자 사장은 매우 당혹해 했다. 그리고 항상 그래왔던 것처럼 사장은 돈이 부족했고 내 급료를 주는데도 30프랑이 모자랐다. 그는 정중하고 공손한 태도로 나를 불러세우고 48년산 브랜디 한 잔을 따라주었다. 부족한 돈을 때우는 그의 전형적인 수법이었다.

내 자리엔 유능한 체코 출신의 접시닦이가 고용되었다. 그리고 몇 주일 뒤 그 가엾은 요리사 아주머니는 해고되었다. 나중에 들은 바에 의하면 주방에서 일하게 된 두 사람이 워낙 일류급이라 접시닦이 일이 하루 열다섯 시간으로 줄어들었다고 했다. 그 이상 줄인다는 것은 주방시설을 현대화하지 않는 한 불가능했을 것이다.

22

특별히 가치가 있다고 생각되진 않지만 파리의 접시닦이 생활에 대하여 나의 의견을 밝혀두고자 한다.

현대의 대도시에서 수천 명의 사람들이 매일처럼 하루 열다섯 시간 이상씩 더럽고 숨이 막히는 지하에서 접시를 닦고 있다는 것은 참으로 아이러니라고 생각한다.

내가 제기하고자 하는 의문은 어째서 이러한 생활이 계속되고 있는가 하는 것이다. 그리고 그러한 생활이 계속되기를 원하는 사람은 누구인가. 그리고 그 이유는 무엇인가. 나는 단순히 반항적이고 나태한 견해를 보일 생각은 없다. 접시닦이의 생활이 지닌 사회적 의미에 대해 고찰해 보고자 할 뿐이다.

나는 접시닦이는 현대세계에 잔존하는 노예의 하나라고 생각한다. 단순히 그들이 불쌍해서 동정하려는 게 아니다. 사실 그들은 막노동 꾼들보다는 나은 생활을 하고 있다. 하지만 그들은 시장에서 매매되던 노예만큼 자유롭지 못하다. 그들의 일은 특별한 기술이 필요하지 않다.

급료는 겨우 목숨을 연명할 정도에 불과하다. 그들에게 휴가란 해고되었을 때뿐이다. 그들은 결혼도 할 수가 없다. 운좋게 결혼을 한다 해도 맞벌이를 하지 않으면 안 된다. 기적이 일어나지 않는 한 절대

이 생활에서 벗어날 수가 없다. 혹시 감옥에나 간다면 몰라도.

지금 이 순간에도 파리에는 대학을 졸업하고도 하루 열 시간 내지 열다섯 시간 접시를 닦고 있는 사람이 있다. 그건 그 사람들이 게으르기 때문이 아니다. 게으른 사람은 절대 접시닦이가 될 수 없기 때문이다. 그들이 벗어날 수 없는 것은 사고가 불가능하게 하는 단순반복 생활의 쳇바퀴 속에 휘말려 들었기 때문이다. 만일 접시닦이들에게 조금이라도 사고능력이 있었다면 벌써 오래 전에 노동조합을 결성해서 처우개선을 요구하는 시위라도 벌였을 것이다. 그러나 그들에겐 여가가 전혀 없기 때문에 아무런 사고도 하지 못한다. 그들의 이런 생활이 반복되면서 그들을 노예로 만들어 버리는 것이다.

문제는 왜 이러한 노예제도가 계속되느냐 하는 점이다. 사람들은 모든 노동에는 그에 부합하는 건전한 목적이 있다고 생각한다. 그래서 누군가 다른 사람이 아주 열악한 환경에서 고된 일을 하는 직업을 가지고 있는 것을 보더라도, 그러한 직업도 이 사회에 필요한 것이라고 치부하고 관심을 갖지 않는다. 광부는 중노동자이지만 우리에겐 석탄이 필요하므로 누군가는 위험을 무릅쓰고 석탄을 캐야만 한다고 생각한다. 하수도를 청소하는 일은 더럽고 불쾌한 일이지만 누군가는 그 일을 해야 한다고 생각하는 것이다. 접시닦이의 경우도 마찬가지다. 레스토랑에서 식사를 해야만 하는 사람이 있는 이상 누군가는 일주일에 팔십 시간 이상 접시를 닦아야만 하는 것이다. 이것은 문명사회의 어쩔 수 없는 필요불가결이기 때문에 문제 삼을 여지가 없다는 것이다. 과연 그럴까?

과연 접시닦이의 일이 문명사회에 필수 불가결한 것일까? 우리는 힘든 일을 하거나 다른 사람들이 꺼리는 불유쾌한 일을 하는 사람을 보면 그 사람의 노동이 정당한 것이라고 생각한다. 사람들은 육체적인 노동을 맹목적으로 신성시해 왔다. 커다란 나무를 힘겹게 베고 있는 사람을 보면 그가 땀을 흘리고 있다는 이유만으로 그가 사회적 구실을 다하고 있다고 확신해 버린다. 아름다운 나무를 베어내고 그 자리에 추악한 동상을 세우려고 땀을 흘리고 있는 건 아닐까 하는 생각은 떠오르지 않는다. 접시닦이의 경우도 마찬가지라고 본다. 접시닦이들도 땀을 흘린 대가로 생계를 유지하지만 그것이 유익한 일을 하고 있다는 생각은 들지 않는다. 그들의 노동은 대부분 무의미한 사치를 위해 허비되어버리고 말기 때문이다.

무의미한 사치를 설명하기 위해서 한 가지 예를 들어 보자. 인도의 인력거꾼이나 역마차를 끄는 조랑말을 살펴보자. 극동지역에 있는 도시에 가면 겨우 아랫도리만 가린 50킬로그램 남짓한 시커멓게 그을은 인력거꾼이 수백 명이나 있다. 그들 중에는 병든 사람도 있고 나이가 50이 넘는 늙은이도 있다. 그들은 비가 오나 땡볕이 내리쬐나 무거운 인력거를 끌고 몇 킬로미터를 달려야 한다. 허옇게 센 턱수염으로 땀방울이 뚝뚝 떨어진다. 그들이 조금이라도 느리게 달리면 손님은 그들을 굼벵이라고 욕을 해댄다. 그들은 한 달에 겨우 30 내지 40루피의 돈을 벌 수 있다. 그리고 몇 년 버티지 못하고 폐병에 걸려 죽고 만다. 역마차를 끄는 조랑말은 헐값에 팔려온 깡마르고 사나운 말이다. 조랑말의 주인은 먹이대신 채찍을 휘두른다. 그들의 노동은 채찍에 먹이를 더한 것이지만 그 비율은 대개 채찍이 60퍼센트에 먹이가 40퍼센트이다.

때로는 목 둘레의 껍질이 벗겨지기도 한다. 하지만 말은 살갗이 벗겨진 채 하루 종일 짐수레를 끈다. 그렇게 할 수 있는 것은 노동의 고통이나 벗겨진 살갗의 아픔보다 채찍의 고통이 더욱 심해 노동의 고통이나 살갗의 아픔은 느낄 수가 없기 때문이다.

그렇게 몇 해 동안 부려먹다 채찍도 효력을 잃으면 그 조랑말은 도살업자의 손에 넘겨진다. 바로 이런 것들이 무의미한 사치를 위한 노동의 실례이다. 인력거나 역마차는 진실로 필요한 것이 아니기 때문이다.

인력거나 역마차가 존재하는 것은 걷는 것을 비천한 것이라고 생각하는 그곳 동양인들의 잘못된 인식 때문이다. 그것은 분명 사치다. 인력거를 타 본 사람이라면 누구나 느낄 수 있다. 그것은 아주 초라하고 볼품없는 사치라는 것을. 조금 편리하기는 하겠지만 그 편리가 인력거꾼의 수고와 동물의 고통과는 비교할 수조차 없는 것이다.

접시닭이도 마찬가지이다. 물론 접시닭이는 인력거꾼이나 조랑말에 비하면 왕과도 같다. 그러나 처한 입장은 비슷하다. 접시닭이는 호텔이나 레스토랑의 노예이다. 그의 노예 노동은 무익한 것이라 할 수 있다. 크고 화려한 호텔과 고급스런 레스토랑이란 실제적으로 필요가 없는 것이기 때문이다. 호텔과 레스토랑은 사치를 제공해 준다고 믿고 있다. 하지만 그 사치는 천하고 초라한 사치의 모조품에 불과하다. 대부분의 사람들은 호텔을 싫어한다. 음식점에 따라 차이는 있지만 같은 비용으로 가정에서 먹을 수 있는 만큼 레스토랑에서 식사를 하기란 불가능하다. 분명히 호텔이나 레스토랑도 필요하다. 하지만 수백 명의 사람을 노예화 할 필요는 없는 것이다. 호텔이나 레스토랑에서의 그들의 노동은 절대적으로 필요한 것이 아니다. 단지 사치스러워 보이게 하기 위한 것일 뿐이다. 그곳에서의 고급스럽다는 의미는 더 많은 종업원이 일을 해야 하고, 손님은 그만큼 많은 돈을 지불해야 한다는 것을 의미한다. 이득을 보는 것은 휴양지 도빌에 줄무늬 쳐진 별장을 마련하게 된 호텔 사장뿐이다.

실제로 고급 호텔이란, 2백 명쯤의 손님들이 속으로는 원치 않으면서도 할 수 없이 돈을 물 쓰듯이 쓰도록 만들기 위해 백 명의 종업원이 죽어라하고 고생하는 곳일 뿐이다. 호텔과 레스토랑에서 그러한 불합리한 요소들을 없애고 일을 능률적으로 처리할 수 있도록 구조를 바꾸면 접시닦이들은 하루 열 내지 열다섯 시간이 아니라 여섯 내지 여덟 시간만 일해도 충분할 것이다.

접시닦이가 하는 일은 사실 대부분 아무런 의미도 갖지 못한다. 그럼 그들은 왜 계속해서 그 일을 하는가? 물론 경제적인 이유가 가장 선행될 것이다. 그런 직접적인 이유 외에 접시닦이들이 평생 그렇게 일하는 것을 보면서 즐기는 사람이 있다는 무서운 이유가 숨겨져 있는 것이다. 왜냐하면 세상에는 그런 생각을 하며 뿌듯한 쾌감을 느끼는 사람들이 분명히 존재하기 때문이다. 기원전 2세기 로마의 정치가 마르쿠스 카토가 말하기를, 노예는 잠잘 때 외에는 일을 해야 한다고 했다. 그가 하는 일이 필요한 것이냐 필요치 않은 것이냐는 아무런 문제가 되지 않는다. 일을 한다는 자체가 좋은 ─적어도 노예에게는─ 것이기 때문에 일을 시켜야 한다는 것이다. 이런 그릇된 사고방식을 아직까지 특권층의 특혜인 양 지켜나가는 사람들이 있다. 그들의 잘못된 인식이 불필요한 잡된 일들을 산더미처럼 만들어 내는 것이다.

특권층들이 이렇듯 무익하고 권위적인 일을 영원히 지켜나가려고 하는 데에는 민중에 대한 두려움이 작용하고 있다. 그들은 이렇게 말하곤 한다. 민중들은 저급한 동물이기 때문에 생각할 수 있는 한가한 시간이 주어지면 위험하다. 때문에 일이 너무 바빠서 아무런 생각도 할 수 없도록 해야 안전하다. 자신이 매우 정직하다고 자부하는 부유한 사람에게 노동조건 개선에 대하여 어떻게 생각하느냐고 물으면 그는 이렇게 대답할 것이다.

"가난이 얼마나 고통스런 것이라는 것을 잘 압니다. 사실 가난은 우리와는 너무나 먼 거리에 있는 것이기에 그 쓰라린 고통을 떠올리며 자학을 즐기기도 한답니다. 하지만 우리가 가난에 대해 어떤 조치를 취하리라고 기대하진 마십시오. 우리는 단지 옴에 걸린 고양이를 불쌍하게 여기듯이 당신네 하층민들을 동정하고 있을 뿐입니다. 하지만 우리는 당신네들이 처지를 개선하려는 노력에 대해서는 필사적으로 저지하겠습니다. 우리는 당신네들이 지금 상태 그대로 지내주는 것이 훨씬 안전하다고 생각하기 때문입니다. 당신네들을 자유롭게 풀어주는 모험을 감행할 생각은 추호도 없습니다. 그러므로 친애하는 가난한 동포 여러분, 우리의 이탈리아 여행경비를 마련하기 위해 여러분이 땀 좀 흘려줘야겠습니다. 땀을 흘리며 스스로를 저주하는 것은 자유입니다."

이러한 성향은 지적이고 교양있는 사람들일수록 강하게 드러난다. 그들이 쓴 수많은 책을 통하여 그러한 의식구조를 확인할 수 있다. 지식인들의 연간 수입은 대부분 4백 파운드가 넘는다. 그래서 지식인들은 당연히 부자들 편을 들게 된다. 왜냐하면 가난한 사람들에게 조금이라도 자유를 주면 그만큼 자기들의 자유가 위협받는다고 생각하기 때문이다. 체제가 바뀌면 자칫 마르크스식 유토피아로 전환될 위험이 있다고 생각하기 때문에 현상유지를 강력히 주장한다.

사실 지식인들은 부유층들을 좋아하지 않을지도 모른다. 그러나 아무리 저속한 부자들이라 할지라도 없는 자들보다는 덜 불쾌하며 자기네와 비슷한 인종이라고 여기기 때문에 기꺼이 그들의 편을 들어주는 것이다. 대다수 지식인들이 보수적인 사상을 견지하고 있는 것은 민중들을 위험한 존재들이라고 겁내기 때문이다.

그들의 민중에 대한 두려움은 미신과도 같다. 그러한 미신은 부자와 가난한 사람 사이에는 마치 흑인과 백인의 차이처럼 절대로 넘어설 수 없는 근본적이 차이가 있다고 생각하는 것이다. 그러나 실제적으로 그런 근본적인 차이란 존재하지 않는다.

부자와 가난한 사람과의 차이는 단지 수입 액수의 차이가 있을 뿐이다. 일반적인 부자들이란 새로운 양복으로 갈아입은 접시닦이에 불과하다. 입장의 차이이며, 눈속임에 불과한 것이다. 어느 쪽이 재판관이며, 어느 쪽이 도둑일까? 가난한 사람들과 대등한 조건하에서 어울려 본 사람들은 그들의 사정을 잘 이해할 수 있다. 그런데 문제는 자유스러운 의견을 개진할 것으로 기대되는 바로 그 교양있는 지식인들은 결코 가난한 사람들과 어울리려 하지 않는다는 점이다.

지식인들은 가난에 대해 어느 정도 알고 있을까? 내가 가지고 있는 중세 프랑스의 시인인 비용의 시집을 만든 편집자는 놀랍게도 '빵은 단지 진열장에 있는 것밖에 보이지 않는다' 라는 한 줄의 시구에 대해서까지 각주를 달아 설명하고 있다. 즉 지식인이란 굶주림을 겪어보지 못한 사람들이다. 그들의 삶에 대해서 알지 못하는 것이다. 그렇다. 부유한 지식인들의 민중에 대한 미신적인 두려움은 무지에서 기인하는 것이다.

지식인들은 하층계급의 민중들에게 자유를 주면 자신의 집을 습격하고, 서재를 불태우고, 자신에게 변소 청소를 시킬 것이라고 상상한다. 그래서 지식인은 어떤 짓을 해서라도, 어떤 부정한 짓을 저질러서라도 민중들에게 자유가 주어지는 것을 차단하려 하는 것이다. 지식인들은 부유한 계층과 가난한 사람들 사이에는 차이가 없기 때문에 민중들을 해방시켜 주더라도 아무런 문제가 발생하지 않는다는 것을 알지 못한다. 사실 민중들은 이미 해방되어 있다.

결론적으로 요약해 보자. 접시닦이는 노예다. 불필요한 노동을 하면서 혹사 당하고 있는 노예다. 그들은 생각할 시간조차 갖지 못할 정도로 노동에 강요되며, 만약 조금의 여유라도 생긴다면 위험한 존재로 변하게 될 것이라는 두려움 때문에 계속 부려 먹히고 있다. 그리고 마땅히 그들을 편들어 주고 이해해야 할 지식인들은 부유층과 가깝기 때문에 그들을 외면한다. 또 그들의 고충을 전혀 모르기 때문에 그들을 두려워한다.

내가 접시닦이에 관해 이런 견해를 피력할 수 있는 것은 그들의 여러 가지 유형과 사례들을 실제로 체험했기 때문이다. 다른 분야의 노동자들에게도 접시닦이들의 사례는 똑같이 적용될 것이다.

이런 생각은 접시닦이의 삶에 대한 나 개인의 견해에 지나지 않는다. 국가 전체의 경제적인 문제에 대한 전반적인 고찰이 선행되지 않은 한 사람의, 한 접시닦이의 생각일 뿐이다.

23

나는 '오베르주 드 재앙 코타르'을 그만두고 곧장 침대로 가 열한 시간을 잤다. 그리고 보름만에 처음으로 이를 닦고, 목욕을 하고, 이발을 했다. 전당포에 가서 옷을 찾아왔다.

나는 이틀 동안 한가롭게 게으름을 피우며 홀가분한 시간을 즐겼다. 심지어 나는 가장 좋은 외출복을 입고는 '오베르주 드 재앙 코타르'에 가서 바의 카운터에 비스듬히 기대고 영국제 맥주 한 병을 5프랑을 주고 마시기도 했다. 노예 중에서도 밑바닥 노예 노릇을 한 곳에서 손님대접을 받는다는 것은 참으로 기묘한 느낌을 갖게 했다. 보리스는 이제 겨우 돈을 좀 벌려고 하는 판에 그만 두었다며 섭섭하다고 안타까워했다. 보리스는 나중에 내게 편지를 보내, 하루에 백 프랑씩 벌고 있고, '매우 정숙하고' 마늘냄새를 풍기지 않는 아가씨와 사귀고 있다고 전했다.

나는 하루 시간을 내어 살던 거리를 이리저리 돌아다니면서 모든 사람들에게 작별인사를 했다. 샤를리가 언젠가 이 거리에 살았던 루콜이라는 구두쇠 영감의 죽음에 대해 얘기해 주었다. 항상 그랬듯이 샤를리 말은 믿어지지 않았지만 이야기는 재미있었다.

루콜 영감은 내가 파리에 오기 한두 해 전에 일흔넷의 나이로 죽었다. 그런데 그 거리 사람들은 내가 갔을 때까지도 그 영감 이야기를 하곤 했다. 그는 18세기 영국의 최고 구두쇠 대니얼 댄서나 그런 부류의 사람들에는 미치지 못했지만 매우 흥미로운 사람이었다. 그는 매일 아침 파리 중앙시장에서 채소 찌꺼기들을 줍고 고양이 고기를 먹었고, 내의 대신 신문지를 입었으며, 자기 방의 널빤지를 불쏘시개로 썼으며, 마대로 바지를 만들어 입었다. 이런 것들이 50만 프랑의 돈을 가진 사람의 살아가는 방식이었다. 내가 그를 만나보지 못한 것이 정말로 서운했다.

　대부분의 구두쇠들이 그렇듯이 루콜 영감도 돈을 엉뚱하고 무모한 곳에 투자하여 빈털터리가 되고 말았다. 어느 날 한 명의 유태인이 이 거리에 나타났다. 그는 교활하고 사무적인 젊은이로 영국에 코카인을 밀수할 음모를 꾸미고 있었다. 물론 파리에서 코카인을 구입하는 것은 그다지 어려운 일이 아니었으며, 밀수 그 자체도 매우 간단한 작업이었다. 하지만 그런 일에는 항상 스파이가 끼어들게 마련이고, 세관이나 경찰에 밀고를 해버리는 게 문제였다. 그런 짓은 코카인을 파는 사람들끼리 이루어졌다. 조직 간에 서로 시장을 장악하려 음모와 배신을 벌이는 것이다. 그러나 그 유태인은 아무런 위험도 없다고 장담했다. 그는 통상적인 경로를 통하지 않고 빈에서 직접 코카인을 사들이는 루트를 갖고 있다고 했다. 때문에 중간에 돈을 갈취당할 위험은 전혀 없다고 했다. 그는 소르본 대학교 학생인 폴란드 젊은이를 통하여 루콜 영감에게 접근했다. 이 대학생은 루콜이 6천 프랑을 투자하면 자신도 4천 프랑을 내놓겠다고 했다. 그 돈이면 코카인 10파운드를 살 수 있고, 영국에서 한 재산 톡톡히 벌게 될 것이라고 유혹했다.

그 유태인과 폴란드인은 루콜 영감의 손아귀에서 돈을 끌어내려고 필사적으로 달라붙었다. 루콜에게 6천 프랑은 대단한 금액이 아니었다. 그는 그보다 훨씬 더 많은 돈을 침실 매트리스 속에 숨겨두고 있었다. 하지만 그는 동전 한 푼에도 부들부들 떨었다. 폴란드인과 유태인은 몇 주일 동안이나 그에게 매달려 설득도 하고 위협도 하고, 달래고, 위협도 하고, 때로는 무릎을 꿇고 졸라대기도 했다.

구두쇠 영감은 탐욕과 불안 사이를 오가며 공황상태에 빠지고 말았다. 5만 프랑이라는 거금을 움켜쥘 수 있다는 생각에 잔뜩 욕심이 났지만, 선뜻 거금을 내놓을 용기는 나지 않았다. 그는 양손으로 머리를 감싸고 끙끙대며 괴로움에 신음소리를 내기도 했으며 때로는 무릎을 꿇고(그는 독실한 신자였다) 신께 기도를 올리기도 했다. 그럼에도 용기가 나지 않았다. 하지만 하루하루 시달려 기진맥진한 그는 마침내 승낙하고 말았다. 그는 매트리스를 찢고 6천 프랑을 꺼내 유태인에게 넘겨주었다.

그 유태인은 그날로 코카인을 구해서 넘겨주고 사라졌다. 그동안 루콜이 그 야단을 쳤으니 그 거리에서 이 사실을 모르는 사람이 없을 정도였다. 당연히 다음날 경찰이 급습하여 수색을 펼쳤다.

루콜 영감과 폴란드인은 당황하여 어쩔 줄 몰라 했다. 경찰은 아래층에서부터 모든 방들을 수색하면서 올라왔다. 테이블 위에는 큼직한 코카인 주머니가 있었고, 어디에도 그것을 숨길 곳이 없었다. 아래층으로 도망칠 수도 없었다. 폴란드인 학생이 코카인을 창밖으로 던져버리자고 했지만 루콜 영감은 들은 척도 하지 않았다. 샤를리는 그

때 그 현장에서 모든 상황을 직접 목격했다고 했다. 폴란드인 학생이 루콜 영감에게서 코카인 주머니를 빼앗으려 하자 그 영감은 일흔넷의 나이임에도 불구하고 그것을 빼앗기지 않으려 미친 사람처럼 저항했다고 했다. 그는 공포에 휩싸여 정신을 차리지 못했으나 돈을 날려버리는 것보다는 차라리 감옥에 가는 게 낫겠다고 생각했다는 얘기였다.

마침내 경찰들의 수색이 바로 아래층까지 올라왔을 때 누군가 순간적으로 아이디어를 냈다. 루콜 영감과 같은 층에 사는 사람 중 화장품용 파우더를 위탁 판매하는 사람이 살고 있었는데, 거기에 코카인을 넣어 화장품 파우더인 양 속이자는 것이었다. 그들은 서둘러 파우더를 창밖으로 버리고 거기에 코카인을 대신 채웠다. 그리고 깡통들은 마치 아무것도 숨길 것이 없다는 듯 테이블 위에 뚜껑을 열어둔 채 놓았다. 곧 경찰들이 들이닥쳤다. 경찰들은 벽을 두드려 보고, 벽난로의 굴뚝 속을 올려다보고, 서랍들을 열어보고 방바닥까지 철저히 조사했다. 하지만 아무것도 발견하지 못하자 수색을 포기하고 막 돌아서려 할 때였다. 한 경찰의 눈에 테이블 위의 깡통이 발견된 것이다.

"아니, 이게 뭐야?"

그가 말했다.

"이 깡통들 좀 보라구. 미처 못 봤던 것들인데, 이 속에 들어있는 게 뭘까?"

"화장용 파우더예요."

폴란드인 학생은 최대한 침착한 목소리로 조용히 대답했다. 그러나 바로 그 순간 루콜 영감이 공포에 질려 신음소리를 커다랗게 내는 바람에 경찰들의 의심을 사게 됐다. 그들은 깡통 하나를 들어서 내용물을 쏟아 냄새를 맡더니 한 수사관이 코카인 같다고 말했다. 루콜 영감과 폴란드인은 하늘을 두고 맹세하면서 그것은 단지 파우더일 뿐이라고 우겨댔다. 하지만 소용없는 짓이었다. 그들이 아니라고 우겨대면 댈수록 경찰들의 의심은 깊어만 갔다. 결국 두 사람은 체포되어 경찰서로 연행되었고 동네사람의 절반이 그 뒤를 따라갔다.

경찰서에서 루콜 영감과 폴란드인은 마약 담당 경찰에게 심문을 받았다. 그동안 코카인 깡통은 정밀분석을 하기 위해 어딘가로 보내졌다. 샤를리는 그때 루콜이 경찰서에서 벌인 소동은 차마 눈뜨고 볼 수 없을 지경이었다고 했다. 그는 크게 울부짖기도 하고 기도를 하기도 하고 횡설수설 알 수 없는 말을 늘어놓기도 하고, 갑자기 폴란드인에게 호통을 쳐대기도 했는데 그 소리가 길 건너까지 들릴 정도였다고 했다. 루콜의 그러한 모습에 경찰관들은 배꼽을 잡고 웃었다.

30분 후 한 경찰관이 코카인이 든 깡통과 분석 결과를 가지고 돌아왔다. 그는 빙긋이 웃고 있었다.

"신사 여러분, 이것은 코카인이 아닙니다."

"뭐, 코카인이 아니라구?"

경찰 간부가 물었다.

"아니, 그럼 그게 뭐란 말인가?"

"화장용 파우더였습니다."

루콜 영감과 폴란드인은 즉각 풀려났다. 혐의가 풀려 안도의 한숨을 내쉬었으나 동시에 분노가 치밀었다. 그 유태인에게 두 사람이 완전히 당한 거였다. 흥분이 가라앉은 후 알아보니 그 유태인은 이 지역에서 다른 두 사람에게도 똑같은 수법으로 사기를 쳤던 것이다.

폴란드인 대학생은 비록 4천 프랑을 날리긴 했지만 풀려나게 된 것을 천만다행으로 생각했다. 그러나 루콜 영감은 실의에 빠져 머리를 싸매고 침대에 틀어 박혔다. 그는 밤이 새도록 이리저리 뒤척이면서 온힘을 다해 고함을 질러댔다.

"내 6천 프랑! 오 주여! 내 6천 프랑!"

사흘 후 발작을 일으켰고, 보름 후 죽었다. 마음의 상처가 그를 죽음으로 몰아갔다고 샤를리는 말했다.

24

　나는 삼등 여객선을 타고 도버해협을 건너 영국으로 갔다. 영불 해협을 건너는 데는 이 코스가 가장 저렴하면서도 크게 불편하지 않았기 때문이다.

　객실을 이용하려면 돈을 더 지불해야 하기에 대부분의 삼등칸 여행객들과 마찬가지로 선실 바닥에서 잤다. 나는 그날의 영국행을 일기에 이렇게 썼다.

　선실 바닥에서 잤다. 남자 스물일곱 명, 여자 열여섯 명과 함께 잤다. 여자들 가운데 오늘 아침에 세수를 한 사람은 한 사람도 없다. 남자들은 대부분 욕실로 갔지만 여자들은 화장품 케이스를 꺼내 더러운 피부 위로 파우더를 덧칠했을 뿐이다. 이것이 제2의 성적 차이인가?

　여행중에 나는 우연히 루마니아인 부부와 알게 되었다. 아직 어린 아이처럼 순진한 젊은이들로, 영국으로 신혼여행을 가는 길이라고 했다. 그들은 내게 영국에 대해 많은 질문을 했고, 나는 약간의 거짓말을 섞어서 허풍을 떨었다. 외국의 도시에서 수개월간 고생하며 어렵게 지내다가 고향으로 돌아가는 길이어서 영국이 마치 천국처럼 여겨졌기 때문이다. 실제로 영국에 돌아가면 즐거움을 누릴 수 있는 것들이 많았다. 목욕탕, 팔걸이의자, 요리에 치는 민트향 소스, 잘 익

힌 햇감자, 고동색 빵, 마멀레이드, 진품 홉 열매로 만든 맥주 등. 돈
만 있다면 기막히게 즐길 수 있는 것들이었다. 영국은 가난하지만 않
으면 정말 살기 좋은 나라다. 물론 나는 앞으로 온순한 정신박약아를
돌보게 되어 있으므로 가난에 빠질 염려는 없었다. 가난뱅이가 되지
않을 것이라는 생각을 하자 내가 애국자가 된 것만 같은 착각에 빠지
게 했다. 루마니아인 부부가 질문을 하면 할수록 나는 더욱 영국을 찬
양했다. 기후와 풍경, 예술, 문학, 법률 등 영국에 있는 모든 것들은
완벽했다.

"영국의 건축물들은 어떻습니까?"

루마니아인 부부가 물었다.

"기가 막히지요! 런던 탑만 한번 보세요. 파리는 댈 것도 아닙니다.
파리의 절반은 웅장하지만 반은 빈민굴이 아닙니까? 하지만 런던
은······."

그때 여객선이 틸버리 방파제를 감돌아 항구로 들어섰다. 첫눈에
들어온 해변의 건물은 수많은 뾰족탑을 가진 거대한 호텔이었는데
마치 정신병원의 담장 위에서 백치가 멍청히 우리 쪽을 노려보고 있
는 것 같았다. 나는 루마니아인 부부가 눈을 뗄 줄 모르고 그 호텔을
바라보는 것을 곁눈질로 바라보았다.

"프랑스 건축가들이 지었답니다."

나는 그들에게 힘주어 말했다. 그리고 나중에 기차가 런던으로 들
어가려고 동부의 슬럼가로 접어들었을 때도 계속해서 영국 건축물들
의 아름다움에 대한 자랑을 늘어놓았다. 이제 마침내 고국으로 돌아

왔고, 가난으로부터도 벗어날 수 있게 되었으니 영국에 어떠한 찬사를 보내도 부족할 것만 같았다.

나는 곧바로 B의 사무실로 찾아갔다. 그리고 그의 첫마디에 모든 기대와 희망이 완전히 무너지고 말았다.

"미안하게 됐네."

그가 말했다.

"자네를 고용하려던 사람이 어제 환자와 함께 해외로 나가버렸다네. 기다릴 수밖에 없다네. 아마 늦어도 한 달이면 돌아올 걸세. 그때까지 어떻게 기다릴 수 있겠지?"

돈을 좀 빌려야겠다는 생각이 떠올랐을 때 나는 이미 거리로 나와 있었다. 앞으로 한 달을 기다려야 한다는데, 수중에는 정확히 19실링 6펜스밖에 없었다. 나는 무엇을 어떻게 해야 할지 아무런 생각도 떠오르지 않았다.

나는 온종일 거리를 헤매다가 밤이 되자 어떻게 하면 값싼 잠자리를 구할 수 있는지 알지 못해 7실링 6펜스 하는 민박으로 갔다. 숙박료를 지불하자 달랑 10실링 2펜스가 수중에 남았다. 앞으로 어떻게 지낼 것인지에 대해 계획을 세워야 했다. 어쩔 수 없이 조만간 B에게 돈을 꾸어야 하겠지만 지금 당장은 체면상 내키지 않는 일이었다. 당분간은 쪼들려도 참으며 견뎌 내리라 마음먹었다. 파리에서의 경험으로 미루어 가장 좋은 옷을 전당포에 저당잡히는 바보짓은 하지 않기로 했다.

나는 두 번째로 좋은 양복을 제외한 모든 소지품은 역에 있는 휴대품 보관소에 맡기기로 했다. 둘째가는 양복을 값싼 옷과 바꾸면 1파운드 정도의 돈을 마련할 수 있을 것이다. 1파운드 10실링으로 한 달 동안 버티려면 좋은 옷은 필요치 않았다. 어쩌면 옷은 나쁠수록 좋을 지도 모른다는 생각이 들었다. 과연 1파운드 10실링으로 한 달 동안 버틸 수 있을지는 알 수 없었다. 사실 나는 런던에 대해서 파리 만큼도 알지 못했다. 어쩌면 나는 구걸을 하거나, 구두끈 장사를 해야 할 지도 모르는 상황이었다. 언젠가 일요신문에서 바지 속에 2천 파운드를 바늘로 꿰매고 다닌다는 거지들 이야기를 읽은 기억이 떠올랐다. 아무튼 런던에서는 굶어 죽기도 힘들다는 유명한 이야기가 있는 만큼 너무 걱정할 필요는 없다고 스스로를 위로했다.

나는 옷가지를 팔기 위해 런던 남부에 위치한 램버스 지구로 갔다. 그곳은 빈민들이 모여 사는 거리로 헌옷을 취급하는 고물상들이 많았다. 첫번째 들어간 곳은 주인이 정중했으나 냉정했다. 두번째는 거만하고 무례했다. 세번째는 지독한 귀머거리거나 아니면 그런 척했다. 네 번째 집의 점원은 뚱뚱하고 블론드색 머리를 하고 있었는데, 온몸에 햄 조각을 붙여놓은 것처럼 피부가 온통 분홍색이었다. 그는 내가 입고 있는 옷을 보더니 얕보는 듯한 표정으로 엄지와 중지 손가락으로 옷을 만져보았다.

"감이 안 좋네."

그가 말했다.

"질이 썩 안 좋아요(사실 그 양복은 상당히 고급이었다) 얼마나 받으시려구?"

나는 그것을 좀더 허름한 낡은 옷과 바꾸어야 한다고 설명하면서 될 수 있는 대로 많은 돈을 달라고 했다. 그는 잠시 생각하더니 허름하고 지저분한 옷가지들을 주섬주섬 집더니 카운터 위에 던져놓았다.

"돈도 좀 주셔야지."

나는 1파운드 정도를 예상하며 말했다. 그는 입술을 오므리더니 겨우 1실링을 꺼내서 옷가지들 옆에 놓았다. 나는 아무 말도 하지 않았다. 하지만 이건 너무 하는 게 아니냐고 따지려 했다. 그런데 내가 막 입을 열려하자 그가 손을 내밀어 1실링을 다시 집어가려 했다. 어쩔 도리가 없음을 깨달았다. 그는 점포 뒤에 있는 조그만 방으로 나를 데리고 가서 옷가지를 바꿔 입도록 했다.

바꿔 입은 옷은 빛바랜 갈색 윗옷과 무명천으로 만든 검은 바지에 스카프와 헝겊으로 만든 모자였다. 셔츠와 양말과 구두는 내가 입고 있던 것이고 호주머니에는 빗과 면도기가 들어 있었다. 이런 옷들을 입고 나면 미묘한 감정에 빠져들게 마련이다. 나는 전에도 어쩌면 이보다 더 낡은 옷을 걸치고 다닌 적도 있었다. 하지만 지금의 기분과는 사뭇 달랐다. 단순히 더럽다거나 허름하다거나 하는 기분과는 다른 것이었다. 뭐랄까, 오랫동안 묵은 녹이 내 몸 속으로 파고드는 듯한 불쾌한 감정이었다. 그것은 구두끈 장수나 떠돌이 막노동꾼들의 차림이었다.

한 시간쯤 후 나는 램버스에서 떠돌이 거지같이 생긴 자가 야비하게 째려보면서 내게로 다가오는 것을 보았다. 다시 유심히 보니, 그것은 상점의 진열장에 비친 바로 내 모습이었다. 내 얼굴은 이미 먼지로 얼룩져 있었다. 누추함이란 정말로 사람을 잘 알아본다. 옷을 잘 입고 있을 때는 함부로 다가오지 않지만, 목에 흰 칼라가 사라지고 나면 사방에서 마구 달겨들어 초라한 몰골을 연출해냈다.

나는 어정거리면서 밤 늦게까지 거리에서 헤맸다. 차림이 차림인 만큼 경찰관이 나를 부랑자로 보고 잡아가지 않을까 불안했다. 내 말씨와 옷차림이 어울리지 않는 걸 남들이 눈치 챌까봐 아무에게도 말을 걸어 볼 용기가 나지 않았다(결국 그런 일은 일어나지 않았다). 새로운 옷차림은 곧 나를 새로운 세계로 인도했다. 나를 대하는 모든 사람들의 태도가 일제히 바뀌는 것 같았다. 한번은 뒤집어진 손수레를 일으켜 세워주었더니 상대가 싱긋 웃으면서 '고맙네, 형씨'라고 했다. 형씨라는 말을 들은 것은 생전 처음이었다. 옷차림이 사람을 그렇게 만든 것이다.

여자의 태도가 남자의 옷차림에 따라 어떻게 달라지는가도 알 수 있었다. 후줄근한 옷차림의 사내가 곁을 지나가면 여자들은 아주 노골적으로 혐오감을 나타냈다. 마치 죽은 고양이라도 본 것처럼 역겹다는 표정으로 고개를 돌려버린다. 옷차림은 정말 대단한 힘을 가지고 있다. 떠돌이 거지같은 차림을 한 첫날은 자신이 정말로 몰락해 버렸구나 하는 기분에 빠져 깊은 좌절감을 느끼게 된다. 아마 감옥에 갇힌 사람도 첫날밤에는 이런 비참한 기분에 빠져들 것이라는 생각이 들었다.

11시쯤 되어 나는 잠자리를 찾기 시작했다. 언젠가 싸구려 여인숙에 대해 읽은 기억이 떠올랐다. 그래서 4펜스 정도면 잠자리를 구할 수 있겠거니 짐작만 하고 있었다. 워털루 거리로 가니 막노동꾼이나 그와 비슷한 종류의 일을 하는 것처럼 보이는 사나이가 서 있었다. 나는 그 사나이에게 다가가 나는 지금 완전히 빈털터리라 가장 싼 잠자리를 구하고 있다고 말했다.

"아, 그래요."

그가 말했다.

"길 건너 저기 보이는, '독신자를 위한 좋은 여인숙' 이란 간판이 붙은 저 집으로 가보슈. 그곳은 좋은 여인숙(여기서 여인숙이란 잠만 자는 곳이다)인데, 나도 가끔 간다오. 당신도 그곳이 싸고 깨끗하다는 것을 알게 될 거요."

그곳은 높고 낡은 건물이었다. 모든 창문들에서 희미한 불빛이 비치고 있었다. 갈색 종이를 바른 창문도 보였다. 내가 돌을 깐 통로를 지나 들어갔더니 졸린 눈을 한, 작고 창백한 소년이 지하실 입구에서 나타났다. 지하실로부터 사람의 말소리가 웅얼웅얼 들려왔고 치즈 냄새가 더운 공기와 함께 훅 풍겨 나왔다. 그 소년은 하품을 하면서 손을 내밀었다.

"주무시려구요? 1실링입니다, 나리."

나는 1실링을 건네주었고, 소년은 나를 곧 쓰러질 듯 가파르게 서 있는 나무 사다리를 통해 침실로 안내했다. 방에서는 진통제 냄새와 역겨운 악취가 진동했다. 창문들이 꽉꽉 닫혀 있어서 질식할 것만 같았다. 촛불 한 개가 밝혀져 있었다. 넓이는 15피트 평방에 높이는 8피트, 그 안에 8개의 침대가 놓여 있었다. 이미 여섯 손님이 자고 있었는데, 그들이 벗어놓은 옷들과 신발들까지 침대 위에 올려져 있어 기묘한 형상의 무더기를 이루고 있었다. 누군가 아주 기분 나쁜 소리로 지독하게 기침을 해댔다.

누워보니 침대는 판자처럼 딱딱했고, 베개는 통나무와 다름없는 딱딱한 원통에 지나지 않았다. 차라리 책상 위에서 자는 게 더 나을 것 같았다. 침대라고 해야 채 6피트도 되지 않았고 폭이 좁았다. 또 매트리스의 가운데가 불룩 솟아 있기 때문에 굴러 떨어지지 않으려면 침대를 꼭 붙잡고 있어야만 했다. 시트는 땀 냄새가 너무 심해 코 가까이 끌어올릴 수도 없었다. 이불은 고작 무명 침대보뿐이어서 뒤집어써도 숨만 답답할 뿐 따뜻하지 않았다. 밤새도록 잡다한 소음들이 끊이지 않았다. 내 왼쪽에 누운 사내는 선원인 듯했는데, 한 시간에 한번씩 깨어서는 지독한 욕설을 내뱉은 후 담배에 불을 붙이곤 했다. 또 한 사람은 방광염 환자로 하룻밤에 대여섯 번이나 일어나서는 요강에다 요란한 소리를 내며 일을 보았다. 구석의 사내는 20분마다 한번씩 발작적인 기침을 해댔다. 발작의 간격이 얼마나 규칙적인지 마치 달을 보고 짖는 개가 언제 짖을까 귀 기울이듯 그의 기침소리를 기다리게 되었다. 그 기침소리는 마치 내장을 온통 휘저어서 더러운 가래를 끌어올리는 듯한 끔찍스런 소리였다. 한번은 그가 성냥불을 켜기에 보니 그는 시체처럼 앙상하게 뼈만 남은 얼굴에 흰머리를 한 노인이었다. 노인은 바지를 벗어서 나이트캡처럼 머리에 두르고 있었다. 그가 기침을 할 때마다 다른 사람들이 번갈아가며 졸리운 목소리로 소리쳤다.

"그만해, 젠장! 제발 좀 그만!"

나는 겨우 한 시간쯤 눈을 붙였다. 아침에 무언가 커다란 갈색 물체가 다가오는 느낌에 잠에서 깼다. 눈을 번쩍 뜨고 보니 그것은 내 코 앞에 내밀어진 옆 침대 선원의 한쪽 발이었다. 때에 절어 있어 마치 인도사람 발처럼 암갈색이었다. 벽지는 떠서 너덜거렸고, 시트는 세탁한 지 한 달쯤 됐는지 갈색으로 찌들어 있었다. 나는 일어나서 옷을 걸치고 아래층으로 내려갔다. 지하실에는 세면대가 줄지어 있었고, 때가 묻어 미끌미끌한 두 개의 롤러타올이 걸려 있었다. 나는 호주머니에 비누를 가지고 다녔기 때문에 곧바로 세수를 시작하려고 둘러보았다. 모든 세면대는 때가 시커멓게 덕지덕지 붙어 있었다. 그것은 마치 구두약을 발라놓은 듯 꺼멓고 찐득찐득했다. 나는 세수하기를 포기하고 그냥 나와버렸다. 그 여인숙은 정말이지 '값싸고 청결하다'는 수식어와는 전혀 걸맞지 않는 곳이었다. 하지만 내가 나중에 알게 된 것은, 처음 소개해준 사람이 말한 것처럼 그 여인숙은 그래도 제법 '싸고 깨끗하다'는 것이었다.

나는 템스 강을 건너 동쪽으로 한참 동안 걸어갔다. 그리고 런던탑이 있는 타워힐의 한 커피숍에 들어갔다. 그곳은 런던의 수많은 커피숍과 다를 바가 없는 전형적인 커피숍이었다. 하지만 파리에서 지내다가 와서 그런지 외국에 온 것 같이 낯설고 서먹서먹했다. 작고 아담한 실내엔 40년대에 유행하던 높은 등받이 의자들이 질서정연하게 놓여있었고 거울에는 비눗조각으로 쓴 그날의 메뉴가 적혀 있었다. 열네 살쯤 되어 보이는 여자아이가 접시들을 나르고 있었다. 공사장

인부들로 보이는 몇 사람이 신문지에 싼 음식을 먹으면서 커다란 컵으로 홍차를 마시고 있었다. 구석자리에서는 유태인 한 명이 눈치를 살피면서 접시에 코를 박고 베이컨을 게걸스럽게 먹어대고 있었다.

"홍차 한 잔과 버터 바른 빵을 주시오."

나는 아가씨에게 주문했다.

그녀는 나를 빤히 쳐다보면서, 놀란 듯이 대답했다.

"버터는 없고 마가린뿐이에요."

그리고 나서 그녀는 파리에서라면 으레 '와인 한잔' 이라고 할 것을 런던식으로 주방을 향해 소리쳤다.

"곱빼기 차에 빵 두 조각!"

내가 앉은자리 옆 벽에는 '설탕을 가져가지 마시오' 라는 경고문이 붙어 있었다. 그리고 그 아래에는 어느 짓궂은 손님이 시적으로 덧붙여 놓았다.

설탕을 훔쳐가는 녀석은
불릴 것이리라 더러운 XX

누군가가 더러운 다음의 단어는 지워버린 흔적을 볼 수 있었다. 이것이 바로 영국이었다. 홍차 한 잔과 빵 두 조각은 3펜스 반 페니였다. 이제 내게 남은 돈은 8실링 2펜스밖에 없었다.

25

8실링으로 3박4일 동안을 버텼다. 워털루 거리에서 혼쭐이 난 나는 동쪽으로 옮겨갔고, 다음날 밤은 페니필드에 있는 간이숙소에서 보냈다. 그곳은 런던에 있는 수많은 간이숙소와 다를 바가 없는 전형적인 간이숙소였다. 그곳은 오십에서 백 명 사이의 인원을 수용할 수 있었고 '대리인'이 관리하고 있었다. 대리인은 건물 주인을 대신하여 관리를 맡은 사람을 의미했다. 간이숙소 사업은 이윤이 많이 남기 때문에 부자들이 많이 소유하고 있었다.

큰 방에는 15명에서 20명이 함께 잤다. 침대는 역시 차고 딱딱했으나 시트는 세탁한 지 일주일 정도밖에 안 되는 것이어서 그래도 나은 편이었다. 숙박료는 9펜스 혹은 1실링이었다(1실링짜리 침실은 침대 사이의 간격이 4피트가 아니라 6피트로 넓어진다). 숙박료는 저녁 7시까지 현금으로 지불해야 했고 그렇지 못하면 당장 쫓겨났다.

아래층에서는 모든 숙박인들이 공동으로 사용할 수 있는 주방이 있었다. 불은 마음대로 쓸 수 있었고, 요리용 냄비, 차 주전자, 토스토용 긴 포크 등이 갖추어져 있었다. 두 개의 큰 벽돌 아궁이가 있었는데, 일년 내내 밤낮으로 불이 지펴져 있었다. 화기 관리와 청소, 침대 정리는 투숙자들이 돌아가면서 했다. 인심 좋은 노르만족처럼 보이는 스티브라는 이름의 부두 노동자가 '반장님'이라고 불리고 있었다.

그는 다툼이 벌어지면 중재를 하기도 하고 무보수로 관리인 노릇도 했다.

나는 주방이 마음에 들었다. 그곳은 지하 깊숙한 곳의 천장이 낮은 지하실로 코크스의 열기 때문에 몹시 더웠다. 주방을 밝히는 빛이라고는 오직 아궁이의 불빛밖에 없었다. 그 불빛이 맞은편 벽에 검은 벨벳 같은 그림자를 드리웠다. 천장에 매놓은 줄에는 허름한 빨래들이 널려 있었다. 대부분 부두 노동자들인 사나이들이 붉은 불빛을 받으면서 냄비를 들고 아궁이 주변을 왔다갔다했다. 그 중에는 거의 벌거 벗은 사람도 있었다. 옷가지들을 빨아버렸기 때문에 그것이 마르기를 기다리는 중이었다. 밤에는 카드와 주사위 게임을 하였고 노래도 불렀다. '나는 부모를 잘못 만난 어린애라네'가 가장 많이 불리는 노래였다. 그리고 난파선에 대한 노래들도 즐겨 불렀다. 늦은 밤, 헐값에 산 바다소라를 한 동이 그득 들고 들어와 나누어 먹은 일도 있었다. 그곳에서는 음식을 모두 똑같이 나누어 먹었다. 때문에 실직한 사람도 똑같이 먹을 수 있었다. 일할 능력을 상실한 사람을 공동으로 돌보며 먹여주는 것을 당연한 것으로 여겼다. '세 번 수술받은 가엾은 브라운'이라고 불리는, 자그마하고 창백하고 깡말라서, 거의 불치병에 걸린 듯한 사내가 여러 사람들의 도움으로 끼니를 잇고 있었다.

노년연금을 받고 있는 늙은이도 두세 사람 있었다. 나는 그들을 만나기 전까지는 영국에는 일주일에 10실링의 연금으로 생계를 이어가는 사람들이 있다는 사실조차 알지 못했다. 이 노인들은 연금 외에 다른 수입은 전혀 없었다. 그 중 한 사람이 얘기하길 좋아해서 나는 그에게 어떻게 살아가느냐고 물어보았다. 그는 이렇게 말했다.

"자, 하룻밤 자는데 9펜스가 든단 말이야. 그게 일주일이면 5실링 3펜스가 되지. 토요일에는 면도비로 3펜스가 드니까, 그러니까 5실링 6펜스가 되지. 그리고 한 달에 한 번 하는 이발에 6펜스가 나가지. 그것을 2주일에 3펜스 쓰는 것으로 더해 주고 그러면 4실링 4펜스를 먹을 것과 담배를 사는데 쓸 수 있단 말일세."

그는 그밖의 지출 비용은 생각도 하지 못했다. 그의 식사라곤 마가린 바른 빵과 홍차뿐이었다. 그조차도 주말에는 맨 빵에 우유가 없는 홍차가 전부였다. 입는 것은 자선단체에서 주는 것을 얻어 입는 것 같았다. 그는 먹는 것보다도 따스한 잠자리와 불을 마음대로 사용할 수 있다는 점을 더 소중하게 여기면서 그곳 생활에 만족해 하는 것 같았다. 그러나 일주일에 겨우 10실링의 수입으로 살아가면서 면도하는데 돈을 쓴다는 사실은 내게 신선한 충격을 주었다.

나는 할 일없이 하루 종일 거리를 헤맸다. 동쪽으로는 위핑까지, 서쪽으로는 화이트 채플까지 어정거렸다. 파리에서 지내던 것에 비추어 보면 내게 너무 많은 변화가 찾아온 것이다. 모든 것들이 훨씬 깨끗해졌고, 조용하고 쓸쓸해 보였다. 런던에는 전차들의 시끄러운 굉음, 뒷골목의 떠들썩하고 왁자지껄한 소음들, 발자국 소리를 요란하게 울리면서 광장을 지나가는 무장군인들의 모습이 없었다. 거리를 오가는 시민들의 옷차림도 파리보다 좋았고 표정들도 말쑥하고 온순하여 모두가 비슷비슷해 보였다. 때문에 프랑스인들의 강한 개성이나 악의 같은 건 찾아볼 수 없었다. 술주정뱅이도 적었고, 먼지도 많지 않았고, 싸움도 거의 볼 수 없었지만, 파리보다 활력이 없어 보였다. 사람들이 곳곳에서 삼삼오오 모여 있었다. 런던시민들은 약간 영양이 모자라 보였지만, 두 시간 간격으로 홍차와 빵 두 조각을 먹어대며 견뎌내는 것 같았다. 호흡하는 공기조차 파리보다 열기가 없는 것 같았다. 파리가 술집과 부당한 노동착취의 도시라면, 런던은 홍차와 직업소개소의 도시였다.

　사람들이 오가는 것을 살펴보면 흥미로운 점들을 발견할 수 있었다. 런던 동부의 여자들은 외모가 빼어나게 예뻤다(아마도 혼혈이기 때문인 듯했다). 그리고 라임하우스 지역에서는 동양인들이 우글거렸는데, 중국인, 방글라데시의 항구도시 치타공의 선원들, 비단 스카프를 팔고 있는 드라비다인들, 심지어는 시크 교도까지 있었다. 거리의 이곳저곳에서 노상집회를 하기도 했다. 화이트채플 근처에서는 '노래하는 전도사'라고 불리는 사나이가 6펜스만 내면 지옥으로부터 구원해 주겠다고 허풍을 떨며 돌아다녔다. 동인도 도크 거리에서는 구세군이 사역을 하고 있었다. 그들은 '술 취한 선원에게는 무슨 일이 일어날까?'라는 가락에 맞추어 '비열한 유다 같은 사람이 여기 있소?' 하는 노래를 부르고 있었다. 타워힐에서는 두 사람의 모르몬 교도가 고함을 질러대며 설교를 하려고 애쓰고 있었다. 누군가 너희들은 일부다처주의가 아니냐고 비난하며 타박을 주었다. 무신론자로 보이는 수염 텁석부리에 다리를 저는 사람이 하나님이라는 말을 듣고는 화를 내며 욕설을 퍼부어댔다. 그곳은 여러 사람들의 아우성으로 소동이 끊이지 않았다.

"여러분, 누군가 우리들이 논쟁하던 것을 끝장내 줄 사람이 없습니까!…… 그래요, 그들에게 논쟁을 더 계속하지 말라고 하세요!…… 네, 그렇게 하세요. 그리고 내게 대답해 주세요. 내게 신을 보여 줄 수 있습니까? 내게 신을 보여주세요. 그러면 믿겠습니다. ……아, 그만 두세요. 그들과 상대를 않겠습니다!…… 당신이나 입을 닥치세요!…… 일부다처주의자들! ……자, 일부일처주의에는 좋은 점이 많습니다. ……여공들을 꼬셔서 데리고 살든지, 아무튼 공장에서 일하게 하지 마세요. ……여러분, 여러분들이 이제 막— 아, 아니군요. 우리들의 화제에서 벗어나지 맙시다. 당신은 하나님을 본 적이 있습니까? 만져 본 적이 있어요? 그와 악수를 해 본 적이 있어요? ……아, 야유를 하지 맙시다. 제발 야유를 그만 두시오."

나는 모르몬교에 대하여 무언가 알 수 있지 않을까 해서 한 이십 분 동안 귀를 기울였다. 하지만 처음부터 고함으로 시작해서 결국 고함으로 끝나고 말았다. 길거리 집회는 대개 이런 식이었다.

미들섹스 가에서는 시장의 혼잡과 인파 속에서, 가난에 찌든 한 부인이 다섯 살쯤 되어 보이는 사내아이의 팔을 잡아끌고 있었다. 그녀는 아이의 얼굴에 함석으로 된 장난감 트럼펫을 들이대고 있었고, 아이는 큰소리로 울부짖고 있었다.

"자, 이제 불어 봐."

부인이 악을 썼다.

"여기까지 데리고 와서 장난감 나팔을 사줬으면 됐지, 뭘 더 어쩌라는 거야! 이 못난 놈, 자, 불어 보라니까?"

나팔 끝에서 침이 주르르 흘러내렸다. 부인은 소리를 질러대며, 아이는 울부짖으며 사라졌다. 파리에서는 볼 수 없는 광경이라 희한하다는 생각이 들었다.

　페니필드의 간이숙소에서 머물던 마지막 날 밤 투숙객들 사이에서 싸움이 일어났다. 눈 뜨고 볼 수 없는 추태가 벌어졌다. 일흔 살쯤 되어 보이는 연금생활자가 웃통을 벗은 채(그는 옷을 세탁중이었다), 작고 다부지게 생긴 부두 노동자를 사정없이 저주하고 있었다. 노동자는 등불을 뒤로 하고 서 있었고, 불빛에 비친 노인의 얼굴은 슬픔과 분노가 폭발하기 일보 직전이었다. 분명히 무언가 심각한 일이 발생한 것 같았다.

　연금생활자 늙은이 : "네 이놈!"

　부도노동자 : "닥쳐, 이 늙은이, 거꾸로 쳐박아버리기 전에!"

　연금생활자 늙은이 : "그래 해봐라, 이놈아! 내 너보다 삼십은 더 먹었지만 아직도 네놈 하나 번쩍 들어다 오줌통에 쑤셔박는 것쯤은 식은 죽 먹기라구!"

　부두노동자 : "아, 그러셔? 뭐 내 손은 장식품인 줄 알아. 이 늙은이야–!"

　이런 싸움이 5분쯤 계속되었다. 투숙객들은 침울한 표정으로 주위에 둘러앉아 그 싸움을 못 본 체 무시하려 했다. 부두노동자는 잔뜩 찌푸리고 앉아 있었고 늙은이는 더욱더 기세가 등등해졌다. 그는 마치 담장 위의 고양이처럼 소리를 질러대며 상대에게 침을 뱉곤 했다. 그러다 온몸의 힘을 모아 주먹을 날렸다. 하지만 주먹은 상대에게 적중하지 못했다. 노인은 결국 폭발하고 말았다.

"이, 이놈의 자식! 내 주먹 맛 좀 보여주마! 네… 네놈쯤 한 주먹
에…뒈지게 해주지…네…네까짓 놈, 보나마나 어느 갈보년의 새끼가
틀림없어! 어… 어디 한 대 맞아봐라! 이… 이놈의 자식… 이 사생아
새끼 같은 놈!"

그러더니 늙은이는 갑자기 의자에 털썩 주저앉아 머리를 감싸쥐고
울부짖기 시작했다. 주변의 눈초리가 이상하게 느껴졌는지 부두 노
동자는 아무 말도 하지 않고 밖으로 나가버렸다.

나중에 스티브가 싸움의 원인에 대해 설명해 주었다. 싸움은 1실링
의 음식을 두고 발생한 것 같았다. 그 늙은이는 빵과 마가린을 조금씩
모아두었는데 어느 날 그것을 몽땅 잃어버렸다. 그래서 사흘 동안을
다른 사람들이 가엾게 여겨 남겨주는 음식으로 연명해야 했다. 그런
데 일자리도 있고 먹을 것도 넉넉한 부두노동자가 그것을 두고 조롱
했던 것이다. 그래서 싸움이 벌어졌던 것이다.

내 수중의 돈이 1실링 4펜스로 줄었을 때 나는 숙박료가 8펜스밖
에 되지 않는 보bow 거리의 여인숙으로 갔다. 좁고 구불거리는 골목
길을 지나 숨이 막힐 듯한 지하실로 내려갔다. 대부분이 공사장 인부
처럼 보이는 열 명의 남자가 벽난로의 불가에 앉아 있었다. 밤이 깊었
지만, 다섯 살쯤 먹은 창백하고 붙임성 있는 관리인의 아들이 인부들
의 무릎을 오가며 재롱을 부리고 있었다. 늙은 아일랜드인이 조그마
한 새장에 있는 눈 먼 피리새에게 휘파람을 불어주었다. 그 안에는 다
른 종류의 새들도 있었는데 모두 몸집이 작고 깃에 윤기가 없는, 평생

지하에서 살아온 시든 새들뿐이었다. 투숙객들은 뒤뜰을 지나 변소에 가는 것이 귀찮아 언제나 난로 속에 오줌을 누곤 했다. 테이블에 앉았을 때 발 주변에서 뭔가 움직이는 것 같아 내려다보니 새까만 것들이 파도모양의 무늬를 지으며 떼지어 움직이고 있었다. 바퀴벌레들이었다.

방에는 여섯 개의 침대가 있었는데, 시트에는 큰 글씨로 '제⋯가⋯ 번지에서 도둑질 해오다'라고 씌어 있고 냄새가 지독했다. 내 침대 옆자리에는 나이 많은 거리의 초상화가가 누워 있었다. 등뼈가 유별나게 굽어서 몸이 침대 바깥으로 불거져 나와 있었다. 그의 등은 내 눈에서 불과 1,2피트 앞에 있었다. 드러난 알몸에는 마치 대리석 테이블의 표면처럼 이상한 모양으로 늘어붙은 때가 소용돌이 무늬를 이루고 있었다. 밤이 깊어 한 사내가 잔뜩 취해 들어와서는 내 침대 옆 바닥에다 잔뜩 게워 놓았다. 빈대도 있었다. 파리보다 심하지는 않았지만 잠을 설치게 하기엔 충분했다. 그곳은 정말 더러운 곳이었다. 그러나 관리인 부부는 매우 인심이 좋아서 차를 달라고 하면 낮이건 밤이건 친절하게 끓여주었다.

26

아침으로 홍차 한 잔과 빵 두 조각 값을 지불하고 담배 2온스를 사고 나니까 수중에는 겨우 반 페니 밖에 남지 않았다. 하지만 아직은 B에게 돈을 빌려달라고 하고 싶지 않았기 때문에 부랑자 수용소로 가는 수밖에 달리 도리가 없었다. 어떻게 하면 그곳에 들어갈 수 있는지는 전혀 모르지만, 롬턴에 수용소가 있다는 것은 알고 있었기에 그쪽을 향해 걸었다.

오후 서너 시경에야 도착했다. 부랑자로 보이는 아일랜드인 늙은이가 롬턴 시장의 돼지우리에 기대 서 있었다. 나는 그에게 다가가 담배쌈지를 내밀었다. 그는 담배쌈지를 보더니 깜짝 놀라면서 내 얼굴을 쳐다봤다.

"아니, 이건 고급담배가 아닌가. 6펜스는 나가겠는데. 당신 이거 어디서 구했어? 당신 거리에 나온 지 얼마 안 됐나보군."

"뭘요. 부랑자들은 담배를 피우지 않나요?"

"아, 피우지. 여길 보게."

늙은이는 쇠고기 통조림통이었던 녹슨 깡통을 열어보았다. 그 속에는 거리에서 주운 2,30개의 꽁초가 들어 있었다. 그 아일랜드 늙은이는 아무 꽁초나 줍지는 않는다고 했다. 그리고 덧붙이기를, 잘만 하면 런던의 거리에서 하루 2온스 정도의 담배를 주울 수 있다고 했다.

"당신도 스파이크(부랑자 수용소의 속어)에서 자고 나왔소?"

그가 물었다.

나는 그렇다고 대답했다. 그래야만 그가 나를 동료인 줄 알고 부담 없이 대해 줄 것이기 때문이었다. 그리고 나는 롬턴에 있는 수용소는 사정이 어떠냐고 물었다.

"글쎄, 그곳은 코코아를 주는 스파이크야. 홍차를 주는 스파이크, 코코아를 주는 스파이크, 그리고 스킬리 스파이크가 있지. 그런데 천만다행으로 롬턴에서는 스킬리는 주지 않더라구. 내가 여기 온 후로 한번도 안 줬지. 그 후로 요크로 해서 웨일스로 돌았다네."

"스킬리가 뭐죠?"

내가 물었다.

"스킬리? 그건 바닥에 오트밀이 눈꼽만큼 깔린 멀건 죽을 말하오. 스킬리를 주는 스파이크가 항상 제일 못한 곳이지."

우리는 서서 한두 시간 이야기를 나누었다. 그는 매우 붙임성이 좋은 늙은이였지만 심한 악취를 풍겼다. 하지만 그가 얼마나 여러 가지 질병들에 시달리고 있는가를 알게 되니 악취는 아무것도 아니었다. 그는 머리에서 발끝까지 짚어가며 증세들을 상세히 설명했다. 머리는 훌떡 벗겨져 있었고 부스럼 투성이였다. 눈은 심한 근시였지만 안경이 없었다. 목은 만성 기관지염을 앓고 있었고, 등은 원인을 알 수 없는 통증에 시달렸다. 소화불량과 요도염 정맥류까지 앓고 있었다. 발바닥은 물집이 생겨 있고 게다가 평발이었다. 이런 여러 가지 병들을 지닌 채 그는 15년간을 거리에서 떠돌이 생활을 해왔다고 했다.

5시쯤 되자 그 늙은이가 말했다.

"차 한잔 하지 않으려우? 스파이크는 6시가 되어야 연다우."

"네, 좋지요."

"좋은 곳이 있다네. 홍차와 둥근빵을 공짜로 주는 곳이 있다구. 차 맛도 아주 좋지. 다만 먹고 난 뒤에는 기도와 찬양을 해야 한다오. 그렇지만 어때! 시간 보내기는 최고지. 나랑 같이 갑시다."

그는 앞장서서 중심가에서 좀 떨어진, 조그마한 양철 지붕으로 된 창고로 나를 데리고 갔다. 시골 크리켓 경기장의 관람석과 비슷한 건물이었다. 스무 명쯤 되는 부랑자들이 이미 기다리고 있었다. 몇몇은 늙고 꾀죄죄한 부랑자들이었지만, 대부분은 북쪽지방에서 온 말쑥한 차림의 젊은이들로 광부나 섬유공장에서 일을 하다가 실직한 사람들이었다. 조금 뒤 문이 열리더니, 푸른색 실크 드레스에 금테안경을 끼고 십자가를 목에 건 부인이 우리를 반가이 맞았다. 안에는 3,40개의 딱딱한 의자들과 한 대의 오르간이 놓여 있었고, 몹시 처참하게 묘사된 예수처형도가 걸려 있었다.

우리는 느릿느릿 모자를 벗고 의자에 앉았다. 부인이 우리에게 홍차와 빵을 나누어 주었다. 우리가 먹고 있는 동안 그녀는 이리저리 다니면서 상냥하게 말을 걸었다. 이야기는 종교적인 내용이었다. 예수님은 우리 같이 가난하고 헐벗은 사람들을 항상 염려해 주신다는 것, 교회에서 기도하다 보면 시간이 아주 빨리 지나간다는 것, 언제나 끊임없이 기도를 하면 떠돌이 삶을 사는 나그네의 생활도 몰라보게 달라진다는 점 등이었다.

그런 이야기들은 우리에게는 고문이었다. 우리는 벽에 기대앉아 모자를 만지작거리고 있었다. 부랑자들은 모자를 벗으면 마치 벌거벗은 것 같이 느껴지는 법이다. 부인이 곁에 와서 이야기를 걸면 얼굴이 빨개져서 알아듣지 못할 말을 입안에서 우물거리곤 했다. 물론 부인의 선의가 친절함에서 비롯된 것이라는 것은 의심의 여지가 없었다. 부인이 빵접시를 들고 있는 북쪽지방 출신의 한 젊은이에게 다가가 말을 걸었다.

　"그런데 젊은이는 천주님께 꿇어앉아 기도를 드린 지가 얼마나 되었나요?"

　가엾게도 젊은이는 한 마디도 하지 못했다. 그때 그 젊은이의 배에서 꼬르륵 소리가 났다. 젊은이 대신 배가 대답을 한 것이었다. 그러자 젊은이는 너무도 부끄러워 빵을 제대로 먹지도 못했다. 오직 한 사람만이 부인의 물음에 그럴듯하게 대답했다. 그는 절도있게 행동하며 코가 빨간 것이 술주정 때문에 군대에서 쫓겨난 하사관처럼 보였다. 그는 아무런 거리낌없이 '우리 주 예수 그리스도'라는 말을 했다. 틀림없이 감옥에서 입에 발린 소리를 하는 요령을 배웠을 것이다.

　빵과 차를 다 먹고 나자 부랑자들은 서로 눈짓을 주고받았다. 비록 말로는 하지 않았지만 어떻게 하면 예배가 시작되기 전에 그곳을 빠져나갈 수 있을까 하는 눈짓들이었다. 누군가가 의자에서 삐걱 소리를 내며 일어서려 했다. 실제로는 일어서지도 못한 채 출구 쪽을 힐끗 돌아보고는 엉거주춤 그쪽으로 나갈 자세를 취했다. 그러자 그 부인은 한번 째려봄으로써 그들 눌러앉게 했다. 그녀는 전보다 더욱 인자

한 어조로 이렇게 말했다.

"여러분, 그렇게 서두르시지 않으셔도 됩니다. 수용소는 6시 전에
는 열리지 않으니까요. 그동안 우리는 무릎을 꿇고 천주님과 잠시 이
야기할 시간이 있을 것입니다. 그러고 나면 훨씬 기분이 좋아질 거예
요. 그렇잖아요?"

아까 그 빨간 코의 사나이가 매우 협조적으로 오르간을 알맞은 자
리에 끌어다 놓고는 기도서들을 나눠주기 시작했다. 부인에게 등을
돌리고 있던 그는 장난으로 기도서를 트럼프 카드를 돌리듯이 돌려
주면서 사람들에게 속삭였다.

"자, 여기 카드 받게! 자네한테는 에이스 넉 장에 킹 한 장이야!"

우리는 모자를 벗은 머리로 더러워진 찻잔들 사이에 무릎을 꿇고
앉았다. 무릎을 꿇은 채 우리는, 해야 할 일들을 하지 않았습니다, 하
지 말아야 할 일들을 했습니다. 우리는 건강하지 못합니다, 하고 중얼
거리기 시작했다. 하지만 우리는 아무런 감흥도 느끼지 못했다.

부인은 매우 열성적으로 기도를 드렸다. 하지만 그 눈은 우리가 딴
데 정신 팔고 있지 않은가 줄곧 감시하고 있었다. 그녀가 쳐다보지 않
을 때 우리는 서로 히쭉거리거나 윙크를 하거나 음탕한 농담을 주고
받았다. 그것은 자신은 기도에는 전혀 관심이 없다는 것을 과시하려
는 것이었다. 빨간 코의 사나이 말고는 아무도 우리가 받은 감동을 중
얼거림 이상의 소리로 표현하지 않았다. 노래 부르기는 그래도 좀 나
은 편이었다. 한 늙은 부랑자가 '하늘에는 주님의 구세군들' 이라는
가락밖에 몰라 이 가락으로만 부르는 바람에 노래가 엉망이 되어버

리곤 했다.

예배는 30분 후에야 끝났다. 출입구에서 악수를 하기가 바쁘게 우리는 그곳을 빠져나왔다. 부인에게 말소리가 들리지 않을 만한 곳에 왔을 때 누군가가 말했다.

"휴우, 이제야 고난이 끝났군. 기도가 영영 끝나지 않는 줄 알았다니까."

"빵을 얻어먹었으니 대가를 지불해야지."

다른 사람이 말했다.

"그래도 기도를 올려야 해. 세상에 꽁짜는 없지. 암, 절대 없지. 무릎을 꿇고 기도라도 올려야 2페니짜리 홍차를 꽁짜로 얻어먹을 수 있는 것이지."

여러 사람들이 한꺼번에 자기 주장을 내놓아 웅성거렸다. 하지만 분명한 것은 부랑자들은 차와 빵을 얻어먹은 데 대하여 감사해 하지 않는다는 것이었다. 우리는 모두 그녀가 우리를 값싼 동정심으로 천시하거나 나쁜 의도로 빵과 차를 준 것이 아니라는 것을 잘 알고 있었다. 때문에 우리 모두는 그녀에게 매우 고마워하고 감사해 해야 했다. 하지만 우리는 고마워하지도 감사해 하지도 않았다.

27

5시 45분이 되자 아일랜드인 영감이 나를 부랑자 수용소로 데리고 갔다. 그곳은 우중충하고 연기에 그을린 네모난 벽돌집이었다. 담장은 매우 높았고, 창문들에는 창살이 달려 있었으며 철문이 거리와 건물을 차단하고 있었다. 마치 감옥처럼 보였다.

누더기를 걸친 부랑인들이 문이 열리기를 기다리며 줄지어 서 있었다. 생기가 넘쳐 보이는 16세 소년으로부터 다 꼬부라지고 이빨도 없는 75세의 늙은이에 이르기까지 나이도 신분도 각양각색이었다. 지팡이와 야외 요리용 깡통, 시꺼먼 얼굴 등 전형적인 부랑자의 모습을 한 사람도 있었고, 실직한 공장 노동자와 토목 노동자도 있었다. 그중 한 명은 칼라와 타이를 맨 사무원이었고, 두 명은 정신장애자 같았다. 이들이 멍청하게 떼지어 서 있는 모습에서 왠지 역겨움이 느껴졌다. 불한당 같은 위험한 존재들은 아니었지만 모두가 누더기에 영양실조로 얼굴이 누렇게 뜬 몹시 불결해 보이는 떼거리였다. 하지만 그들은 친절했고 귀찮은 것들을 시시콜콜 묻거나 하지 않았다. 내게 담배를 권하기도 했다. 물론 버려진 꽁초였다.

나는 아일랜드인과 담장에 기대 서서 담배를 피웠다. 부랑인들이 최근에 거쳐온 수용소들에 대하여 이야기를 주고받았다. 그들의 이야기에 의하면 수용소도 모두가 달라서 저마다 장점과 단점이 있다고 했다. 때문에 떠돌이 신세가 되면 그런 내용을 미리 알아두는 것이 매우 요긴하다는 것이었다.

고참 부랑인은 영국의 모든 수용소의 특징에 대하여 환하게 알고 있었다. 가령 A라는 곳에서는 흡연은 허용하지만 밤에는 빈대들이 득실거린다. B에는 침구는 좋지만 수위가 악랄하게 괴롭힌다. C에서는 아침 일찍 내보내 주지만 홍차맛이 형편없다. D에서는 관리인들이 부랑인들의 돈을 죄다 훔쳐간다. 그의 이야기는 끝이 없을 정도였다.

부랑인들 간에는 수용소와 수용소 사이를 걸어서 하루에 도달할 수 있도록 정해진 코스가 있었다. 그들은 내게 바넷에서 세인트알반스 수용소로 이어지는 코스가 가장 좋다고 추천해주었다. 그리고 빌러리키와 첼름스퍼드, 켄트에 있는 아이드힐 수용소는 피하라는 이야기도 해주었다. 첼시 수용소가 영국에서 가장 좋은 곳이라고도 했다. 어떤 사람은 그곳 담요는 수용소 것이라기보다는 형무소 것 같다고 말하기도 했다.

부랑인들은 여름엔 먼 곳까지 떠돌아다니지만, 겨울에는 될 수 있는 대로 대도시 주위로 모여들게 마련이다. 도시가 더 따뜻하고 자선 단체도 많기 때문이다. 하지만 그들은 계속해서 이동을 해야만 한다. 왜냐하면 한 수용소를 한 달에 두 번 이상 묵을 수 없고, 런던 시내에서는 두 군데 수용소가 있는데 한 달에 한 번밖에 들어갈 수 없기 때문이었다. 만약 이를 어기면 일주일 동안 감금당해 고역을 치러야 했다.

6시가 조금 지나 문이 열렸다. 우리는 줄을 지어 한 사람씩 들어가기 시작했다. 마당에는 사무실이 있었고, 직원이 장부에 우리들의 이름과 직업, 나이를 적었다. 그리고 어디서 와서 어디로 가는지도 적었는데 이것은 부랑인들의 움직임을 파악하기 위한 것이었다. 나는 직업을 화가라고 적었다. 예전에 수채화 한번 안 그려본 사람이 있겠는가? 직원이 우리들에게 돈 가진 게 있냐고 물었다. 우리는 모두 없다고 대답했다. 법으로 수용소에는 8펜스 이상을 가지고 들어가지 못하게 규정되어 있었다. 그 이하의 돈이라도 사무실에 맡겨야 했다. 하지만 부랑자들은 돈을 소리가 나지 않게 헝겊으로 꼭꼭 싸서 몰래 숨겨서 들여왔다. 부랑자들은 모두 차와 설탕 그리고 신분증을 넣을 수 있는 주머니를 가지고 있었다. 이 주머니는 개인의 사생활을 존중한다는 의미로 수색당하지 않았다.

사무소에 등록을 마친 후 우리는 반장이라고 불리는 관리인과 우리를 개 돼지 취급하면서 소리를 질러대는 파란색 제복의 수위에게 이끌려 안으로 들어갔다. 수용소에는 목욕탕 한 개와 화장실 한 개 그리고 양쪽으로 길게 두 줄로 늘어선 방들이 있을 뿐이었다. 방은 모두 100여 개쯤 될 것 같았다. 돌과 흰 회칠뿐 아무런 장식도 없이 휑뎅그렁하고 음침한 건물이었다. 청결해 보이기는 했지만, 억지로 그렇게 보이도록 애쓴 흔적이 역력했다. 밖에서 보았을 때 무심코 예감했던 것과 똑같은 냄새가 건물 안에서 났다. 연성세제와 소독약 그리고 공동변소의 냄새였다. 절망감에 절은 감옥에서나 맡을 수 있는 냄새였다.

수위는 우리를 복도에 모아놓고 한 번에 여섯 명씩 목욕탕으로 보내기 위해 미리 신체검사를 하겠다고 말했다. 이 검사는 돈과 담배를 찾아내기 위한 것이었다. 롬턴 수용소는 담배를 걸리지 않고 가지고 들어오면 피울 수 있었지만, 만약 들키면 압수되는 그런 곳이었다. 경험이 풍부한 늙은이들이 직원들은 무릎 아래는 절대로 검사하지 않는다고 했다. 그래서 우리는 들어가기 전에 모두 담배를 신발과 발목 근처에 숨겼다. 그런 후 나중에 옷을 벗을 때 들고 있는 윗옷에 몰래 옮겨 넣었다. 윗옷은 베개로 사용하기 위해 가지고 들어갈 수 있도록 허용되었다.

목욕탕의 광경은 정말 볼 수 없을 정도로 불유쾌했다. 겨우 20평방피트밖에 안 되는 욕실에서 때가 덕지덕지 낀 사내들이 복작거리고 있었다. 욕조는 두 개밖에 없었고 두루마리 수건 역시 두 개밖에 없었고 축축하게 젖어 있었다. 나는 그 지독한 발 냄새를 죽을 때까지 잊지 못할 것이다. 실제로 욕조에 들어가는 사람은 절반도 되지 않았다 (나는 그들이 더운 물이 몸에 나쁘다고 말하는 소리를 들었다). 나머지는 얼굴과 발만 씻었다. 그리고 발가락에 감싸고 다니던 발싸개라는 지독히 더러운 천조각도 빨았다. 맑은 물은 욕조에 들어갔다 나온 사람에게만 주었기 때문에 많은 사람들이, 이미 다른 사람들이 발을 닦아 더러워진 물을 다시 써야 했다. 수위는 이리저리 밀치고 다니면서 꾸물거리는 사람이 있으면 마구 욕설을 해댔다. 드디어 내가 목욕할 차례가 왔다. 나는 때가 덕지덕지 달라붙은 욕조를 사용하기 전에 닦아도 되겠느냐고 수위에게 물었다. 수위는 별놈 다 봤다는 듯 노려보더니 짧게 말했다. "입 닥치고 목욕이나 하시지!" 그게 전부였다. 나도 더 이상 아무 말도 하지 못했다.

우리가 목욕을 끝내자 수위는 우리의 옷들은 보자기에 싸두고 수

용소에서 지급하는 셔츠를 나눠주었다. 잠옷을 줄인 것 같은, 위생상
태가 의심스러운 회색빛 무명옷이었다. 우리는 각자의 방으로 배치
되었고, 수위와 반장이 우리의 저녁밥을 수용소 건너편에서 날라왔
다. 우리에겐 각자 마가린을 바른 빵 반 파운드와 양철 깡통에 담은
설탕없는 쌉쌀한 코코아 반 리터가 배급되었다. 우리는 바닥에 앉아
서 지급된 음식을 게걸스럽게 먹어치웠다. 그리고 7시쯤 되니까 방문
이 바깥에서 잠겼다. 그 상태로 이튿날 아침 8시까지 지내야 했다.

　방은 두 사람씩 자게끔 되어 있어서 서로 친한 사람끼리 잘 수 있도
록 허용되었다. 내게는 친한 사람이 없었다. 그래서 나와 같은 외톨이
사나이와 함께 자게 되었다. 그는 약간 사팔뜨기로 비쩍 마른 작은 얼
굴의 사나이였다. 방은 가로 8피트에 세로 5피트, 8피트 높이의 돌로
만들어져 있었다. 벽의 높은 곳에 창살이 박힌 작은 창이 있고 출입문
에는 방안을 들여다볼 수 있도록 감시용 구멍이 나 있어 감방과 흡사
했다. 방안에는 시트 6장과 실내용 소변기 하나 그리고 온수가 들어
오는 가느다란 파이프 하나 외에는 아무 것도 없었다. 나는 뭔가 빠진
것 같은 허전함에 방안을 둘러보았다. 그러다 문득 그것이 무엇인지
를 깨닫고, 놀라서 소리쳤다.

　"가만 있자, 이거 침대가 없잖아?"

　"침대라고?"

　옆의 사나이가 놀란 듯 말했다.

　"침대라구? 이게 침대 아니고 뭔가? 어떤 걸 말하는 거야? 이곳은
다른 수용소와 마찬가지로 바닥에서 자는 데라구, 젠장할! 이런 데 처

음 와봤나?"

부랑자 수용소에 침대가 없는 것은 지극히 정상적인 일인 것 같았다. 우리는 코트를 둘둘 말아서 온수 파이프에 기대놓고 세상에서 가장 편안한 자세를 취했다. 사람의 훈기에 점차 공기가 탁해지고 훈훈해졌다. 하지만 담요를 모두 바닥에 깔 정도로 충분히 따뜻하지는 않아 담요 한 장만을 바닥에 깔았다. 우리는 서로 1피트쯤 떨어져서 누웠다. 하지만 서로의 얼굴에 입김이 닿았고, 발이 서로 부딪쳤다. 몸을 뒤척일 때마다 상대방의 몸에 부딪쳤다. 이리저리 돌아누워도 조금도 나아지지 않았다. 담요를 통해서 바닥의 딱딱함이 찌르는 듯한 통증으로 전해져 왔다. 잠이 쏟아졌지만 기껏해야 10분을 넘기지 못하고 깨었다.

한밤중에 옆자리 사나이가 동성애 행위를 걸어왔다. 밖으로 자물쇠가 잠겨 있는 칠흑 같은 어둠 속에서 당하는 불쾌한 체험이었다. 그는 몸이 허약했기에 쉽게 뿌리칠 수 있었다. 하지만 더 이상 잠은 잘 수가 없었다. 그래서 우리는 나머지 밤을 이야기를 하며 보냈다. 그는 자신의 과거를 모두 털어놓았다. 그는 원래 기계조립공이었는데 실직을 한 지가 벌써 3년이나 되었다고 했다. 그가 실직을 하자 그의 아내는 그를 버리고 달아났고, 오랫동안 여자들과 멀리 떨어져 지내다 보니 여자가 어떤 것인지도 잊어버렸다고 했다. 오랫동안 떠돌이 생활을 한 부랑인들 사이에는 동성애가 특별한 일도 아니라고 덧붙였다.

아침 8시가 되자 수위가 복도에서 자물쇠를 풀면서 외쳐댔다.

"모두 나와!"

문이 열리자 밤새 찌들었던 악취가 갑자기 몰려왔다. 순식간에 복도에는 손에 요강을 들고 변소로 몰려가는 사람들로 가득 찼다. 아침에는 욕조 하나에서만 물이 나오는지 내가 도착했을 때는 회색 셔츠를 입은 이십 명쯤이 세수를 하고 있었다. 물 위에 거무스레한 때 찌꺼기들이 떠다니고 있었다. 나는 세수하기를 포기했다. 이 과정이 끝나자 어제 저녁과 똑같은 아침식사가 각자에게 지급되었다. 아침식사가 끝나자 각자 입었던 옷을 되돌려 주더니 마당에 나가서 일을 하라고 지시했다.

일이란 것은 극빈자들이 먹을 감자의 껍질을 벗기는 것이었다. 의사가 검진하러 올 때까지 시간을 때우려는 형식적인 것이었다. 대부분의 부랑자들은 노골적으로 게으름을 피웠다. 의사는 10시쯤에 나타났다. 다시 어제 배정된 방으로 돌아가 옷을 벗고 복도에서 검진받을 수 있도록 대기하라는 명령이 떨어졌다.

우리는 벌거벗고 덜덜 떨면서 복도에 줄지어 기다려야 했다. 아침의 햇살 아래 벌거벗고 서 있는 우리의 모습이 얼마나 비참했는지 경험해보지 않은 사람은 상상조차 할 수 없을 것이다. 부랑인들의 옷은 몹시 더러웠지만 그보다 더 더러운 것을 감추어주는 역할을 했다. 부랑인들의 참모습은 벌거벗겨 놓았을 때 적나라하게 드러난다. 평발에 불룩하게 튀어나온 배, 꺼진 가슴, 늘어진 근육들 등 육체의 추악함을 나타내는 모든 형태들이 거기 모여있는 것이다. 거의 모두가 영양실조에 걸려 있었고, 병세가 확연히 드러나는 환자들도 있었다. 두 사람은 탈장대脫腸帶를 차고 있었다. 75세의 송장같이 마른 늙은이가 그런 몸으로 어떻게 매일 방랑을 계속할 수 있었는지 믿겨지지 않을 정도였다. 면도도 하지 못하고, 제대로 잠도 자지 못해 꺼칠한 우리의 얼굴을 들여다보면 일주일 정도 술에 절었다가 이제 막 깨어난 것처럼 보였을 것이다.

검진의 목적은 단지 한 가지뿐이었다. 천연두 환자를 찾아내는 것이었다. 일반적인 건강상태에 대해서는 알 바 아니라는 식이었다. 새파란 의과 대학생이 담배를 꼬나문 채 우리가 서 있는 줄을 빠른 걸음으로 걸어가면서 우리의 아래 위를 힐끔 힐끔 훑어 볼뿐, 건강상태는 물어보지도 않았다. 나는 내 옆에서 잔 사내가 옷을 벗었을 때 가슴 가득 붉은 반점이 나있는 것을 보았다. 불과 몇 인치를 사이에 두고 밤을 지샌 터라 혹시 천연두가 옮는 건 아닐까 하는 공포감에 휩싸이고 말았다. 그러나 의사는 그 반점을 살펴보더니 단지 영양실조 때문이라고 말했다.

검진이 끝나고 옷을 입은 우리는 마당으로 나갔다. 수위가 우리들의 이름을 부르며 사무실에 맡겼던 소지품들을 되돌려 주며 식권을 나누어 주었다. 식권은 한 장에 6펜스짜리였는데, 지난 밤에 신고한 목적지로 가는 길목에 있는 커피숍에서 사용할 수 있도록 지정되어 있다. 흥미있는 일은 부랑인의 상당수가 문맹이라는 사실이었다. 그들은 자기 식권에 씌어있는 내용을 알아보지 못해 나와 다른 '글쟁이'들의 도움을 청했다.

정문을 나서자 우리는 뿔뿔이 흩어졌다. 수용소 침실의 심한 악취에 갇혀있다가 들이마시는 바깥 공기는 얼마나 신선하고 달콤했는지 모른다. 그리고 이제 나는 새로운 친구를 사귀었다. 마당에서 감자껍질을 벗기다가 패디 제이크스라는 이름의 아일랜드 출신 부랑인을 사귀게 되었던 것이다. 그는 깨끗하고 성실해 보이는 내성적인 사나이였다. 그는 에드베리 수용소로 가는 길이라면서 같이 가자고 했다.

우리는 함께 떠나 오후 3시에 그곳에 도착했다. 12마일의 거리였지만, 런던 북쪽의 낯설고 황량한 빈민가에서 길을 잃는 통에 14마일을 걸어야 했다. 우리의 식권은 일퍼드에 있는 커피숍에서만 사용하도록 지정되어 있었다. 그곳에 가니까 건방진 여점원이 식권을 보더니 우리가 부랑자들이라는 것을 알아차리고는 경멸하는 표정으로 고개를 젖히고는 오랫동안 주문을 받지 않았다. 한참 후 그녀가 홍차 곱빼기 두 잔과 빵 네 조각과 국물을 집어던지듯이 테이블 위에 갖다 놓았다. 고작해야 8페니 정도의 음식에 불과했다. 식당들은 떠돌이들에게는 상습적으로 2펜스 정도씩을 떼어먹었다. 하지만 떠돌이 부랑자들은 현찰이 아니라 식권이다 보니 항의를 할 수도 없었다. 또 식당이 지정되어 있어 다른 데로 갈 수도 없었다.

28

패디는 그 후로 약 2주 동안 나와 함께 지냈다. 내가 처음으로 알게 된 부랑인이기 때문에, 그에 대해서 소개하고자 한다. 패디는 일반인 들이 상상하는 전형적인 부랑자였다. 영국에는 그와 같은 사람들이 수만 명 정도 있으리라 생각되었다.

패디는 30대 중반의 키가 큰 사내였다. 머리는 금발이었고 순진한 푸른 눈을 하고 있었다. 그는 수려한 용모를 하고 있었으나 오랫동안 마가린 바른 빵만으로 살아와 거친 살결에는 회색 때가 끼어 있었다. 옷차림은 부랑인치고 좋은 편으로 트위드로 만든 사냥용 자켓에, 아 직도 장식줄이 달려 있는 연미복 바지를 입고 있었다. 그에게 장식줄 은 고귀한 신분을 나타내는 마지막 유품으로 여겨지는 모양이었다. 그래서 장식줄이 헤어져 떨어지려 하면 다시금 정성스레 꿰매곤 했 다. 또 그는 차림에 각별히 신경을 썼다. 그래서 그는 지갑과 주머니 칼은 오래 전에 팔았지만 면도기와 칫솔만은 항상 가지고 다녔다. 하 지만 아무리 그렇게 꾸민다해도 그가 부랑자라는 것은 백 야드 밖에 서도 확연히 알아볼 수 있었다. 건들건들 허공을 걷는 듯한 걸음걸이 와 등을 앞으로 구부린 비굴해 보이는 자세 때문이었다. 그의 걸음걸 이를 보면 이 사람은 남을 때리기보다 얻어맞지만 않았으면 하는 생 각으로 살아가는 사람이라는 것을 본능적으로 알 수 있었다.

패디는 아일랜드에서 성장했고 전쟁 때는 2년 동안 군인생활을 했다. 전쟁이 끝난 후, 금속연마 공장에서 근무하다가 2년 전에 실직을 당했다. 그는 자신이 부랑자 신세라는 것을 몹시 수치스럽게 생각했다. 하지만 이미 그는 부랑자들의 생활이 몸에 배어 있었다.

그는 길거리를 걸을 때면 버려진 담배꽁초들을 모두 주워 모았다. 심지어 빈 담배갑을 주워 그 안의 얇은 종이를 떼어내 담배를 말아 피우기도 했다. 에드베리로 가는 길에서도 그는 길바닥에 떨어진 신문꾸러미를 주웠다. 거기에는 먹다만 샌드위치 두 조각이 들어있었다. 가장자리에 씹다만 이빨자국이 선명했지만 그는 함께 먹자고 고집을 부렸다. 그는 자동판매기 앞을 지날 때면 반드시 손잡이를 비틀어보고 지나갔다. 운이 좋으면 고장난 기계가 있어서 동전이 쏟아져 나오는 경우가 있다고 했다. 하지만 그는 남의 것을 훔치는 도둑질은 절대 하지 않았다.

우리가 롬턴 외곽지역을 걷고 있을 때였다. 어느 집 앞을 지나는데 대문 앞에 우유 한 병이 놓여 있었다. 패디는 걸음을 멈추고 한동안 탐욕스럽게 우유병을 바라보았다.

"젠장할!"

그가 말했다.

"아까운 음식을 버리게 됐군. 누군가는 횡재를 하겠군. 그래, 누군가는 가져간다구 틀림없이. 저렇게 썩게 내버려두진 않는다구 절대로."

나는 그가 그 '누군가' 가 되기를 간절히 원한다는 것을 알 수 있었다.거리를 이리저리 살펴봐도 아무도 보이지 않았다. 패디의 핏기없는 얼굴은 우유를 절실히 원하고 있었다. 그러나 그는 발길을 돌리며 아쉬움이 담긴 목소리로 말했다.

"이럴 땐 그냥 가는 게 상책이야. 도둑질은 나쁜 일이야. 그래도 아직까지 도둑질은 한번도 하지 않았다구."

그가 범죄를 저지르지 않을 수 있었던 것은 오랜 허기에서 나온 위축감 때문이었다. 뱃속이 든든했다면 무슨 일이든 자신감이 생기고 의욕이 샘솟기 때문에 용기를 내어 우유도 훔쳤을 것이다.

패디의 이야기 주제는 항상 두 가지였다. 자신이 부랑인이 되고 말았다는 수치감과 좌절에 관한 이야기와 어떻게 하면 무료급식을 가장 많이 얻어먹을 수 있는가 하는 것이었다. 거리를 떠돌아다닐 때 그는 자기 연민에 빠져 울먹이는 목소리로 이렇게 중얼거리곤 했다.

"길거리를 떠돌아다닌다는 것은 정말 지옥 같은 일이야. 안 그런가? 그놈의 끔찍스런 수용소에 간다는 것은 정말 못할 짓이지. 하지만 그렇게 하지 않으면 또 어쩌겠나? 나는 거의 두 달 동안이나 고기가 든 음식을 먹어보지 못했네. 그리고 신발은 다 떨어져 가고…… 젠장할! 우리 에드베리로 가는 길에 어느 수도원에 들러 차라도 한잔 얻어마시고 가는 게 어떨까? 대개 홍차 정도는 내주곤 하지. 종교가 없으면 그것도 안 되지만 말이야. 나는 수도원이나 침례교회는 물론 성공회까지 차를 안 마셔본 곳이 없을 정도지. 사실 나는 가톨릭 신자라네. 물론 17년 동안 고해성사를 가지 않았지만. 그래도 나는 아직 신앙심을 가지고 있다네. 아무튼 수도원에서는 언제든지 인심좋게 차를 대접한다네⋯⋯."

　이런 식이었다. 그는 이런 내용을 온종일 중얼댔다.

　패디의 무식함은 너무 심해서 기가 막힐 지경이었다. 그는 언젠가 내게 나폴레옹이 예수보다 먼저 태어난 사람인가, 후에 태어난 사람인가를 물었다. 또 한번은 우리가 서점의 창문을 들여다보고 있는데 그가 〈그리스도를 본받아서〉라는 제목의 책을 보고 몹시 놀라는 것이었다. 그는 그것을 신에 대한 모독이라고 생각한 것이다.

　"아니, 저런 못된 놈들. 어떻게 주님 흉내를 낸단 말인가?"

　그는 화를 내며 물었다. 그는 읽을 줄은 알았지만 책을 싫어하는 것 같았다. 롬턴에서 에드베리로 가는 길에 나는 공립도서관에 들어갔다. 패디는 책을 읽기 싫다며 들어가지 않으려 했다. 나는 책은 보지 않아도 되니 들어가서 다리나 좀 쉬라고 했다. 하지만 그는 싫다면서 밖에서 기다리겠다고 했다.

　"그 끔찍스런 활자들만 보아도 소름이 끼치는 것 같아."

　대부분의 부랑인들이 그렇듯이 그도 성냥불에 대하여 매우 인색했다. 내가 그를 만났을 때 그는 분명 성냥갑을 가지고 있었다. 하지만 그가 성냥불을 켜는 걸 한 번도 본 적이 없다. 그는 내가 성냥을 켤 때마다 너무 헤프게 쓴다면서 번번이 설교를 하곤 했다. 그는 길가는 행인에게 담뱃불을 빌리는 방법을 썼다. 어쩔 수 없이 성냥불을 켜야 하는 상황에서는 어떻게 하는가 지켜보니, 그는 한나절 동안 담배를 물고만 있었다.

　자기 연민이 패디의 속마음을 이해할 수 있는 열쇠였다. 그는 자기가 운이 나쁜 사람이라는 고정관념에서 잠시도 헤어나지 못하는 것 같았다. 그는 한참 동안 아무 말이 없다가 느닷없이 뚱딴지 같은 말을 하곤 했다.

"옷을 전당포에 맡긴다는 것은 참으로 슬픈 일이야, 그렇지 않아?"

혹은

"저 수용소의 홍차는 차가 아니라 오줌이었어."

이런 식으로 자기 연민과 음식에 관한 것 외에는 어떤 것에도 관심을 보이지 않았다. 그리고 그는 자기보다 나은 사람에게는 무조건적으로 시기하고 질투를 했다. 부자들은 예외였다. 부자들은 사회적으로 도저히 넘볼 수 없는 계층이기 때문이었다. 그가 질투심을 느끼는 사람은 다름 아닌 일자리를 가진 사람들이었다. 그는 예술가가 유명해지기를 간절히 원하는 것처럼 일자리를 간절히 원했다. 그는 늙은 노인이 일하는 것을 보면 퉁명스럽게 비아냥거렸다.

"저 늙은이 좀 보게. 한참 일할 젊은이를 내쫓은 저 늙은이를."

또 어린 소년이 일하는 것을 보았을 때도 같았다.

"저 이마에 피도 안 마른 녀석이 우리들에게서 먹을 것을 채갔어."

그리고 모든 외국인들은 그에게 '저 원수같은 놈들'이었는데, 그의 사고방식에 의하면 외국인들이 실업의 주범이라는 것이었다.

패디의 여성관은 그리움과 증오가 뒤섞여 있었다. 젊고 예쁜 여자는 아예 넘보지 못할 존재로 눈길조차 주지 않았다. 하지만 창녀를 보면 침을 질질 흘렸다. 입술을 빨갛게 칠한 늙은 매춘부 둘이 지나쳐 가자 패디의 얼굴은 붉게 달아오르며 걸음을 멈추고 돌아서서 그들을 탐욕스럽게 바라보았다.

"창녀들이야."

그는 마치 어린애가 과자가게 진열장 앞에 서서 '과자야' 하는 것
처럼 중얼거렸다. 그는 언젠가 내게 말했다. 실직한 후 2년 동안 여자
와 접촉해 본 적이 한번도 없다고. 그리고 창녀 이상의 여자를 마음에
두는 것 자체를 생각조차 할 수 없게 되었다고. 그는 부랑인들의 전형
적인 성격을 닮아가고 있었다. 비굴하면서도 질투심이 강하고, 굶주
린 자칼처럼 간교해지는 것이다.

하지만 패디는 천성적으로 선한 사람이었다. 아무리 배가 고파도
동료들과 빵을 나눠먹을 줄 알았다. 실제로 그는 몇 번이나 마지막 빵
조각을 나에게 나누어 주었다. 그리고 그는 몇 달 동안만 영양을 섭취
하면 정상적으로 일도 잘해낼 수 있었을 것이다. 그러나 2년 동안이
나 마가린 바른 빵만으로 연명해온 현재로서는 절망적인 상태였다.

오랫동안 형편없는 음식으로 연명해온 그의 정신과 육체는 지칠대
로 지쳐 하루하루 타락의 길로 나아가고 있었다.

패디의 인격을 파탄시킨 것은 나쁜 성품이 아니라 영양실조였다.

에드베리로 가는 길에 나는 패디에게, 나에게 돈을 빌려줄 친구가 있으니 수용소에서 묵지 말고 바로 런던으로 가자고 제안했다. 그러나 패디는 부랑자답게 최근에 에드베리 수용소를 이용하지 않았다면서 하룻밤을 공짜로 잘 수 있는 기회를 놓치고 싶지 않다고 했다. 그래서 런던에는 이튿날 아침에 들어가기로 합의를 봤다. 내게는 겨우 반 페니밖에 없었지만 패디는 2실링이나 가지고 있어 다소간 잠자리와 식사문제를 해결할 수 있었다.

에드베리 수용소도 롬턴과 별반 다를 게 없었다. 가장 고약한 것은 정문에서 담배를 몰수당했고, 만일 누구라도 담배를 피우다가 걸리면 그 즉시로 쫓겨난다는 것이었다. '부랑인 보호조례'에 의해 부랑인들이 수용소 내에서 담배를 피우는 행위는 기소가 가능했다. 실제로 부랑인들은 무슨 짓을 하든 거의 기소가 가능했다. 그러나 관리소 측은 대개 지시에 불응하는 자들을 번거롭게 기소하지 않고 밖으로 쫓아내는 방식을 택했다.

에드베리 수용소에서는 귀찮게 일을 시키지도 않았고, 방들은 비교적 안락했다. 우리는 한 방에 두 명씩 배치되었다. 한 사람은 위에서 한 사람은 아래에서, 즉 한 사람은 나무 선반 위에서 다른 한 사람은 바닥에서 잤다. 담요와 짚이불은 넉넉했고 더럽기는 했지만 빈대는 없었다. 코코아 대신 홍차를 주는 것 외에는 음식도 롬턴과 비슷했다. 아침에는 차를 더 마실 수 있었는데, 부랑자 주임이 한 잔에 반 페니씩 받고 팔았다. 물론 불법이었다. 점심으로는 치즈를 끼운 큰 덩어리의 빵을 지급받았다.

런던에 도착해보니 간이숙소의 문이 열리려면 아직 여덟 시간이나 남아 있었다. 런던의 거리를 배회하다가 우리는 참으로 희한한 점을 발견했다. 나는 수없이 런던에 와봤지만 그날에야 비로소 런던의 가장 나쁜 점을 발견하게 되었다. 그것은 길바닥에 앉는 데도 돈이 든다는 점이었다. 파리에서는 돈이 없거나 길가에 벤치가 없으면 그저 길바닥에 앉을 수가 있다. 그런데 어떻게 된 일인지 런던에서는 길바닥에 앉았다가는 꼼짝없이 구치소로 끌려가게 된다. 우리는 오후 4시까지 다섯 시간을 서 있어야 했다. 딱딱한 돌 때문에 발바닥에 불이 났다. 우리는 수용소 문을 나서자마자 지급된 빵을 먹어치웠기 때문에 몹시 허기가 졌다. 내겐 담배도 떨어졌다. 패디는 담배꽁초를 꾸준히 주웠기 때문에 문제가 덜 되었다. 우리는 교회 두 곳을 찾아가 보았으나 잠겨 있었다. 그래서 우리는 공공도서관으로 가 보았다. 자리가 없었다.

마지막 희망으로 패디는 독신자용 숙박소로 가서 사정해 보자고 했다. 규정에 의해 7시까지는 들어갈 수가 없었으나 우리는 눈을 피해 들어갈 수가 있었다. 우리는 커다란 대문으로 다가갔다(로튼 경이 1892년 이후 노동자 숙박소로 런던 각지에 세운 독신자용 숙박소 건물들은 모두 웅장했다). 그리고 정식 숙박인인 것처럼 시치미를 떼고 태연하게 들어가려 했다. 대문 앞에서 어슬렁대던, 날카로운 인상의 사나이가 앞을 가로막았다.

"당신들 어젯밤 여기서 잤소?"

"아니오."

"그럼 꺼지시지."

우리는 시키는 대로 했으며, 거리 모퉁이에서 두 시간을 더 서 있었다.

6시에 우리는 구세군 숙박소로 갔다. 우리는 8시까지 잠자리를 예약할 수가 없었고, 빈 방이 있는지도 확실치 않았다. 그런데 우리를 '형제들'이라고 부르는 관리인이 차 두 잔 값을 받고 들여보내 주었다. 숙박소의 메인 홀은 석회를 바른 거대한 창고 같은 건물이었는데, 위압감이 느껴질 만큼 깨끗하게 정돈되어 있었다. 200명 정도의 점잖고 과묵해 보이는 사람들이 나무로 된 긴 벤치에 붙박은 듯 앉아 있었다. 제복을 입은 장교 두 명이 이리저리 거닐고 있었다. 벽에는 부스 장군(구세군을 창설한 사람)의 초상화와 취사, 음주, 침 뱉기, 싸움, 도박을 금하는 경고문이 붙어 있었다. 나는 그 경고문을 한 자도 빠뜨리지 않고 베껴두었다.

누구라도 도박이나 카드놀이를 하다가 적발되면 추방되며, 한번 추방된 사람은 절대로 받아주지 않는다.

위와 같은 행위를 적발하도록 고발하는 자에게는 상장을 수여한다.

당직인 사람은 이 숙소에 도박의 마수가 얼씬도 못하게 하기 위하여 모든 숙박인들의 협조를 요청하고 지시할 수 있다.

'도박이나 카드놀이'라는 표현이 눈에 거슬렸다. 내가 보기에 구세군 숙박소는 다른 숙박소보다 깨끗하긴 해도 훨씬 더 견딜 수 없는 곳이었다. 그곳에는 칼라와 타이까지 전당포에 잡힌 처지이면서도 사무직 일자리를 찾아다니는, 몰락했으면서도 점잖은 체하며 자신의 처지를 인정하려 하지 않는 자들이 모여 있었다. 그들이 구세군 숙박소로 모여드는 것은 마지막 자존심을 지키려는 몸부림이었다.

내 옆 탁자에는 허름한 옷을 걸쳤지만 신사임이 분명한 두 명의 외국인이 앉아 있었다. 그들은 체스판도 그려놓지 않고 입으로 체스를 두고 있었다. 둘 중 한 사람은 맹인이었다. 그들은 체스판을 사려고 꽤 오랫동안 저축을 해왔는데, 아직껏 사지 못하고 있다고 했다. 여기저기 침울해 보이는 창백한 얼굴을 한 사무직 실업자들의 모습도 보였다.

그들 중에는 키가 크고 깡마른, 몹시 창백한 젊은이가 흥분해서 지껄이고 있었다. 그는 주먹으로 책상을 내리치며 열광적인 어조로 떠들어댔다. 사관들이 들리지 않을 만큼 멀리 가자, 그는 갑자기 깜짝 놀랄 만큼 큰소리를 질렀다.

"너희들, 나는 분명히 자신 있다구, 내일 나는 그 자리에 취직할 거야. 나는 너희 무기력한 떼거리들과는 다르다고. 나 스스로 헤쳐나갈 거야. 저걸 보라구! 눈여겨 보라구! '주님께서 보살펴 주시리라!' 그분께서는 나를 수없이 이끌어 주셨다구. 너희들은 내가 얼마나 주님을 신뢰하고 있는지 알 수가 없을 거야. 내가 어떻게 되는지 두고 보라구! 나는 그 자리에 취직할 거야."

나는 그의 신들린 듯한 흥분한 말투에 놀라 그를 유심히 살펴보았다. 그는 약간 정신이 이상하거나 술에 취한 것 같았다. 한 시간쯤 후에 나는 메인 홀과 떨어진, 독서를 위해 만들어 놓은 자그마한 방으로 들어갔다. 그러나 그 안에는 책이나 신문이 보이지 않았고, 그곳에 가는 숙박인을 거의 볼 수 없었다. 문을 열자 아까 그 청년이 혼자서 무릎을 꿇고 기도하고 있었다. 얼른 문을 닫으면서 본 그의 얼굴은 고뇌로 일그러져 있었다. 그의 표정을 본 순간 나는 그가 극심한 굶주림에 허덕이고 있다는 것을 알 수 있었다.

침대 두 개의 요금은 8펜스였다. 숙박료를 내고도 패디와 내게는 5펜스가 남아 있어 식당으로 가서 썼다. 일반 숙박소처럼 싸지는 않지만 비교적 저렴한 편이었다. 홍차는 분말로 된 것을 사용하는 것 같았다. 한잔에 1펜스 반에 팔고 있었는데, 질은 형편없었다. 10시가 되자 한 사관이 호루라기를 불며 다가왔다. 그러자 모두들 일어섰다.

"뭘 하라는 거지?"

나는 놀라서 패디에게 물었다.

"이제 잠자리에 들어가란 소리야. 여기에서 꾸물대지 말고 순순히 따라야 한다구."

어린 양떼들처럼 2백여 명의 사람들이 관리인의 명령에 따라 각자의 침대로 향했다.

공동침실은 60 내지 70개의 침대가 놓여 있어 마치 군대 막사 같았다. 그곳은 깨끗했고 그런 대로 안락했다. 하지만 침대들 사이가 너무 좁아서 옆 사람의 숨 쉬는 콧김이 얼굴에 닿을 지경이었다. 두 사람의 사관이 같은 침대에서 잤는데 담배를 피우는가, 소등한 후 이야기를 하는가를 감시하기 위해서였다.

패디와 나는 잠을 이룰 수가 없었다. 바로 옆자리에 전쟁 때의 후유증으로 신경장해를 일으키는 사람이 있었기 때문이다. 그는 불규칙한 간격으로 밤새 '삐!' 하고 소리를 질러댔다. 그 소리는 자동차 경적 소리와 견주어도 결코 뒤지지 않을 정도로 컸다. 또 그 소리는 불규칙적이어서 언제 또 소리가 날지 모르니 잠을 잘 수가 없었다. 동료들이 그를 삐!라고 부르는 걸로 보아 그는 이 숙박소의 단골인 모양이었다.

아침 7시가 되자 또 한번 호루라기 소리가 울렸다. 침대에서 꾸물거리는 사람들을 사관들이 돌아다니며 깨웠다.

그날 이후에도 나는 구세군 숙박소에서 여러 번 신세를 진 적이 있다. 숙박소마다 약간씩의 차이는 있었지만, 군대식 규율만은 모두가 같았다. 비용이 저렴하긴 했지만 너무 부랑인 수용소와 비슷해 내 취향에는 맞지 않았다. 또 그 중의 일부는 일주일에 한두 번씩 강제적으로 종교적인 행사에 참여하도록 강요했다. 행사에 참여하지 않은 숙박자는 쫓겨났다.

결국 나는 오전 10시에 B의 사무실로 찾아가서 1파운드만 빌려달라고 부탁했다. 그는 2파운드를 내주며 필요하면 또 찾아오라고 했다. 그래서 패디와 나는 적어도 일주일 동안은 돈 문제로 시달리지 않아도 되었다. 우리는 그날 하루 종일 트라팔가 광장을 맴돌면서 패디의 친구를 찾았으나 결국 찾지 못했다. 밤이 되자 스트랜드 가에서 가까운 뒷골목의 숙박소로 갔다. 숙박료는 11펜스나 되었지만 어둠침침하고 고약한 냄새가 났다. 그곳은 동성연애를 하는 청소년들이 몰려드는 곳이었다. 지하의 으슥한 주방에는 푸른 양복을 말쑥하게 차려입은 청소년 셋이 벤치에 앉아 있었다. 그들은 파리의 뒷골목에서 흔히 볼 수 있는 불량배들과 흡사했다. 다른 점이 있다면 구렛나룻을 기르지 않았다는 것이었다. 모닥불 앞에서는 정장을 차려입은 사나이와 벌거벗은 사나이 둘이 흥정을 하고 있었다. 그들은 신문팔이들이었는데, 옷을 입은 사나이가 벌거벗은 사나이에게 옷을 팔고 있는 중이었다. 옷을 입은 자가 말했다.

"자, 보라구. 아주 좋은 거라구. 외투 윗옷이 2실링 반, 바지가 2실링, 구두가 1실링 반, 모자와 스카프가 1실링, 모두 합해 7실링이야."

"아니, 윗옷은 1실링 반 주지. 바지는 1실링, 나머지는 2실링으로 쳐서 4실링 반으로 하자구."

"그럼 좋아. 까짓거 전부 5실링 반에 가져가라구."

"좋았어. 벗어 주게. 이제 신문을 팔러 가야할 시간이라구."

입고 있던 사람이 벗었다. 불과 3분만에 그들의 처지는 완전히 뒤바뀌어 버렸다. 벗었던 사람이 입고, 입었던 사람은 데일리 신문 한 장으로 아랫도리만 둘렀다.

공동 숙소는 어둠침침하고 열다섯 개의 침대가 들어차 있어서 비좁았다. 그리고 오줌냄새가 지독하게 풍겼다. 그 냄새가 너무 지독해서 깊게 마시지 않으려고 호흡을 약간씩 나누어 잘게 하려고 애썼다. 내가 침대에 눕자 어둠 속에서 한 사나이의 모습이 유령처럼 서서히

윤곽을 드러내더니 나에게 몸을 구부렸다. 그는 조금 취한 듯하면서
도 제대로 교육을 받은 말투로 지껄이기 시작했다.

"공립학교 졸업생, 맞지?(그는 내가 패디에게 얘기하는 것을 들은 모양
이었다) 여기서 옛날 학교의 동창을 만나게 되다니. 나는 이튼 출신의
늙은이네. 20년이 지나서 이 모양 이 꼴이 되었지만."

그는 진짜로 이튼의 보트 경기 응원가를 떨리는 목소리로 부르기
시작했다.

"즐거운 보트타기 청명한 하늘
향기로운 건초의 계절⋯⋯."

"그만 해! 시끄러워!"
몇몇 다른 투숙객들이 소리쳤다.
"무식한 놈들."
그 늙은 이튼 졸업생이 대꾸했다.
"천하에 무식한 놈들. 자네와 내가 이런 곳에 있다니 웃기지 않는
가? 자네, 내 친구들이 나더러 뭐라고 하는지 아나? 그들이 말하기
를, '자네는 구제불능이야'라고 하는데, 맞는 말이야. 나는 구제불능
이야. 나는 이 세상에서 타락한 사람이야. 여기 있는 놈들하고는 다르
지만 말이야. 이놈들은 이 이상 타락하고 싶어도 타락할 수조차 없는
놈들이니까. 우리 타락한 사람들끼리 사이좋게 지내자구. 아직 우리
얼굴에는 젊음이 남아 있다구. 안 그런가? 자, 한잔 하세 그려."

그가 체리 브랜드 병을 내밀었다. 하지만 그와 동시에 몸의 균형을 잃고는 내 다리 위에 쓰러지고 말았다. 옷을 벗고 있던 패디가 그를 일으켜 세웠다.

"당신 침대로 돌아가. 이 얼빠진 늙은이 같으니라구!"

그 늙은 이튼 출신은 자기 침대로 비틀거리며 가더니 옷도 벗지 않고 신발까지 신은 채 이불 속으로 기어들어갔다. 나는 밤중에 그가 몇 번이고 '자네는 구제불능이야' 하는 소리를 되풀이하는 것을 들었다. 그는 마치 그 구절이 썩 마음에 드는 듯이 중얼거렸다.

다음날 아침에 보니 그는 정장을 입은 채 술병을 끌어안고 자고 있었다. 그는 수척한 얼굴의 50대였지만 제법 화려하고 세련된 복장을 하고 있었다. 그의 멋쟁이 에나멜 가죽구두가 더러운 침대 밖으로 드러나 있는 모습을 보니 기묘한 느낌이 들었다. 체리브랜드 값은 보름치 숙박비와 맞먹는다. 그렇다면 그는 아직까지는 굶주림에 시달리지 않고 있다는 것을 의미했다. 아마도 그는 동성연애 대상인 미소년들을 찾으러 싸구려 숙박소를 드나들고 있는지도 모른다.

침대와 침대 사이는 기껏해야 2피트 정도 떨어져 있었다. 한밤중에 옆자리 사나이가 내 베개 밑에 넣어둔 돈을 훔치려는 것을 알고는 잠을 깼다. 그는 자는 체하면서 마치 쥐가 지나가듯 손을 슬쩍 내 베개 밑에 집어넣었다. 다음날 아침 나는 그가 마치 원숭이처럼 긴 팔을 가진 곱사등이라는 것을 알 수 있었다. 내가 패디에게 도둑맞을 뻔했던 일을 얘기했더니 그는 웃으며 말했다.

"젠장할! 이제 그딴 일 정도에는 좀 익숙해질 필요가 있어. 이런 숙박소에서는 좀도둑이 우글우글하다구. 어떤 곳은 옷을 모두 입은 채로 자야 할 만큼 위험한 데도 있다구. 언젠가는 절름발이의 목발을 훔쳐가는 걸 본 적도 있다니까. 한번은 몸무게가 90킬로그램도 넘는 녀석이 4파운드 10실링을 지니고 숙박소에 들어왔단 말이야. 그놈은 돈을 매트리스 밑에 넣으며 '자, 누구든 이 돈이 탐나는 놈은 내 몸뚱이를 들어올려야 할걸' 하고 큰소리를 쳤지. 하지만 그 돈은 흔적도 없이 사라져버렸지. 다음날 아침 그는 바닥에서 잠을 깼지. 네 명이 매트리스의 네 귀퉁이를 잡고 들어올려서 가볍게 옮겨놓은 것이지. 그는 4파운드 10실링과 영원히 작별하고 말았지."

30

이튿날 아침 우리는 패디의 친구를 찾아나섰다. 보조^{bozo}라고 불리우는 그는 길바닥에 그림을 그리며 생계를 이어가고 있는 떠돌이 화가였다. 패디의 생활방식상 주소란 존재하지 않았다. 단지 램버스에 가면 보조를 만날 수 있을 거라는 막연한 직감을 가지고 있었다.

마침내 우리는 그를 워털루 다리에서 멀리 떨어지지 않은 강둑에서 만났다. 그는 그곳에 자리를 잡고 그림을 그리고 있었다. 그는 분필통을 가지고 길바닥에 무릎을 꿇고 1페니짜리 화첩을 보면서 윈스턴 처칠의 초상화를 모사하고 있었다. 솜씨가 제법 괜찮아 보였다. 보조는 메부리코에 곱슬머리를 길게 늘어뜨린, 가무잡잡하고 키가 작은 사나이였다. 그의 오른발은 심한 불구여서 뒤꿈치가 뒤틀려 앞으로 향해 있어 보기에도 끔찍했다. 그의 외모를 보면 마치 유태인 같았다. 그러나 그는 혹시 유태인이 아니냐고 하면 완강히 부정하였다. 그는 그의 메부리코를 '로마제국풍'이라고 말하면서 이름은 잊었지만 로마의 어떤 황제의 코와 닮았다고 으스댔다. 그가 말하는 황제는 바로 베스파시아누스 황제를 말하는 것 같았다.

보조의 말투는 매우 특이했다. 런던 토박이의 말투 같으면서도 매우 또렷했고 표현력이 풍부했다. 그는 좋은 책들을 많이 읽은 듯했으나 잘못된 문장을 다듬으려는 노력은 하지 않은 것 같았다. 그는 패디와 나에게 떠돌이 화가에 대해 얘기해 주었다. 그가 한 말들을 그의 말투 그대로 적어보면 이렇다.

"난 진짜 길거리 화가라구. 나는 다른 떠돌이 화가들처럼 칠판용 분필을 쓰지 않아. 화가들이 쓰는 것과 똑같은 제대로 된 색분필을 쓴단 말일세. 엄청나게 비싸지. 특히 붉은색은 더 비싸지. 하루종일 그리면 5실링어치의 물감을 쓰는데 2실링어치 이하를 쓰는 날은 없다네. 나는 풍자만화를 전문으로 하고 있지. 아시다시피 정치나 크리켓 같은 거 말이야. 이걸 보라구."

그는 내게 자신의 공책을 보여주었다.

"여기 내가 신문에서 묘사한 정치인들의 초상이 있지. 나는 매일 새로운 그림을 그린다네. 예를 들면 예산안이 계류되어 있을 때는 윈스턴이 '부채'라는 명찰이 붙은 코끼리를 뒤에서 미는 그림을 그리고 그 밑에다 '움직일 수 있을까?'라고 썼지. 알겠나? 어떤 정당에 대한 풍자만화를 그려도 좋지만, 사회주의를 찬양하는 것만은 손대지 않는 것이 좋아. 경찰이 가만히 두지를 않거든. 언젠가 내가 '자본'이라고 쓴 보아 구렁이가 '노동'이라고 쓴 토끼를 집어삼키는 그림을 그리고 있는데 경찰관이 지나다 보고, '당장 지워버리쇼. 그리고 다시는 그런 내용의 그림을 그리지 마쇼' 하더라구. 할 수 없이 지웠지. 경찰은 우리를 여기서 쫓아낼 권한을 갖고 있거든. 그들에게 대꾸를 해봤자 아무 소용이 없거든."

나는 보조에서 이런 그림으로 얼마나 버느냐고 물었다. 그가 대답했다.

"일년 중에 요즘처럼 비가 오지 않을 때는 금요일부터 일요일까지 3파운드 정도는 벌지. 사람들은 금요일날 주급을 받거든. 그런데 비오는 날이면 공치는 날이야. 물감들이 그대로 씻겨버리거든. 일년을 평균내어 볼 때 나는 일주일에 1파운드를 버는 셈이야. 겨울엔 아무래도 뜸하기 때문이지. 옥스퍼드 대 케임브리리지의 보트 경기나 윔블던의 결승전이 있는 날은 4파운드까지 번 적도 있지. 그러나 그러자면 손님들한테서 돈을 뺏다시피 해야 한다구. 멀거니 앉아서 기다리고 있으면 1실링도 못 건지거든. 대개 그들은 반 페니를 주는데, 그나마도 그들에게 뭐라고 이야기를 하지 않으면 못 받는다구. 어느 정도 말을 주고받고 나면 그들은 적선을 하지 않는 것을 부끄럽게 여기게 되거든. 제일 좋은 방법은 계속 그림을 바꾸는 거야. 그리고 있는 것을 보아야 걸음을 멈추고 들여다보게 되지. 곤란한 것은 내가 모자를 벗어들고 돌아다니면 손님들이 뿔뿔이 흩어져 버린다는 점이야. 그리고 이런 일을 할 때는 조수가 필요하지. 그림을 그리는 사람은 그림에만 몰두하고, 사람들이 그걸 보러 모여들면 조수가 슬그머니 그 뒤로 접근한단 말이야. 손님은 조수인지 뭔지 모르지. 그때 갑자기 조수가 모자를 벗어 협공작전을 펴는 거지. 그런데 진짜배기 신사들은 한 푼도 내놓지 않는다네. 외국인들이나 좀 덜떨어진 듯한 놈들이 돈을 잘 내놔요. 언젠가 일본놈한테 6펜스까지 얻어낸 적도 있어. 그들은 영국놈들처럼 그렇게 짜지가 않다네. 또 한 가지 중요한 것은 모자 속엔 1페니만 남겨두고 돈을 숨겨둬야 한다는 점이야. 내가 이미 1,2실링 번 것을 보면 한 푼도 내놓으려고 하지 않거든."

보조는 템즈 강둑에서 그림을 그리는 다른 길거리 화가들을 몹시 경멸하고 있었다. 그는 그들을 '잉어처럼 꾸민 붕어'라고 불렀다. 그 당시 강변 둑길에는 거의 25야드 간격으로 길거리 화가들이 있었다. 25야드가 서로의 작업공간을 인정해 줄 수 있는 최단간격이었다. 보조는 50야드쯤 떨어진 곳에 있는 흰 수염의 늙은 화가를 가리키면서 말했다.

"저쪽에 얼간이 늙은이 있지? 저 영감은 십년 동안 똑같은 그림만 그리고 있다네. 그는 그 그림의 제목을 '진실한 친구'라고 붙였는데 물에 빠진 어린이를 개가 끌어올리는 그림이야. 저 얼간이 영감은 열 살 먹은 어린애 수준 정도 밖에 안 된다네. 마치 퍼즐조각을 맞추듯이 저 그림만을 손가락으로 치수를 재가며 익혔다구. 이 근처에 있는 놈들은 대부분이 그런 식이지. 놈들은 때로 내 아이디어를 훔치려 한다네. 물론 난 개의치 않지. 얼간이들이란 제 머리로는 생각해내지 못하는 놈들이니까. 그래서 나는 항상 그들보다 몇 발자국 앞서 간다네. 결국 풍자의 생명이란 시기의 적절성에 있지 않겠나? 언젠가 한 어린애가 첼시 다리의 난간에 머리를 들이밀었다가 빠지지 않아 애먹은 적이 있지. 나는 그 이야기를 듣고는 그 어린애가 머리를 빼내기 전에 벌써 길바닥에 그렸다구. 내 그림은 엄청 빠르다네."

보조는 매우 흥미로운 사람이었다. 그래서 나는 그 후에도 그를 몇 번 더 만났다. 그날 저녁 나는 강변 둑길로 갔다. 그가 패디와 나를 템스 강 남쪽에 있는 숙박소에 데려다 주기로 되어 있기 때문이었다. 보조는 길바닥에 그렸던 그림을 물로 지우고는 수입을 계산하고 있었다. 대략 16실링쯤 되는 것 같았는데, 그중 12실링은 진짜 수입이라고 말했다. 우리는 램버스까지 걸어갔다. 보조는 불편한 다리를 질질 끌면서 마치 게가 옆으로 걷는 것처럼 느릿느릿 걸었다. 그는 양손에 지팡이를 짚고 분필통은 어깨에 메고 걸었다. 다리 위를 지나다가 그는 다리 난간을 짚고 서서 잠시 쉬었다. 아무 말이 없기에 돌아보니 뜻밖에도 그가 밤하늘의 별을 바라보고 있었다. 그가 내 팔을 잡더니 지팡이로 하늘을 가리켰다.

"저기 저 알데바란(황소자리 중의 일등성) 별 보이지? 저 색깔 좀 보게. 마치 붉고 큰 오렌지 같지!"

그의 말투는 마치 화랑의 미술평론가 같았다. 나는 깜짝 놀랐다. 나는 솔직히 알데바란이란 별이 어느 별인지도 모른다고 말했다. 보조는 별자리들을 가리키면서 천문학의 기초지식을 내게 가르쳐 주려 했다. 그는 나의 무지가 안타까운 듯했다. 나는 경이에 차서 그에게 말했다.

"별들에 대해 많이 알고 계시는 모양이군요."

"별로 대단한 게 아냐. 조금은 알지…… 별똥별에 대해 글을 써 보냈다가 왕립 천문학연구소로부터 두 번 감사 편지를 받은 적은 있지. 요즘도 밤에 가끔 별똥별을 살피지. 하늘의 별들은 공짜로 볼 수 있잖아. 아무리 구경한다 해도 돈 한푼 들지 않는 최고의 쇼란 말일세."

"아! 그거 참 멋진 생각이군요! 저는 미처 그런 생각을 못해봤습니다."

"아무튼 인간이란 무언가 취미를 갖는 게 좋지. 물론 저절로 되는 것이 아니니 노력을 해야지. 길거리를 떠도는 부랑자라고 해서 머릿속에 먹을 생각만 가득해서는 안 되거든."

"하지만 취미를 가진다는 것이 말처럼 쉬운 일은 아니죠. 게다가 이런 생활을 하면서 별 같은 것에는 특히……."

"길바닥에 그림을 그리며 살아가는 생활을 두고 하는 말인가? 물론 이런 생활에 그런 것이 꼭 필요하다고 강요하는 것은 아니지. 강제로 될 일이 아니야. 자신의 내면에서 그런 것을 필요로 하지 않으면 안 되는 일이지."

"거의 모든 사람들이 그런 것을 필요로 하지 않는 것 같습니다."

"물론이지. 패디를 보게나. 그저 담배꽁초나 주워 모을 줄 아는, 머릿속에 온통 먹을 거 생각밖에 없는 늙은 부랑자에 불과하지. 그들 모두가 그런 식이야. 나는 그런 족속들을 경멸한다네. 그렇지만 자네는 그래선 안돼. 제대로 교육을 받았다면 평생 동안 길거리를 헤매며 방랑생활을 한다 해도 문제될 게 없겠지만 말이야."

"그럴까요? 그런데 저는 그와 반대되는 현상들을 너무 많이 봐왔습니다. 누구라도 빈털터리가 되면 그 순간부터 무기력자가 되는 것 아닙니까?"

"아니, 반드시 그렇지만은 않다구. 마음을 다스릴 줄 알면 빈부에 관계없이 일관된 삶을 살 수 있다네. 책을 읽고 머리를 쓰면 되는 거야. 다만 속으로 자기 자신에게 이렇게 다짐할 필요는 있지. '이런 생활을 하고 있는 나는 자유스럽다'라고 말일세."

보조는 잠시 이마를 툭툭 두드리다가 다시 말을 이었다.

"그리고 '너는 최고야'라고 말해주면 끝이지."

보조는 같은 취지의 말을 계속 이어갔고 나는 그의 말에 귀를 기울였다. 그는 다른 길거리 화가들과는 분명 차원이 다른 것 같았다. 무엇보다도 가난에 대해 이토록 자유롭고 자신있게 말하는 사람은 처음이었다. 그날 이후로도 나는 그와 여러 차례 만났다. 비가 와서 그가 일을 하러 나가지 못했기 때문이다. 그는 내게 자신이 살아온 인생에 대하여 들려주었다.

그는 서점 주인의 아들로 태어났으며 집안이 파산한 후 18살부터 페인트공으로 일하기 시작했다. 전쟁이 났을 때는 프랑스와 인도에서 3년 동안 복무했다. 전쟁이 끝난 뒤에는 파리에서 페인트공 일자리를 얻어 몇 년간 거기에 머물렀다. 영국보다는 프랑스가 그의 성미에 맞았다(그는 영국인들을 경멸했다). 그의 파리생활은 안정되었고 돈도 모을 수가 있었다. 그래서 한 여자를 만나 약혼을 하게 되었는데 어느 날 그 여자가 차에 치여 죽고 말았다. 보조는 일주일 동안 술만 퍼마시다가 비틀거리면서 다시 일터로 나갔다. 그날 그는 일하던 40피트나 되는 비계 위에서 길바닥에 떨어져 오른쪽 다리가 완전히 망가져버렸다. 그리고 그는 보상금으로 겨우 60파운드밖에 받지 못했다.

그는 영국으로 돌아왔고, 일자리를 찾아다니며 돈을 다 써버리고 말았다. 미들섹스 가의 시장에서 책을 파는 노점상도 해 보고, 장난감 행상도 해보았지만 결국은 거리의 화가로 눌러앉고 만 셈이다. 그후로 그는 하루 벌어 하루 연명하는 신세가 되어 겨울에는 거의 굶고 지냈고, 수용소나 강둑에서 자는 일도 흔했다.

내가 그를 만났을 때 그가 가진 것이라곤 입고 있는 옷과 그림 도구와 몇 권의 책뿐이었다. 옷차림은 걸인들의 누더기와 별로 다를 것이 없었지만, 칼라와 넥타이를 매고 있었다. 그는 그것을 긍지로 여기고 있었다. 일년 이상 사용해 온 칼라는 목 주위가 너무 닳아서 그것을 드레스셔츠의 아랫단을 잘라낸 옷감을 대고 꿰맸다. 때문에 드레스셔츠 아랫단은 죄다 잘려나가고 거의 남아 있지 않았다.

그의 뒤틀린 다리는 점점 악화되어 결국은 절단해야 할지도 모르는 지경이었다. 그의 무릎은 늘 돌바닥 위에 꿇고 지냈기 때문에 구두의 깔창 같은 두꺼운 굳은살이 박혀 있었다. 그에게는 거지처럼 구걸하는 일과 보호소에서 쓸쓸히 죽어가는 일밖에는 남아 있는 게 아무것도 없었다.

이런 비참한 처지임에도 불구하고, 보조는 두려워하거나 후회하거나, 부끄러워하지 않았다. 그는 자기 처지를 인정하면서 나름대로의 철학을 만들어냈다. 그는 자신이 걸인생활을 하는 것은 절대로 자신의 잘못이 아니라고 주장했다. 때문에 절대로 후회하거나 괴로워하지 않는다고 했다. 자기는 사회의 적이라고 했다. 기회만 주어진다면 죄를 지을 수도 있다고 했다. 그의 사전에 절약이라는 단어는 없었다. 여름에는 어느 정도 수입이 있었지만 그는 한 푼도 저축하지 않았다. 여자에게는 관심이 없으니 번 돈은 모두 술을 마시는 데 써버렸다. 겨울이 되어 수중에 한 푼도 없으면 사회가 그를 보살펴 주어야 했다. 감사해 할 것을 강요하지 않는다면 얼마든지 적선을 받을 것이라고 했다. 다만 종교 자선단체의 자선은 사양하겠다고 했다. 빵조각을 얻어먹을 때 내키지 않는 찬송가를 부르라고 하면 목구멍에 걸려 넘어가지 않기 때문이라고 했다. 그에게는 그밖에도 여러 가지 자부심이 있었다. 가령, 그는 굶어죽어도 결코 담배꽁초를 줍지 않는다는 것을 자랑으로 여기고 있었다.

그는 스스로 자신은 다른 걸인들과는 격이 다르다고 생각했다. 그는 불어도 곧잘 했으며, 졸라의 소설도 몇 권 읽었고 셰익스피어의 모든 희곡과 〈걸리버여행기〉 그리고 수많은 에세이들을 읽었다. 그는 파란 많은 자기 생애에 대한 이야기를 할 때도 유명한 구절들을 인용하곤 했다. 한번은 장례식에 대한 이야기를 하면서 이런 말을 했다.

"시체를 화장하는 광경을 본 적이 있나? 나는 인도에서 보았다네. 사람들이 늙은이의 시체를 불 위에 올려놓았는데, 잠시 후 나는 기절할 뻔했다네. 시체가 발길질을 하는 게 아닌가. 단지 근육이 열에 수축되기 때문이었지만 말이야. 아무튼 그는 마치 연탄불 위에 올려놓은 오징어처럼 꿈틀거리다가 배가 부풀어 오르더니 50야드 밖에서도 들릴 만큼 뻥 소리를 내면서 터지더라구. 그걸 본 후로 난 화장 반대론자가 되었지."

그런가 하면 자기가 당한 사고에 대해서도 이야기했다.

"의사가 이렇게 말하더라구. '당신은 다행히 한쪽 발부터 떨어졌더군요. 두 발이 동시에 떨어지지 않은 것을 다행인 줄 아시오. 만일 두 다리로 땅바닥에 떨어졌다면 당신은 아코디언을 세로로 세워놓은 것처럼 쭈그러들어 허벅다리뼈가 두 귀를 뚫고 나왔을 겁니다.'"

물론 이 말은 의사가 한 것이 아니라 보조가 꾸며낸 것이라고 생각했다. 그는 말재주가 있었고, 그의 두뇌는 활발하게 돌아갔다. 또 그는 어떤 일이 있어도 가난에 무릎을 꿇는 법이 없었다. 비록 헐벗고 굶주림에 시달리지만 책을 읽고 사색하고 별똥별을 관찰할 수 있는 한 그의 정신만은 자유로웠던 것이다.

그는 철저한 무신론자였다. 그는 신의 존재를 믿지 않을 뿐만 아니라 신을 싫어했다. 그리고 세상은 절대 나아지지 않을 거라는 생각을 하며 세상을 비웃었다. 그는 강둑에서 잘 때에도 화성이나 목성을 쳐다보며 그곳에도 자신처럼 강둑에서 자는 놈이 있겠지, 생각하며 마음의 위안을 얻는다고 했다.

보조는 때로 이해할 수 없는 이론을 펼치기도 했다. 지구상의 생활이 고통스러운 까닭은 생활필수품들이 부족하기 때문이라고 했다. 화성에서는 춥고 물도 적은 데다 가난할 테니 생활하기가 더욱 고통스러울 것이라고 했다. 지구에서는 6펜스를 훔치면 단지 감옥에 갈 뿐이지만, 화성에서는 아마 그런 죄인을 삶아서 죽여버릴지도 모른다고 했다.

그는 이런 상상을 하면 마음이 즐거워진다고 했다. 아무튼 그는 매우 특이한 정신구조를 가진 사람이었다.

31

보조가 데려간 숙박소의 숙박료는 하룻밤에 9펜스였다. 그곳은 500명을 수용할 정도로 규모가 컸다. 부랑인들과 거지 그리고 잡범들의 집합소로 유명한 곳이었다. 그곳에는 모든 인종이 뒤섞여 있어 피부 색깔은 전혀 문제가 되지 않았다.

한 인도인이 있어 내가 서툰 우르두어로 말을 걸어보았다. 그러자 그가 내게 '툼(너)'이라고 불렀다. 식민지 인도에서 영국인을 그렇게 부른다는 것은 상상조차 할 수 없는 일이었다. 하지만 지금 우리는 그런 인종 편견의 대상에 끼이지도 못하는 부류로 전락해 있는 것이다.

그곳에서는 별의별 희한한 인생들의 면면을 볼 수 있었다. '그랜드파'라고 불리는 70세의 부랑인은 담배꽁초를 주워모아 1온스에 3펜스씩 팔았다. 그는 그 돈으로 생활에 필요한 모든 것을 해결했다. '의사 선생'이라고 불리는 사람이 있었는데 그는 진짜 의사였다고 한다. 그런데 무슨 죄를 지었는지는 모르지만 면허증을 박탈당했고, 신문을 팔고 있으며 몇 펜스씩 받고 사람들을 진료하기도 했다.

작은 체구의 동인도 선원은 배에서 탈출해 굶주린 상태로 런던 거리를 며칠 동안 헤매고 돌아다녔다. 그는 워낙 미련하고 무기력한 상태에 빠져 있어 자신이 머물고 있는 도시 이름조차도 몰랐다. 내가 알려줄 때까지 그는 자신이 리버풀에 있는 줄로 알았다.

보조의 친구 중에는 구걸하는 내용의 편지로 살아가는 사람도 있었다. 그는 지인들에게 아내의 장례식 비용이 없으니, 적선을 바란다는 비통한 내용의 편지를 써서 보냈다. 그 편지가 효력을 발휘하게 되면 그는 마가린 바른 빵을 산처럼 쌓아놓고 혼자서 배가 터지게 먹어댔다. 그는 하이에나처럼 야비했다. 대부분의 사기꾼들이 그렇듯이 그 역시 자신이 지어낸 거짓말을 진실처럼 믿고 있었다. 이 숙박소는 이런 부류 사람들의 도피처로 최적의 장소였다.

보조는 함께 지내는 동안 나에게 런던에서 구걸하는 기술을 고루 가르쳐 주었다. 일반인들은 생각도 할 수 없는 요령과 기술이 숨겨져 있었다. 거지도 여러 가지 부류가 있었다. 크게 두 부류로 나눌 수 있는데, 맹목적으로 구걸을 하는 부류와 적선해 주는 금액에 상당하는 물건을 제공하는 부류가 있었다. 얼핏 보면 둘 다 구걸을 하는 처지인 만큼 차이가 없을 것 같지만 두 부류 사이에는 결코 넘을 수 없는 경계선이 있었다.

거지들의 수입도 천차만별이었다. 바지에 2천 파운드를 꿰매가지고 다니다 죽은 걸인에 대한 신문기사는 물론 거짓말이었다. 하지만 수완이 좋은 걸인은 연속으로 행운을 잡아 몇 주일간 연명할 돈을 모으기도 했다. 가장 벌이가 좋은 걸인은 거리의 곡예사와 사진사들이었다. 목만 잘 잡으면, 가령 극장 앞에 길게 늘어선 관객들 앞에서 곡예를 하는 거리의 곡예사는 일주일에 5파운드쯤은 너끈히 벌었다. 거리의 사진사들도 그 정도의 수입을 올릴 수 있었지만, 날씨가 좋아야 한다는 조건이 따랐다. 사진사들은 손님을 잡기 위해서 교묘한 사기술을 썼다. 저쪽에서 쉽게 속여먹을 수 있을 만큼 어리숙한 '봉'이 다가오면 한 사람이 카메라 뒤로 가서 사진을 찍는 체 한다. 그리고 봉이 앞으로 지나가면 그들은 일제히 소리친다.

"선생님, 멋지게 한 장 찍었습니다. 1파운입니다."

"아니, 내가 언제 사진 찍어달라고 했소?"

봉이 항변을 한다.

"네? 찍어달라고 부탁한 적이 없다고요? 세상에 우리는 선생님이 손으로 찍어달라고 신호를 한 걸로 알았습니다. 그나저나 이거 원판 한 장만 버리게 됐네! 6펜스를 버리게 됐다 이 말입니다."

이 말을 들은 봉은 울며 겨자먹기로 그럼 사진을 찾겠다고 말한다. 사진사들은 원판을 들여다보며 그것은 버리게 되었으니 돈을 받지 않고 새것으로 찍어주겠다고 한다. 물론 그들은 사진을 찍지도 않았다. 따라서 봉이 안 찍겠다고 거절하더라도 손해 볼 일은 전혀 없다.

손풍금장이도 거리의 곡예사와 마찬가지로 자신은 거지가 아니라 예술가라고 생각했다. 보조의 친구 중에 쇼티라는 이름의 손풍금장이가 있었는데, 그는 나에게 돈을 끌어모으는 요령을 자세히 이야기해 주었다. 그와 그의 동료는 화이트채플이나 커머셜로드 주변의 커피숍이나 대중업소에서 '돈벌이'를 했다. 손풍금장이들이 거리에서 돈을 모을 것이라고 생각하는 것은 오산이다. 그들의 수입 중 9할은 커피숍이나 대중음식점에서 이루어졌다. 상류계층이 드나드는 고급 술집은 들여보내주지 않기 때문에 싸구려 음식점만을 골라 다녔다.

쇼티의 구걸 방법은 먼저 식당을 선정한 후 밖에 서서 한 곡을 연주하고 나면, 목발을 짚고 있어 사람들의 동정심을 불러일으키는 그의 동료가 안으로 들어가 모자를 벗어들고 신사들 사이를 한 바퀴 돈다. 동료가 돈을 받아오면 쇼티는 반드시 한 곡을 더 연주했다. 그것은 쇼티의 자존심이었는데 이를테면 앵콜인 셈이었다. 자기는 진짜 연예인이지 돈만 받으면 사라져 버리는 걸인이 아니라는 것을 의미했다. 쇼티와 그의 동료는 일주일에 2내지 3파운드를 벌었다. 풍금 대여료로 일주일에 15실링을 지불해야 했기 때문에 각자는 1파운드씩 나눠 갖게 되는 셈이었다. 그들은 아침 8시에서 밤 10시까지 거리를 돌아다녀야 했고, 토요일에는 더 늦게까지 일했다.

거리의 화가에는 예술가라 불리는 부류와 그렇지 못한 부류가 있었다. 보조가 어느 날 내게 진짜 예술가 한 사람을 소개해 주었다. 그는 파리에서 정식으로 그림 공부를 했고, 한때는 화랑에 작품을 출품하기도 했었다. 그의 장기는 옛 대가들의 걸작을 모사하는 것이었다. 길바닥에 그리는 그림치고는 놀랄 만한 솜씨였다. 그는 내게 어떻게 해서 거리의 화가가 되었는지를 말해 주었다.

"아내와 자식들이 먹을 것이 없어 굶고 있었지. 나는 화랑 중개인들을 찾아다니며 보여줬던 그림 뭉치를 그대로 들고는 밤 늦게 터덜거리며 집으로 돌아오고 있었어. 머릿속엔 어떻게 하면 1,2실링이라도 벌 수 있을까 하는 생각뿐이었지. 그런데 스트랜드 거리를 지나오는데 어떤 사람이 길바닥에 무릎을 꿇고 그림을 그리고 있더라고. 그래서 다가갔더니 그의 그림을 구경하던 사람들이 동전을 던져주는 거야. 조금 있으려니 그림을 그리던 사람이 일어나더니 근처의 식당으로 가더라구. 순간 내 머릿속을 빠르게 스쳐가는 생각이 있었지. '나라고 못할 이유가 없지' 나는 앞뒤 생각할 겨를도 없이 꿇어 앉아 그 사람이 쓰던 분필로 그림을 그리기 시작했다네. 정말 내가 그때 왜 그런 짓을 했는지 지금도 이해할 수 없다네. 아마 배가 너무 고파 머리가 약간 돌았던 걸지도 몰라. 그림을 그리면서 신기했던 것은 그때까지 한번도 파스텔화는 그려보지 않았는데, 그림을 그려가면서 자연스럽게 기법을 터득하게 되었다는 거야. 사람들이 하나둘 모여들더군. 그러더니 그림솜씨가 괜찮다며 동전을 던져주는 거야. 9펜스나 되더라구. 그때 식당으로 갔던 사람이 돌아왔다네. '어떻게 된 거야, 당신이 내 자리에서 그림을 그렸소?' 그가 묻더군. 나는 몹시 배가 고파 돈을 좀 벌어야만 했다고 했지. '아, 그래요' 그가 말하더니 '나랑 술 한잔 합시다' 하더라구. 그래서 우리는 같이 한잔 하게 됐고 그날부터 나는 길거리의 화가 노릇을 하게 됐던 거지. 일주일에 1파운드는 벌어. 그걸 가지고는 자식새끼 여섯을 먹여 살릴 수가 없지만, 다행히도 아내가 삯바느질을 해서 약간 보태고 있지.

길거리 화가에게 가장 무서운 적은 추위야. 그 다음은 훼방꾼들이지. 처음에는 눈치도 없이 그게 가장 벌이가 좋다고 생각하고 길바닥에 누드를 그렸다네. 그때 내가 자리잡은 곳은 트라팔가 광장 앞의 세인트 마틴 인 더 필즈 교회 앞이었지. 교회 관리인으로 보이는 검은 옷을 입은 자가 잔뜩 화가 나서 씩씩거리며 나오더군. '하느님의 성스러운 교회 앞에 그런 음란한 그림을 그리다니!' 하고 소리를 치더군. 그래서 하는 수 없이 물로 지워버릴 수밖에 없었지. 그것은 보티

246

첼리의 '비너스의 탄생'을 모사한 그림이었지. 또 한번은 같은 그림을 강변의 강둑 위에서 그렸다네. 경찰이 지나가다 그걸 보고는 한 마디 말도 없이 넓적한 구둣바닥으로 그림을 마구 지워버리더라구."

보조도 경찰이 못살게 굴었던 이야기를 했다. 내가 그와 같이 지낼 때 하이드 공원에서 경찰이 부도덕한 사건을 일으킨 적이 있었다. 보조는 경찰관이 나무 뒤에 숨어있는 하이드 공원의 풍자만화를 그렸다. 그리곤 그 밑에, '퀴즈, 경찰관을 찾아라'라고 썼다. 나는 그에게 '퀴즈, 부도덕한 행위를 찾아라'라고 고치는 것이 좀더 낫겠다고 충고했으나 그는 들으려 하지 않았다. 그런 글을 보면 어떤 경찰관이라도 자신을 쫓아내려 할 것이고, 그렇게 되면 그 자리를 영영 잃어버리게 된다고 말했다.

거리의 화가보다 더 어렵게 살아가는 사람들도 있었다. 하루 종일 찬송가를 부르며 거리를 떠도는 사람, 성냥팔이, 구두끈팔이, 라벤다 씨앗 두세 알을 봉투에 넣어 향수라고 파는 사람 등이었다. 이런 사람들은 솔직히 말해서 자신의 비참한 모습을 이용하여 구걸을 하는 거지라고 할 수 있었다. 그들은 하루에 반 크라운도 벌지 못했다. 그들이 드러내놓고 구걸하는 대신 성냥 등을 파는 체라도 해야 하는 이유는, 엉터리 영국 법률이 구걸하는 행위를 엄격히 금지하고 있기 때문이었다. 그 법률에 따르면 모르는 사람에게 다가가 적선해 달라고 하면 상대는 즉시 경찰관을 불러 구걸한 죄로 일주일간 구류를 살게 할수 있었다. 그래서 구슬픈 목소리로 하루 종일 '오 주여, 내 주를 가까이'를 부르거나, 길바닥에 분필로 서툰 그림을 그려대거나, 쟁반

위에 성냥갑 몇 개를 늘어놓고 들고 서 있으면, 요컨대 남들이 싫어하는 일을 하고 있으면, 구걸을 하고 있는 것이 아니라 합법적인 장사로 인정받는다. 성냥을 팔거나 찬송가를 부르는 것은 눈 가리고 아웅 하는 식의 합법적인 범죄에 불과했다. 노력에 비해 수익은 형편없는 범죄였다. 런던의 거리에서 일 년에 50파운드 이상의 수입을 올리는 찬송가 가수나 성냥팔이는 없었다. 등 뒤로 자동차가 휙휙 스쳐가는 길바닥에서 매주 48시간씩 서 있어야 하는 노력에 비하면 너무도 보잘것 없는 대가였다.

이제 걸인들의 사회적 지위에 대하여 나의 생각을 피력해 보고자 한다. 그들과 가까이 지내보면 그들 역시 일반인과 조금도 다르지 않다는 것을 알 수 있다. 그리고 사회가 그들을 대하는 태도가 너무도 불합리하다는 것을 느낄 수 있다.

사람들은 걸인들과 일반 노동자 사이에는 본질적인 차이가 있다고 느끼는 것 같다. 그들을 이질적인 종족이나 혹은 범죄자나 매춘부처럼 버림받은 존재로 취급한다. 근로자들은 생산적인 일을 하는데 걸인들은 일을 하지 않으니 그들은 기생충과 같으며 본질적으로 가치 없는 존재라고 생각한다. 마치 벽돌공이나 문학평론가는 자신의 생활비를 벌려고 노력하지만, 걸인들은 자신의 생활비를 벌려고 전혀 노력하지 않는다고 생각한다. 현대사회가 인도주의적 사회이기 때문에 그들을 관대하게 대해주기는 하지만 그들은 근본적으로 사회적 쓰레기에 불과하고 경멸해 마땅한 존재들이라고 생각한다.

하지만 자세히 살펴보면 걸인들이 생계수단과 사회적으로 그럴 듯한 생활을 하고 있는 수많은 사람들 사이에는 본질적으로 아무런 차이도 없다는 것을 발견하게 된다. 대부분의 사람들은 걸인들은 일을 하지 않는다고 말한다. 그럼 일이란 도대체 무엇인가? 토목공사의 일꾼은 곡괭이를 휘두르면서 일을 한다. 회계사는 숫자를 계산함으로써 일을 한다. 그리고 걸인들은 비가 오나 눈이 오나 거리에서 지내면서 정맥류나 만성기관지염 등에 걸리면서 일을 하는 것이다. 그것은 다른 직종의 생계수단과 조금도 다르지 않다. 물론 사회적으로 도움이 되는 것은 아니다. 하지만 그렇게 보면 아주 그럴 듯해 보이는 직업 중에도 사회발전에 도움이 되지 않는 일은 얼마든지 있다. 걸인들도 사회 구성원의 한 부류를 차지한다는 점에서 다른 직업인들과 충분히 비교가 가능하다. 걸인들은 제약회사 판매업자에 비하면 정직하고, 일요신문 사주에 비하면 고결하며, 월부판매원에 비하면 싹싹하고 온순하다. 요컨대, 걸인은 기생충임에는 틀림없지만 별로 해를 끼치지 않는 기생충인 것이다. 그들이 사회로부터 얻는 것이라곤 기껏해야 자기 혼자 근근이 살아가는 데 필요한 비용일 뿐이다. 그것을 위해 온갖 수고를 다하고 있으니 윤리관에 비추어 보더라도 올바르다고 할 수 있다. 그들은 사회에 진 빚을 고통스러운 삶으로써 갚아나가는 것이다.

나는 걸인들을 사회의 다른 구성원들과 차별해서 비하할 아무런 근거도 없으며, 현대인들이 그들을 경멸할 권리도 없다고 생각한다.

그러면 왜 걸인들은 사람들로부터 경멸을 당하는가 하는 문제가 제기된다. 그 이유는 오로지 그들에게는 정상적인 생활을 할 수 있는 벌이가 없기 때문이라고 생각한다.

사람들은 타인의 일이 유익하냐 무익하냐, 생산적이냐 기생충적이냐 하는 것은 아무도 신경쓰지 않는다. 오로지 중요시하는 것은 그 일을 통하여 얼마만큼의 수익을 올리고 있느냐 하는 것이다. 현대사회에서 능력이나, 효율성, 사회적인 봉사 등을 논의할 때 가장 중요시되는 것은 오직 한 가지 '돈을 벌어라. 합법적으로 그리고 많이'라는 것이다.

돈이 모든 것을 평가하는 절대적인 척도가 되어버렸다. 걸인들은 이 척도에 맞지 않기 때문에 무시당하고 경멸당하는 것이다. 만일 구걸 행위로 일주일에 10파운드를 벌 수 있다면 구걸이란 직업은 존경받는 직업으로 바뀌게 될 것이다. 현실적으로 보면 걸인들도 다른 사람들과 마찬가지로 주어진 여건 내에서 최선을 다해 생활비를 벌고 있는 근로자이다. 걸인들은 대다수의 현대인들과는 달리 명예를 팔지 않는다. 단순히, 부자가 될 수 없는 장사를 선택하는 실수를 저질렀을 뿐이다.

32

나는 여기서 될 수 있는 대로 짤막하게 런던에서 쓰이는 은어나 비속어를 소개해 보고자 한다.

　이 단어들은(모두가 잘 아는 것들은 제쳐두고) 지금 런던에서 쓰이고 있는 은어들의 일부이다.

　개거(gagger)= 걸인이거나 거리에서 공연을 해 수입을 올리는 부류들.

　무처(moocher)= 구걸하는 데 필요한 어떤 형식을 무시하고 단도직입적으로 구걸하는 사람.

　노버(nobbler)= 동료 걸인이 구걸행각을 할 때 동전을 거둬주는 사람.

　챈더(chanter)= 거리에서 찬송가를 불러주는 사람들.

　클로드호퍼(clod hopper)=거리의 춤꾼.

　머그페이커(mugfaker)= 거리의 사진사.

　글리머(glimmer)= 빈 자동차를 터는 사람.

　스플릿(split)= 형사.

　플래티(flattie)=순경.

　디데카이(dideki)=접시.

　토비(toby)=부랑인.

　드롭(drop)= 거지에게 던져주는 돈.

펀컴(funkum)=봉투에 담아 파는 라벤더 씨앗이나 향료.

부저(boozer)= 선술집.

슬랭(slang)= 행상 허가증.

킵(kip)= 임시숙박소.

스모크(smoke)= 런던.

주디(judy)= 여자.

스파이크(spike)= 부랑자 요양소

럼프(lump)= 부랑자 요양소.

토셔룬(tosheroon)= 반 크라운.

디너(deaner)= 1실링.

호그(hog)= 1실링.

스프라우지(sprowsie)= 6펜스.

클로즈(clods)= 동전.

드럼(drum)= 깡통.

세클스(shackles)= 수프.

쳇(chat)= 빈대.

하드업(hard up)= 꽁초로 만든 담배.

스틱(stick)= 강도들이 쓰는 쇠꼬챙이.

피터(peter)= 금고.

볼(bawl)= 삼키다.

녹오프(knock off)=훔치다.

스키퍼(skipper)=노숙하다.

실제로 이 단어들 중 대부분은 표준 사전에 수록되어 있다. 이러한 단어들이 생성된 과정을 알아보는 것은 매우 흥미로운 일이다. 하지만 '펀컴'과 '토셔룬'이라는 단어는 생성 과정을 알아볼 수가 없다.

'디너'는 '드니에(denier)'가 변형되었을 것이다. '글리머'는 '빛'의 고어 '글림(glim)'이나 '엿보기'를 뜻하는 고어 '글림(glim)'과 연관이 있을 것으로 생각된다.

'스크리버(screever, 거리의 화가)'의 어원도 신비롭다. 이 단어는 '스크리보(scribo, 글씨를 쓰다라는 뜻의 라틴어)'라는 단어에서 파생된 것으로 추측되는데, 영어에는 이와 유사한 단어조차 없다. 그리고 프랑스에는 길거리 화가가 존재하지 않기 때문에 프랑스어에서 파생되지도 않았을 것이다.

'주디'와 '볼'은 런던 동부 지역에서 쓰이는 단어이다. '스모크'는 부랑자들끼리의 은어이다. '킵'은 덴마크어에서 유래되었다.

런던의 은어와 사투리는 매우 빠르게 변하는 것 같다. 19세기 소설가 찰스 디킨스와 서티스는 소설에서 W를 V로 또 V를 W로 혼용하여 사용했는데 지금의 런던 말투에서는 완전히 사라져버렸다. 런던의 사투리 말씨는 1840년대에 생겨난 것으로 추측된다. 하지만 런던 사투리는 많은 변화를 거쳐 변해가고 있다. 이제는 20년 전처럼 '페이스'를 '파이스'로 '나이스'를 '나우스'라고 말하는 사람은 아무도 없다. 사투리뿐 아니라 속어도 변천한다.

예를 들면 2,30년 전의 런던에서는 '운韻에 맞는 속어'라는 것이 크게 유행한 적이 있다. 어떤 명사라도 그것과 운이 맞는 말을 사용한다. 가령 '키스'(kiss)라는 말 대신 히트(hit) 혹은 미스(miss)라고 하고, 피트(feet) 대신 플레이츠(plates) 혹은 미트(of meat)라고 한 것이다. 이런 말들은 너무나 유행하여 소설에까지 등장하곤 했는데 지금은 거의 사라지고 말았다.

아마도 내가 위에서 언급한 모든 말들도 앞으로 20년 후면 깨끗이 사라질지도 모른다.

비속어들의 어휘 역시 변모한다. 예를 들면 20년 전 런던의 노동자들은 습관적으로 '블러디(blooby, 끔찍한)'이란 말을 썼다. 소설가들은 아직도 작품 속의 인물을 통해 이 단어를 사용하고 있지만 이제는 전혀 쓰이지 않는 단어이다. 런던 토박이(스코틀랜드나 아일랜드 출신은 제외하고)들 중 어느 정도 교육수준을 갖추지 않은 사람이 아닌 한 이제는 '블러디'라는 말을 쓰지 않는다. 사실 이 단어는 계급적으로 승급하여 이제는 더 이상 노동자들의 비속어로 쓰이지 않게 되었다. 오늘의 런던에서는 모든 명사 앞에 '퍼킹(fucking)'이라는 형용사를 붙이고 있다. 하지만 이 단어도 언젠가는 '블러디'처럼 사교계의 응접실로 들어가게 될 것이고 다른 단어와 대체될 것이다.

욕설에는 참으로 알 수 없는 비밀들이 많이 숨겨져 있다. 특히 영어의 욕설은 더욱 그러하다. 본질적으로 살펴보면 욕설 자체는 엉터리 주술처럼 비합리적이다. 아니, 어쩌면 욕설 자체가 주술의 일종인지도 모른다. 그러나 거기에는 모순이 내재되어 있다. 다시 말하면, 이런 것이다. 욕지거리가 노리는 목적은 상대에게 충격을 주어 상처를 받게 하는 것이다. 그 때문에 우리는 입에 담아서 안될 말들, 주로 성기능에 관계되는 말들을 내뱉음으로써 목적을 달성한다. 그런데 묘한 일은 일단 욕지거리로 내뱉어진 단어들은 욕설로서의 기능을 다하고 나면 그 본래의 뜻을 상실한다는 것이다. 그 단어가 욕설이 되게한 그 원천적인 의미를 잃게 된다는 것이다.

예를 들면 '퍽(fuck, 성교하다)' 이라는 단어가 대표적이라 할 수 있다. 런던 사람들은 이제 그 단어의 본래 의미로는 사용하지 않는다. 눈을 뜨면 잠자리에 들 때까지 그 단어를 입에 달고 살지만 그 본래의 의미와는 아무런 관계도 없이 습관처럼 덧붙이고 있는 것이다.

'버거(bugger, 남자끼리 성교하다)' 라는 단어도 '퍽' 과 비슷한 과정을 밟아가고 있는 중이다. 프랑스어에서도 비슷한 경우를 찾아볼 수 있다. 프랑스어의 '푸트르(foutre, 성교하다)' 도 프랑스인들이 아침부터 저녁까지 입에 달고 살지만 본래의 뜻과는 아무런 관련도 없는 부가어로 쓰이고 있다. 버거라는 단어는 프랑스인들도 자주 사용하지만 그것을 사용하는 대부분의 사람들은 그 단어가 무슨 뜻을 담고 있는지에 대해서는 관심을 갖지 않는다.

모욕에 사용되는 단어들도 욕설과 마찬가지로 역설의 법칙에 지배되는 것 같다. 어떤 단어가 모욕의 어휘로 사용되었다면 그 단어 안에 상대에게 모욕을 줄 수 있는 요소가 많이 내포되어 있기 때문일 것이다. 하지만 그 단어의 모욕적 힘은 그 말의 현실적인 의미와는 아무런 상관이 없다. 예를 들면 런던 사람들이 가장 많이 사용하는 최고로 모욕적인 단어는 '바스터드(bastard, 사생아)' 이다. 그런데 그 본래의 뜻으로 받아들이면 전혀 모욕이 되지 않는다. 또 런던과 파리에서 여자에 대한 최대의 모욕적인 단어는 '카우'(cow, 암소)이다. 이 단어 역시 본래의 의미로 받아들이면 전혀 모욕적인 단어가 아니다. 이 단어는 오히려 상대에 대한 찬사로도 쓰일 수 있다. 암소는 동물들 중에서 가장 친숙하고 유익한 것이기 때문이다. 어떤 단어가 모욕적인 말이 되는 것은 그 말을 모욕할 목적으로 사용하기 때문이지 사전적 의미와는 아무런 상관이 없다는 것이다. 단어의 의미, 특히 비속어의 의미는 대중들의 견해에 좌우되기 때문이다. 그런 뜻에서, 어떤 비속어가 국경을 넘었을 때 변화하는 과정을 살펴보는 것은 매우 흥미로운 일이다. 영국에서는 '개새끼'라는 프랑스어를 활자화해 봤자 아무도 뭐라 하지 않는다. 그런데 프랑스에서는 이 단어를 절반 밖에 활자화하지 못한다. 또 한 가지 다른 예를 들면 '반슈트(barnshoot)'라는 단어는 인도의 힌두어인 '바힌추트'(bahinchut, 근친상간이라는 뜻의 심한 욕)가 변한 말인데 인도에서는 용서할 수 없는 지독스런 모욕이지만 영국에서는 점잖고 가벼운 농담으로 쓰이고 있다. 심지어 그 단어를 학생들의 교과서에서도 본 적이 있다. 그 단어는 아리스토파네스의 희곡 속에 묘사되어 있었는데 주석자는 그 말이 페르시아의 대사가 내뱉은 농담이라고 풀이했다. 짐작컨대 그 주석자는 본래의 뜻이 무엇을 의미하는지 알고 있었을 것이다. 그러나 그 말이 외국어이며 비속어의 주술적인 힘을 상실했기 때문에 활자화할 수 있었던 것이다.

런던의 비속어에는 또 한 가지 커다란 특징이 있다. 그것은 남자들이 여성 앞에서는 상스런 말을 하지 않는다는 점이다. 하지만 파리에서는 전혀 그렇지 않다. 파리의 근로자들도 여성들 앞에서는 될 수 있는 한 상스러운 말을 자제하려 노력할 것이다. 하지만 자제력이 그다지 엄격하지 않다. 남자들은 물론 여자들도 상스러운 말들을 거침없이 내뱉는다. 이런 면에서 보면 런던 사람들이 좀더 정중하고 교양이 있다고 할 수 있을 것이다.

지금껏 나열한 단어들은 내가 그때그때마다 적어놓은 메모를 정리한 것이다. 이러한 문제를 정식으로 연구할 수 있는 전문가가 런던의 은어와 속어 비속어에 대하여 연감을 작성하고, 그 변모상을 세세하게 기록한다면 커다란 의미가 있을 것이라 생각한다. 그렇게 하면 이런 말들이 어떻게 형성되어, 발전, 소멸되는지 그 과정을 살피는 데 큰 도움이 될 것이다.

33

친구 B가 내게 빌려준 2파운드로 열흘 동안 버틸 수 있었다. 그렇게 오랫동안 버틸 수 있었던 것은 패디 덕분이었다. 그는 길거리 생활을 통하여 극도로 절약하는 방법을 터득했고, 하루 중 한 끼를 배불리 먹는 것도 엄청난 사치로 여길 정도였다. 그에게는 식사란 오직 마가린 바른 빵, 즉 한두 시간 동안 굶주림을 모면할 수 있는 홍차와 빵 두 조각을 의미했다. 그는 나에게 하루에 반 크라운으로 먹고, 자고, 담배를 피우고, 다른 문제들까지 해결할 수 있는 방법을 가르쳐주었다. 그리고 그는 밤에는 '빈 차 털이'를 해서 몇 실링을 벌었다. 그것은 불법이었기 때문에 위험한 일이었다. 하지만 그 돈은 항상 부족함에 시달리는 우리에게 큰 도움이 됐다.

　어느 날 아침 우리는 샌드위치맨 일거리를 얻으려 사무소들이 있는 뒷골목으로 갔다. 새벽 5시에 갔는데도 그곳에는 벌써 3, 40명이 줄을 서서 대기하고 있었다. 두 시간 동안이나 줄을 서 있다가 오늘은 일거리가 없다는 통보를 받았다. 그러나 샌드위치맨은 그다지 인기 있는 일거리가 아니었기 때문에 별로 억울하지는 않았다. 샌드위치맨은 하루 열 시간을 일하고 급료는 3실링인데 생각보다 중노동이었다. 특히 바람이 세차게 부는 날은 더 힘들었다. 그렇다고 꾀를 피울 수도 없었다. 감시인이 시도 때도 없이 나타나서는 광고판을 제대로 메고 돌아다니는지 감시했기 때문이다. 그리고 더욱 좋지 않은 점은 그들은 사람을 고용할 때 대부분 하루 일당으로 하거나 길어야 사흘 간이었다. 일주일씩 계약하는 일은 거의 없기 때문에 매일 아침마다 줄을 서서 몇 시간씩 기다려야만 했다. 이런 일거리라면 하려는 실업 자가 넘쳐났기 때문에 처우개선을 요구하는 투쟁따위는 있을 수 없었다. 샌드위치맨들이 선망하는 일거리는 광고 전단지를 돌리는 일이었다. 하지만 이것도 일당은 같았다. 만일 누군가 광고 전단지를 내밀면 그것을 한 장 받아주는 것도 적선을 하는 일이 된다. 왜냐하면 그 사람은 그 전단지를 다 돌려야만 일당을 받을 수 있기 때문이다.

우리는 항상 무언가를 하고자 했지만 결국은 계속 간이숙박소의 신세를 지고 있었다. 궁상맞고 초라하고 무미건조한 나날의 연속이었다. 아무것도 할 일이 없어 지하 식당에 앉아서 며칠씩 지난 신문을 읽거나, 수십 번도 더 읽은 〈유니언 잭〉 잡지를 들춰보는 게 고작이었다. 마침 그때는 비가 많이 내리는 계절이어서 바깥에 나갔다가 들어오는 사람들의 몸에서 김이 무럭무럭 오르며 지독한 악취를 풍겼다. 간이숙박소에서 오직 한 가지 즐거움이 있다면 일정한 시간에 나오는 홍차와 빵 두 조각이었다. 런던에서 얼마나 많은 사람들이 이러한 생활을 하고 있는지는 알 수 없지만 최소한 수천 명은 될 것이었다. 하지만 패디에게는 이런 생활이 지난 2년 동안의 시간 중 최고의 생활이었다. 그에게 간이숙박소는 요양원과 같은 곳이었다. 거리를 떠돌다 재수좋게 손에 몇 실링이라도 쥐게 되면 찾아올 수 있는 곳이었다. 지겹고 권태로운 나날이라도 길거리를 떠도는 생활보다는 나았다. 패디가 투덜거리는 소리를—그는 먹을 때 외에는 항상 뭔가에 대해 투덜거렸다— 들어보면 일거리가 없다는 것이 얼마나 사람을 고통스럽게하는가를 알 수 있었다. 사람들은 실업자들의 가장 큰 걱정이 돈을 벌지 못하기 때문이라고 생각하지만 사실은 그렇지 않았다. 평생을 노동으로 살아온 사람은 일을 하는 습관이 몸에 배어서 돈을 필요로 하는 이상으로 일을 필요로 하는 것이다. 교육을 받은 사람들은 할 일이 없어져도 무료함을 견딜 수 있다. 하지만 패디 같은 사람에게 무료함이란 가장 견딜 수 없는 고통이다. 일거리를 빼앗겨 남는 시간을 감당할 수 없게 되면 쇠사슬에 묶인 개처럼 비참해지는 것이다. 때문에 몰락한 사람을 이 세상에서 가장 불쌍하게 여겨야 한다는 생각은 잘못된 생각이라 할 수 있다. 진실로 불쌍한 사람은 애초부터 몰락해 있었고 다른 어떤 것으로 시간을 보낼 재능도 없이 가난 속에서 살아가는 사람들이다.

어느 날에는 숙박소에 자선 봉사단 일행이 찾아온 적이 있다. 패디와 나는 나가 있다가, 오후에야 돌아와 보니 지하에서 음악소리가 들렸다. 내려가 보니 단정하게 차려입은 세 사람의 신사 숙녀가 우리의 식당에서 예배를 드리고 있었다. 그들은 프록코트를 입은 점잖고 근엄한 신사와 휴대용 오르간 앞에 앉은 숙녀, 그리고 십자가를 만지작거리고 있는 청년, 이렇게 세 사람이었다. 분위기로 보니 숙박소에서 초청을 하지도 않았는데 그들이 일방적으로 몰려와서 예배를 시작한 것 같았다.

이런 침입자들을 숙박소의 투숙인들이 어떻게 대하는지를 관찰하는 것은 매우 흥미로운 일이었다. 그들은 그 자원봉사자들에게 조금도 무례함을 드러내지 않았다. 단지 철저히 무시할 뿐이었다. 백 명이 넘는 투숙인들은 약속이라도 한 것처럼 그들이 그 자리에 없는 것처럼 행동했다. 그들은 열심히 찬송가를 부르고 선교를 했지만, 어느 누구도 관심을 보이지 않았다. 딱정벌레라도 그보다는 관심을 끌었을 것이다. 프록코트를 입은 신사가 일장 설교를 늘어놓았지만 한 마디도 귀에 들어오지 않았다. 평소와 다름없는 잡담과 노랫소리, 냄비를 쾅쾅 두드리는 소리 등에 묻히고 말았다. 숙박인들은 오르간에서 겨우 1미터 떨어진 곳에서 밥을 먹거나 트럼프 놀이를 하면서 그들을 철저히 무시하고 있었다. 이윽고 안 되겠다고 생각했던지 봉사단들은 단념하고 나가버렸다. 그들은 조금도 모욕을 당하지 않았다. 단지 무시를 당했을 뿐이다. 그들은 나중에 자신들이 자발적으로 극빈층의 거주지까지 용감하게 찾아갔던 일을 회상하며 스스로 위안을 얻을 것이 틀림없었다.

보조의 말에 의하면 그런 사람들이 한 달에 몇 차례씩 숙박소에 들른다고 했다. 그들은 경찰과도 연줄이 닿아 있어 숙박소 관리인도 쫓아내지 못했다. 사람들이 누군가 주위 사람이 불행에 처하게 되면 자신에게 그를 위해 기도도 해주고 설교도 해줄 수 있는 권리가 생긴다고 생각하는 것은 이해하기 어려운 일이었다.

9일이 지나자 친구 B에게서 빌려온 2파운드가 1실링 9펜스로 줄어들었다. 패디와 나는 18펜스를 숙박비로 남겨놓고 3펜스로 홍차와 빵두 조각을 사서 나누어 먹었다. 이것은 식사라기보다 차라리 식욕 증

진제라고 해야 마땅하다. 오후가 되자 배가 지독하게 고팠다. 그때 패디가 킹스크로스 역 옆에 일주일에 한번 부랑인에게 홍차와 빵을 공짜로 나눠주는 교회가 있다는 것을 기억해냈다. 마침 오늘이 그날이어서 우리는 가보기로 했다. 보조는 비가 와 일도 못하고 한 푼도 없는 처지였지만, 교회 분위기가 성미에 맞지 않는다고 가지 않으려 했다.

교회 바깥에는 백 명도 넘어 보이는 사람들이 기다리고 있었다. 마치 들소의 시체에 모여든 독수리들처럼, 먹을 것을 공짜로 준다는 소문을 듣고 여기저기에서 모여든 초라한 행색들이었다. 얼마 뒤에 문이 열리자 목사 한 사람과 여자 몇 명이 나왔다. 그리곤 우리를 양 떼처럼 몰아 교회 꼭대기의 예배 보는 방으로 데리고 갔다. 그곳은 복음파 교회였다. 사방 벽에는 피와 불에 관한 성경구절이 걸려있었다. 1,251곡의 찬송가가 실려 있는 찬송집이 놓여 있었는데, 그중 몇 곡을 들여다 본 나는 그것이 운도 안 맞는 서투른 시만 모아놓은 시집이라는 결론을 내렸다. 먹을 것을 먹고 난 뒤에 예배가 있을 예정이었으며, 교회의 아래층에는 정기적인 예배를 보려는 신도들이 모여앉아 있었다. 그날은 평일이었기 때문에 신도들은 수십 명밖에 되지 않았다. 대부분이 스프에 넣는 닭뼈다귀처럼 뼈만 앙상한 늙은 부인네들뿐이었다. 우리는 예배 보는 방안의 긴 의자에 앉아 먹을 것을 받았다. 그것은 1파운드짜리 잼 병에 담아주는 홍차와 마가린 바른 빵 여섯 조각이었다. 식사가 끝나자마자 출입구 쪽에 자리잡고 있던 십여 명의 부랑인들이 예배를 피해 도망쳤다. 그러지 못한 사람들은 감사하거나 미안해서가 아니라 그렇게 할 용기가 없었기 때문이었다.

오르간에서 낮은 전주곡이 흘러나오면서 예배가 시작되었다. 마치 그것이 신호라도 되는 듯이 부랑인들은 노골적으로 무례한 짓들을 하기 시작했다. 정말 교회 안에서 그런 일들이 벌어지리라고는 상상도 못한 일이었다. 그들은 긴 의자에 축 늘어져 웃고, 떠들고, 엎드리고, 빵부스러기를 동글동글 뭉쳐서 아래층의 신도들에게 던지기도 했다. 나는 내 옆에 앉은 사람이 담배에 불을 붙이려는 것을 약간 완력을 써서 말려야 했다. 부랑인들은 예배를 완전히 구경거리로 여기고 있었다. 실제로 그것은 충분히 코믹한 희극으로서도 손색이 없었다. 느닷없이 '할렐루야!' 소리가 터져 나오는가 하면, 끝없이 즉석 기도가 이어지기도 했다. 그래도 부랑자들의 행동은 지나치게 정도를 벗어나 있었다. 신도들 중에 부틀 형제라고 불리는 늙은이가 있었는데, 이 노인이 몇 번이나 지명을 받아 기도를 했다. 부랑자들은 그가 일어설 때마다 극장에서처럼 마구 발을 굴러대곤 했다. 그들의 말에 따르면, 지난번에 왔을 때는 이 노인이 즉석 기도를 25분간이나 계속해 목사가 저지하여 겨우 멈추었다고 했다. 부틀 형제가 자리에서 일어서자 한 부랑인이 소리쳤다. "절대로 7분을 넘기면 안돼!" 그 소리가 어찌나 큰지 예배당 안이 쩌렁쩌렁 울릴 정도였다. 순식간에 우리들이 떠들어대는 소리가 목사의 목소리보다 커졌다. 이따금 아래층 신도석에서 참지 못하고 소리를 질러댔다. "조용히 합시다!" 하지만 아무런 효과도 없었다. 우리는 애초부터 예배에는 아무런 뜻이 없었고 어떻게 하면 이곳을 빠져나갈 수 있을까에만 관심이 있었던 것이다. 누구도 그걸 말리지 못했다.

정말 기묘하고도 안타까운 광경이었다. 아래층에서는 자비롭고 선량한 사람들이 구원을 위한 기도를 해주고 있는데, 그들로부터 음식을 얻어먹은 백 명이 넘는 부랑자들은 고의적으로 기도를 방해하고 있었던 것이다. 헝클어진 머리에 때가 더덕더덕 낀 더러운 얼굴을 한 부랑인들이 아래층을 향해 야유를 보내며 빙글빙글 웃어댔다. 숫자로도 훨씬 적은 아녀자와 늙은이들이 악의에 찬 백여 명의 부랑인들을 어떻게 당해낼 수 있겠는가.

신도들이 우리를 두려워할수록 우리는 더욱 노골적으로 그들을 괴롭혔다. 그것은 먹을 것을 공짜로 줌으로써 우리에게 굴욕감을 느끼게 해준 사람들에 대한 복수였다.

목사는 대담하고 용기가 있는 사람이었다. 그는 계속해서 여호수아에 관한 긴 설교를 큰 소리로 계속해 나갔다. 위층에서 들려오는 잡담과 야유 따위는 묵살해 버렸다. 하지만 그도 결국 인내의 한계에 달하고 말았다. 그가 큰소리로 선언하듯이 말했다.

"이제 내 설교시간의 마지막 5분간을 구제받지 못할 죄인들을 위해 하겠습니다!"

이렇게 말한 목사는 구제받은 자와 구제받지 못한 자를 분명히 구별짓기 위해 얼굴을 우리들에게로 향한 채 5분 동안 쳐다보고 있었다. 하지만 우리는 태연했다. 목사가 지옥의 유황불 이야기로 우리를 위협하고 있는 동안에도 우리는 담배를 말고 있었다. 마지막 아멘 소리가 들리자 우리는 함성을 지르며 우르르 계단을 내려왔다. 헤어지면서 우리는 다음 주 무료급식 날 또 보자고 작별인사를 했다.

그 날의 일은 내게 많은 것을 생각하게 했다. 그날 그곳에 모인 부랑인들의 태도는 평소의 부랑인들의 태도와는 완전히 달랐기 때문이다. 보통 부랑인들은 적선을 받을 때면 감사하다는 표시를 하기 위해 역겨울 정도로 비굴하게 굴었다. 그런데 그날의 부랑인들의 태도는 정반대였다. 물론 그 이유는 그때 우리의 숫자가 신도들보다 월등히 많아 그들을 두려워할 필요가 없었기 때문이다. 실제로 적선을 받은 사람은 반드시 베푸는 사람을 증오한다. 이것은 어쩔 수 없는 인간 본성이다. 혼자나 둘이라면 역겨울 정도로 비굴하게 굴지만 자신과 동질의 감정을 가진 사람이 50명 혹은 100명이 된다면 증오심들이 표출되게 되는 것이다.

공짜 식사를 한 그날 저녁 패디는 뜻밖에 빈차 잡아주기로 18펜스를 벌었다. 그 돈으로 또 하루치 숙박비가 해결되었다. 우리는 그 돈은 아껴두고 다음날 밤 9시까지 굶고 지냈다. 보조가 있으면 우리에게 뭐든 먹을 것을 주었을지도 모르지만 그는 하루 종일 나가 있었다. 그는 길바닥이 비에 젖어 있어, 템스 강 남쪽의 엘리펀트 엔드 캐슬로 갔다. 그곳에 가면 비를 피해 그림을 그릴 수 있는 곳이 있을 것이라 생각한 것이다. 다행히도 내게 담배가 조금 남아 있었기 때문에 그런대로 견딜 수 있었다.

밤 8시 반에 패디는 나를 데리고 강둑으로 갔다. 그곳에서 어느 목사가 일주일에 한 번씩 식권을 나누어 준다고 했다. 채링크로스 다리 아래에는 이미 50명이 넘는 사람들이 기다리고 있었다. 그 중에는 정말 눈뜨고는 볼 수 없을 정도로 처참한 사람들도 끼어 있었다. 그들은 강둑에서 먹고 자며 지내는 노숙인이었다. 강둑은 부랑인 숙박소보다 상태가 더 나쁜 부류의 사람들이 모이는 곳이었다. 그들 중의 한 사람은 단추가 한 개도 없는 외투를 노끈으로 잡아매고 다 떨어진 바지를 허리에 걸치고 있었다. 발가락은 구두 밖으로 비어져나와 있었다. 그것 외에는 아무것도 걸친 게 없었다. 그는 마치 회교의 탁발승처럼 수염이 텁수룩했고, 드러난 가슴과 어깨에는 시커먼 때가 줄무늬를 이루고 있었다. 때와 수염 사이로 보이는 얼굴빛은 몹쓸 병이라도 걸린 것처럼 백지장같이 창백했다. 그의 말소리를 들어 보았는데, 관공서의 서기나 점포의 점원 같은 온전한 악센트를 구사하고 있었다.

조금 뒤 목사가 나타나자 사람들은 자발적으로 온 차례대로 줄을 섰다. 목사는 토실토실 살이 쪘고 인상이 매우 좋은 느낌을 주었다. 그런데 기묘하게도 파리에 있는 내 친구 샤를리와 매우 닮은 남자였다. 그는 수줍은 듯이 나지막하게 '안녕하십니까' 짧게 인사만 하고는 더 이상 아무런 말도 하지 않았다. 그는 서둘러 늘어서 있는 사람들에게 식권을 나눠주고는 감사의 말을 할 틈도 주지 않고 가버렸다. 모두는 처음으로 진정한 은혜에 진심으로 감사하는 마음이 우러나옴을 느낄 수 있었다. 모두들 '좋은 양반'이라고 입을 모았다. 누군가가 (내가 보기에 그 목사의 귀에 들리도록 의도적으로) 약간 소리를 높여 '아무튼 저 양반은 절대로 주교 같은 건 되지 않을 거야'라고 했다. 그것은 진심으로 감사하다는 말을 역설적으로 말한 것이었다.

식권은 6펜스짜리였는데 근처 가까운 식당에서 사용할 수 있는 것이었다. 우리는 지정된 식당으로 갔다. 식당 주인이 부랑인들이 다른 곳으로는 갈 수가 없다는 것을 이용하여 4펜스어치의 음식만을 내놓고 나머지는 떼어먹었다. 패디와 나는 식권을 합쳐 음식을 주문했다. 하지만 다른 일반 커피숍에서 7,8펜스 정도 밖에 안 되는 음식을 받았다. 목사가 1파운드 이상 되는 식권을 나눠주었으니 식당 주인은 일주일에 7실링 이상을 부랑인들로부터 가로채는 셈이었다. 하지만 부랑인들로서는 속수무책이었다. 부랑인들에게 현금 아닌 식권을 지급하는 한 앞으로도 절대 없어지지 않을 것이었다.

패디와 나는 숙박소로 돌아왔고, 또다시 배가 고파왔다. 그래서 주방에서 서성대며 음식 대신 불의 온기로 배고픔을 달래고 있었다. 10시 반쯤에 보조가 초췌한 얼굴로 돌아왔다. 뒤틀린 다리를 하루 종일 이끌고 돌아다녔기 때문에 몹시 지쳐있었다. 비를 피할 수 있는 도로는 다른 길거리 화가들이 이미 다 차지하고 있어 한 푼도 벌지 못했다. 그래서 경찰들의 눈치를 보아가며 몇 시간 동안 구걸을 해야 했다. 그는 겨우 8펜스를 모을 수 있었다. 하루 숙박료에서 1페니가 부족했다. 하지만 숙박료를 지불할 시간이 훨씬 지났기 때문에 관리인의 눈을 피해 몰래 들어왔다. 언제 적발되어 쫓겨나 강둑에서 자야 하는 신세가 될지도 모르는 상황이었다. 불안해진 보조는 그의 주머니에서 소지품을 몽땅 꺼내 무엇을 팔까 궁리했다. 그는 면도기를 팔기로 결정하고 식당을 돌아다니며 사람들에게 보여 2,3분 만에 3펜스에 팔았다. 그 돈으로 숙박료를 지불하고 홍차를 한잔 사고도 반 페니가 남았다.

보조는 홍차를 사가지고 와서 불가에 앉아 옷을 말리기 시작했다.

그는 홍차를 들이키면서 마치 우스운 이야기를 생각하고 있는 듯이 혼자 웃고 있었다. 나는 호기심에 무엇 때문에 웃는지 물어보았다.

"그럼, 우습고 말고!"

그가 말했다.

"진짜 배꼽이 빠질 만한 일이지. 세상에 그런 바보 천지가 있다니?"

"무슨 일인데요?"

"면도칼을 그냥 넘겨버렸단 말이야. 팔기 전에 먼저 면도를 했어야 했는데. 이런 바보 천치가 어디 있단 말인가?"

그는 아침도 굶었고, 뒤틀린 다리로 몇 마일을 걸은 데다 옷은 쫄딱 젖어 그야말로 초죽음 상태였다. 게다가 이제 반 페니로 굶주림을 견뎌내야 하는 비참한 처지였다. 그런 최악의 상황임에도 불구하고 면도기 하나를 잘못 판 것에 대해 웃을 수 있는 여유가 있다는 데 놀라지 않을 수 없었다.

34

이튿날 아침 마침내 우리의 돈이 바닥나고 말았다. 패디와 나는 부랑자 수용소를 향해 길을 떠났다. 우리는 올드 켄트 거리를 따라 남쪽으로 걸어서 크롬리 수용소로 향했다. 우리는 런던의 수용소로는 갈수가 없었다. 패디가 최근에 그곳에 머물렀기 때문이었다. 몰래 숨어들어가는 모험은 하기 싫었다. 우리는 아스팔트길을 16마일이나 걸어야 했고, 발바닥에는 물집이 잡혔고 배가 쓰리도록 고팠다. 패디는 수용소에서 보낼 시간에 대비해 길바닥의 담배꽁초들을 열심히 주워모았다. 마침내 그의 끈기 있는 노력의 보상으로 1페니를 주웠다. 우리는 그 돈으로 커다란 빵 한 덩이를 사서는 걸으면서 허겁지겁 먹었다.

우리가 크롬리에 도착했을 때는 아직 수용소에 들어가기에는 너무이른 시간이었다. 우리는 앉아서 쉴 수 있는 곳을 찾기 위해 다시 몇마일을 걸어 어느 농장으로 갔다. 그곳은 부랑인들이 휴식을 위해 자주 이용하는 곳인 듯했다. 짓밟힌 잔디와 찢어진 신문지 조각, 녹슨 깡통 등을 보니 금방 알아볼 수 있었다. 다른 부랑인들도 하나둘씩 도착했다. 화창한 가을이었고 가까이에 들국화가 만발해 있었다. 그때 맡았던 들국화의 짙은 향기는 지금도 생생하게 기억하고 있다. 목장에는 갈기와 꼬리는 희고 몸통은 황갈색인 마차용 망아지 두 마리가 문옆에서 풀을 뜯고 있었다. 우리는 땀에 젖고 지쳐 땅바닥에 길게 누웠다. 누군가가 마른 나뭇가지를 주워와 모닥불을 지폈다. 우리는 차고 다니는 양철통에 홍차를 끓여 우유도 넣지 않고 둘러앉아 마셨다.

부랑인 몇 사람이 얘기를 시작했다. 그 중에 빌이라는 재미있는 사나이가 있었는데 건장한 체격에 헤라클레스처럼 힘이 세지만 일하는 것과는 담을 쌓은 사람이었다. 그는 자기는 다른 사람들보다 힘이 세기 때문에 원하기만 하면 언제든지 일자리를 구할 수 있다고 자랑했다. 하지만 일주일분 급료를 타면 그날로 곤드레만드레가 되도록 퍼마셔 해고당하곤 다음 일자리를 구할 때까지 구걸을 하며 지낸다고 했다. 그는 또 이런 이야기도 했다.

"나는 켄트에는 가지 않는다구. 거기는 인심이 너무 고약하거든. 켄트에는 구걸하는 부랑자들이 너무 많다구. 빵집 주인은 우리한테 주느니 차라리 쓰레기통에 버리려 한다니까. 하지만 옥스퍼드는 다르지. 구걸하기에는 옥스퍼드가 제일이야. 옥스퍼드에서는 빵도 얻었고, 베이컨도 얻었고, 쇠고기도 얻어먹을 수 있었다구. 매일 밤 학생들한테 숙박비로 6펜스를 뜯어냈지. 그런데 어느 날 밤엔 숙박비로 2펜스가 부족하더라구. 그래서 한 목사에게 다가가 3펜스만 달라고 구걸했지. 목사는 순순히 3펜스를 내놓더니, 곧바로 나를 구걸죄로 고발하더라고. 순경이 묻더군. '구걸했지' 나는 당당하게 말했지. '아니오. 난 그저 시간을 물어봤을 뿐인데요' 순경은 내 윗옷 안주머니를 뒤져 쇠고기 1파운드와 빵 두 개를 찾아냈지. '이건 어디서 난 거지?' 그러더니 '경찰서로 좀 가야겠어' 하더군. 판사가 일주일을 때리더라고. 나는 이제 목사놈들에게는 절대 돈을 달라고 안 해. 제기랄!

그까짓 일주일쯤 빵간에 쳐넣어 봤자 내가 눈이나 깜짝할 줄 알아!"

아마도 그의 인생은 구걸하고, 취하고, 구치소에 갇히는 생활의 연속인 듯했다. 하지만 그는 그러한 일들이 재미있는지 이야기를 하면서 줄곧 웃고 있었다. 그러나 수입은 신통치 않은 모양이었다. 그는 내의는 물론 양말도 없이 코르덴 바지에 스카프와 모자만 쓰고 있었다. 그래도 그는 살이 통통하게 쪘고 유쾌하게 떠들어대며 부랑자들에게서는 흔히 맡을 수 없는 맥주 냄새까지 풍기고 있었다.

다른 두 사람은 최근에 크롬리 수용소에 갔던 일을 얘기했다. 그곳에서 귀신이 나온다는 이야기였다. 그들의 말에 의하면 몇 해 전에 그곳에서 자살사건이 있었다고 했다. 한 부랑인이 면도기를 방안에 몰래 가지고 들어가 목을 베었다는 것이었다. 다음날 아침 반장이 그 방에 가 보니 시체가 출입문을 밀면서 쓰러져 있어 문을 열기 위해서 시체의 팔을 꺾어야 했다. 이것을 원한으로 여겨 죽은 이의 혼령이 그 방에 들러붙었다는 것이다. 그래서 그 방에 묵은 사람은 반드시 일 년 안에 죽는다는 것이었다. 그래서 문을 열려고 해도 잘 열리지 않는 방이 있거든 그 방에는 귀신이 있기 때문이므로 절대로 들어가지 말아야 한다는 것이었다.

옛날에 선원이었다는 두 부랑인이 또 다른 무시무시한 이야기를 꺼냈다. 한 사나이가(그들은 정말로 그를 봤다고 했다) 칠레로 가는 배를 타고 밀항할 작정을 했다. 그 배는 공산품을 담은 커다란 나무상자를 가득 싣고 있었는데, 그 사나이는 부두 노동자의 도움으로 그 상자 중 하나에 몰래 숨어들었다. 그런데 부두 노동자가 나무상자를 적재하

271

는 장소를 잘못 알고 있었다. 크레인이 밀항자가 든 상자를 먼저 집어서 허공으로 높이 들어 올렸다가 내려놓은 곳은 선창의 맨 밑이었다. 그 위로 수백 개의 상자들이 쌓였다. 배가 목적지에 도착하고서야 무슨 일이 있었는지 드러났고, 밀항자의 시체는 부패해서 악취가 코를 찔렀다.

또 한 부랑인은 스코틀랜드의 도둑인 길더로이에 관한 이야기를 들려주었다. 길더로이는 사형선고를 받고 수감되어 있다가 극적으로 탈옥해서 자신에게 사형선고를 내린 판사를 잡아다가 목매달아 죽인 사나이였다. 부랑인들은 이 이야기를 무척이나 좋아했다. 그런데 재미있는 것은 그들은 이야기를 완전히 잘못 알고 있다는 것이었다. 그들이 알고 있는 이야기의 결말은 길더로이가 미국으로 탈출하여 잘 먹고 잘살았답니다라고 되어 있다. 하지만 사실은 길더로이는 다시 체포되었고 결국 사형에 처해졌다. 그 이야기는 의도적으로 변형된 듯했다. 마치 어린아이들이 삼손이나 로빈훗 이야기를 상상으로 꾸며, 이상적인 행복한 결말을 맺는 것과 같은 것이었다.

이야기가 무르익자 주제가 역사 이야기로 확대되었다. 나이가 아주 많아 보이는 노인이 일구법(一口法: one bite law) 즉, 애완동물이 처음 사람을 문 경우에 한하여 주인의 책임을 면해주는 법은 귀족들이 사슴 대신 사람을 사냥하던 시대의 유물이라고 주장했다. 다른 사람들은 비웃었지만 노인의 신념은 확고했다. 그리고 노인은 곡물법(corn laws) 즉, 지주의 이익을 보호하기 위해 곡물의 수출입을 금지하는 법과 초야권법(결혼 첫날밤 아내의 정조를 영주에게 바친다는 법)이 실재로 존재했다고 믿고 있었다. 또 노인은 영국의 청교도 혁명에 대해서 그것은 없는 자들이 있는 자들에게 대항하여 벌인 반란이라고 설명했다. 아마 노인은 농민반란과 청교도 혁명을 혼동하고 있는 듯했다. 노인이 책을 읽었다고는 생각되지 않았다. 그렇다고 신문의 기사를 보고 말하는 것도 아닌 듯했다. 아마도 그의 단편적인 역사 지식은 부랑인들 사이에서 몇 세기에 걸쳐 전해져 내려오는 이야기인 듯했다.

패디와 나는 저녁 6시에 수용소에 들어갔다가 다음날 오전 10시에 나왔다. 그곳은 롬턴이나 에드베리와 매우 비슷했다. 귀신 따위는 나오지 않았다. 수용자 중에 윌리엄과 프레드라는 젊은이가 있었다. 노퍼크 출신 어부들로서 노래 부르기를 좋아하는 활달한 친구들이었다. 그들은 '가엾은 벨라'라는 노래를 불렀는데 여기 소개해 볼 가치가 있을 것 같다. 이틀 동안 그들로부터 여섯 차례나 들어 외울 수 있었다. 노래의 내용은 다음과 같았다.

사랑스런 벨라는 아름다웠네
그 푸른 눈동자와 눈부신 금발
오, 가엾은 벨라!
가벼운 걸음걸이 활발한 처녀
하지만 너무나도 순진했었네
어느 날 그녀는 아기 가졌네
야비하고 잔인한 사기꾼에 속아서

아직 어린
벨라는 미처 몰랐네
못믿을 남자 말과 험한 세상을
오, 가엾은 벨라!
사랑하는 내 님은 착한 사나이
틀림없이 이번에는 결혼한다고
그가 한 말을 굳게 믿었네
야비하고 잔인한 사기꾼을 모르고

사기꾼 사나이를 찾아갔더니
짐보따리 챙겨서 줄행랑쳤네
오, 가엾은 벨라!
그녀의 집 주인은 소리질렀네
이 몹쓸 화냥년 썩 나가라!
가엾은 벨라는 슬픔에 잠겼네
야비하고 잔인한 사기꾼 때문에

눈보라 속 밤길을 그녀는 헤맸네
아무도 모르는 쓰라린 가슴
오, 가엾은 벨라!
새벽 하늘 희미하게 동이 틀 무렵
가엾어라, 벨라는 숨을 거두었네

꽃다운 나이에 그녀는 갔네
야비하고 잔인한 사기꾼 때문에

그러나 어이 하리,
죄악의 열매는 고통뿐일세
오, 가엾은 벨라!
사람들은 그녀를 장사 지냈네
사나이는 이것이 인생이라고
말하지만 여인은 노래한다네
'모든 것이 남자들 때문이라오'

이 노래는 아마도 여자들이 지어낸 것 같았다.

이 노래를 부른 윌리엄과 프레드는 형편없는 개망나니들로 다른 부랑인들까지 욕 먹이는 작자들이었다. 그들은 크롬리 수용소에서는 감독이 헌옷이나 신발 등을 보관하고 있다가 사정이 딱한 떠돌이들에게 공짜로 지급해준다는 소문을 들었다. 그들은 수용소로 들어가기 전에 신발을 벗어 이음매를 뜯고 신발창을 이리저리 조각내어 도저히 신을 수 없을 지경으로 만들었다. 그런 다음 그들은 수용소로 들어가 신발 두 켤레를 신청하였다. 수용소 반장은 그들의 신발이 헤진 것을 보고 거의 새것이나 다름없는 신발을 내주었다. 윌리엄과 프레드는 다음날 아침 수용소를 나가자마자 이 새 신발들을 1실링 9펜스에 팔아먹었다. 그만한 금액의 돈이 생긴다면 자기들이 신고 있던 신발은 아무리 망가져도 상관없는 모양이었다.

수용소를 나선 우리는 축 늘어진 모습으로 길게 줄을 지어 로어빈 필드와 아이드힐을 향해 남쪽으로 출발했다. 가는 도중에 두 부랑인 이 싸움을 벌였다. 그들은 지난밤에도 다투었다. 싸움의 원인은 아주 사소한 것이었다. 한 사람이 다른 사람에게 불싯(bull shit, 헛소리)이라 고 한 것을 상대방이 가장 모욕적인 말인 볼셰비키(bolshevik, 빨갱이) 라고 잘못 들었던 것이다. 우리는 멈춰 서서 그들의 싸움을 지켜보았 다. 한 장면, 한 사람이 얻어맞아 쓰러지는데 그의 모자가 벗겨지면서 하얀 머리가 드러나던 장면은 지금도 잊혀지지 않는다.

얼마 후 우리들이 말려서 싸움은 끝이 났다. 그 사이에 패디가 싸운 진짜 이유를 알아냈다. 싸움의 진짜 원인은 항상 그렇듯이 몇 푼도 안 되는 먹을 것 때문이었다.

우리는 너무 일찍 로어빈필드에 도착했다. 패디는 그 빈 시간을 이 용하여 이 집 저 집 기웃거리며 일거리를 알아보았다. 어떤 집에서 그 는 나무상자를 쪼개서 불쏘시개로 만들어 달라는 부탁을 받았다. 패디 는 바깥에 있는 친구하고 같이 일하게 해달라고 말했고 나도 들어가 함께 일했다. 일이 끝나자 주인마님은 하녀에게 지시해서 홍차와 먹을 것은 내주라고 했다. 차를 가져온 하녀가 겁에 질려 찻잔을 길바닥에 내려놓고는 뒤도 돌아보지 않고 집안으로 줄달음쳐 부엌 안에 숨어버 리던 모습이 지금껏 기억에 남아 있다. 어떤 사람들은 '부랑인'이란 말 만 들어도 공포에 질려버린다. 그 집에서 수고비로 6펜스씩 받은 우리 는 그걸로 3펜스의 빵과 담배 반 온스를 사고도 5펜스가 남았다.

패디는 남은 5펜스를 숨겨두는 게 좋겠다고 했다. 왜냐하면 로어빈 필드 구호소의 감독은 성격이 사납기로 유명한 폭군이라 우리에게 돈이 있다는 것을 알게 되면 받아주지 않을 것이기 때문이라고 했다. 돈을 땅에다 묻는 일은 부랑인들이 흔히 쓰는 방법이었다. 많은 돈을 수용소 안에 숨겨 들어가려 할 때는 대개 속옷에다 꿰맸는데, 만일 걸렸다 하면 즉각 감옥행이었다. 이런 일에 관한 재미있는 일화를 패디와 보조가 들려주었다. 부랑인은 아니었던 한 아일랜드인(보조는 아일랜드인이라고 했고, 패디는 영국인이라고 우겼다)이 30파운드를 지니고 있었는데, 한 조그마한 마을에서 잠자리를 구하지 못해 오도 가도 못하는 신세가 되었다.

그는 한 부랑인을 붙들고 묵을 곳을 물었고 그는 부랑인 수용소에 가보라고 했다. 사실 잠자리를 구하지 못하면 부랑인 수용소에 가서 저렴한 요금을 지불하고 이용하는 것은 흔한 일이었다. 그런데 이 아일랜드인은 공짜로 하룻밤 자고 갈 속셈으로 일반 부랑인처럼 꾸미고는 수용소로 들어갔다. 30파운드의 돈을 옷에다가 바늘로 꿰맸다. 그런데 아일랜드인에게 수용소로 가보라고 알려준 부랑인이 그러한 사정을 눈치 채고 말았다. 그 부랑인은 밤중에 은밀히 반장에게 가서 다음날 아침 일자리를 구해야 하겠으니 일찍 수용소를 나가게 해달라고 요청했다. 아침 6시에 그는 아일랜드인의 옷을 입고는 수용소를 나가 버렸다. 그 아일랜드인은 돈을 도둑맞았다고 호소했지만 부랑자인 것처럼 거짓으로 위장하고 수용소에 들어간 죄로 30일 동안 구치소 신세를 져야 했다.

35

우리는 로어빈필드에 도착하여 오랫동안 잔디밭에 누워 있었다. 집집의 문을 열리고 마을 사람들이 우리를 지켜보았다. 한 목사는 그의 딸을 데리고 다가와서는 마치 수족관의 물고기를 들여다보듯 잠시 동안 말없이 바라보다가 돌아갔다.

수십 명의 부랑인들이 수용소의 문이 열리기를 기다리고 있었던 것이다. 윌리엄과 프레드 역시 거기에 끼어 여전히 노래를 불러대고 있었다. 전에 서로 싸우던 두 사람과 구걸하는 빌도 있었다. 빌은 빵집에서 구걸한 더러운 빵을 윗옷과 알몸 사이에 잔뜩 숨겨두고 있었다. 그가 그것을 나누어 주어 우리는 크게 좋아했다. 거기에는 여성도 한 사람 있었다. 나는 그때 여자 부랑인은 처음 보았다. 그녀는 길게 늘어뜨린 검은 치마를 질질 끌고다니는 예순 살도 넘어 보이는 지저분하고 뚱뚱한 노파였다. 그녀는 몸놀림을 위엄있게 하면서 누가 곁에 가 앉기라도 하면 콧방귀를 뀌면서 멀리 떨어져 앉곤 했다.

"어디로 가시나이까, 부인?"

한 부랑인이 말을 걸었다. 그러자 그녀는 콧방귀를 뀌고는 다른 곳으로 시선을 돌려버렸다.

"여보세요, 부인."

그가 말했다.

"그러지 말고 좀 잘 지내봅시다. 우린 어차피 같은 신세 아닙니까?"

"고마워요."

그녀가 퉁명스레 대꾸했다.

"만일 부랑인들과 어울려야만 하는 상황이 되면 당신에게 알려드리지요."

노파가 '부랑인'이라고 말하는 그 말투가 내게는 무척 흥미로웠다. 그 한마디 말에 그녀의 영혼이 통째로 드러난 것 같은 느낌이 들었다. 그동안 겪은 부랑인 생활에서 아무 것도 배운 것이 없는, 눈 감고 귀 막은 소심한 여인의 영혼이었다. 나는 그녀는 좋은 집안의 미망인이었는데 어떤 피치 못할 사건으로 인하여 거리로 나서게 된 것이 분명하다고 생각했다.

부랑자 수용소는 6시에 문을 열었다. 그날은 토요일이었기 때문에 우리는 월요일까지 주말 동안 꼼짝없이 갇혀 지내야 했다. 정확한 이유는 알 수 없었으나 그것이 관행이었다. 아마도 일요일에 시민들이 혐오스러운 무리들을 보지 않게 하려는 생각으로 그렇게 했을지도 모른다.

등록서를 작성할 때 나는 나의 직업란에 신문기자라고 기재했다. 신문에 기사를 써서 원고료를 받은 적이 있기 때문에 화가라고 적는 것보다는 현실적으로 진실에 가까웠다. 하지만 그 때문에 여러 가지 골치 아픈 질문을 받아야만 했다. 우리가 수용소에 들어가서 검사를 받기 위해 늘어서 있는데 그곳 반장이 별안간 내 이름을 불렀다. 그는

40대의 완고한 모습의 사나이였는데, 소문과는 달리 그다지 악랄해 보이지는 않았지만 늙은 군인 같은 난폭함이 있었다.

"누가 블랭크지"(나는 내가 뭐라고 이름을 써냈는지 잊어먹고 있었다)

그는 다시 날카롭게 질문했다.

"접니다."

"당신이 신문기자였단 말인가?"

"네, 그렇습니다."

나는 좀 떠듬거리며 대답했다. 더 추궁하게 되면 내가 거짓말을 한 것이 탄로날 것이고, 그러면 형무소에 가야 했다. 그러나 반장은 나를 그저 위아래로 훑어보며 말했다.

"그러면 신사겠군."

"그런 것 같습니다."

그러자 그는 또 한번 나를 오랫동안 바라보았다.

"거 참 운이 매우 나쁘시군, 선생."

그가 말했다.

"아주 안 되셨군요, 거 참."

그리고 이후부터 그는 내게 부자연스러울 정도로 편의를 제공했다. 심지어는 경의를 표하기까지 했다. 그는 내게 신체검사도 하지 않았고, 목욕탕에서는 그가 직접 한 번도 사용하지 않은 깨끗한 수건— 이건 상상도 못할 사치였다—을 건네주었다. 그 늙은 군인에게는 '신사'라는 단어가 엄청난 위력을 지니고 있는 듯했다.

우리는 홍차와 빵조각으로 저녁을 때우고 7시에 우리가 묵을 방으로 들어갔다. 이곳은 개인용 침실로 한 방에 한 사람씩 사용할 수 있도록 되어 있었다. 방에는 침대와 짚을 넣은 이불이 있었기 때문에 잠을 푹 잘 수 있을 것이었다. 그러나 완벽한 수용소란 있을 수 없는 법이다. 로어빈필드의 단점은 바로 추위였다. 스팀 파이프는 작동하지 않았고, 우리에게 지급된 담요 두 장은 무명으로 된 것이어서 있으나 마나였다. 아직 가을인데도 밤중의 추위는 혹독했다. 우리는 열두 시간이나 되는 길고 긴 밤을 이리저리 뒤치락거리며 자다 깨다를 반복해야 했다. 담배도 피우지 못했다. 몰래 들여오긴 했지만, 그것은 옷 속에 들어 있고, 그 옷은 아침에야 돌려주었다. 사람들의 신음소리가 복도에까지 들렸고 때로는 큰 소리로 욕을 해대는 사람도 있었다. 아마도 한 시간 이상 눈을 붙인 사람은 아무도 없었을 것이다.

다음날 아침 식사를 하고 의사의 검사가 끝나자 수용소 반장은 우리 전부를 식당으로 데리고 가더니 몰아넣고는 밖으로 문을 잠가버렸다. 바닥은 돌이 깔려 있었고 벽은 회칠이 되어 있었다. 장식이라곤 기다란 식탁과 벤치가 놓여 있을 뿐이었다. 황량하고 음산한 분위기가 감옥을 연상시키는 곳이었다. 창살이 달린 창문은 너무 높은 곳에 있어서 밖을 내다볼 수가 없었다. 벽에는 시계 한 개와 수용소 규칙을 적은 종이가 붙어 있었다. 어깨를 맞대고 긴 의자에 촘촘히 앉은 우리는 아직 아침 8시밖에 안되었는데도 벌써 지쳐 있었다. 거기서는 아무런 할 일도 없고, 할 이야깃거리도 없을 뿐 아니라 몸을 놀릴 공간도 없었다. 유일한 위안이라고는 담배를 피울 수 있다는 것이었다. 피우는 현장만 들키지 않는다면 눈 감아주었다. 글래스고 출신의 런던 사투리를 쓰는 스코티라는 떠돌이는 털투성이의 작은 몸집을 한 부랑인이었다. 그는 신체검사 도중 꽁초를 담은 통을 신발에서 떨어뜨려 압수당하는 바람에 담배가 떨어졌다. 나는 그에게 담배를 조금 건네주었다. 우리는 둘이서 몰래 피우다가 반장이 오는 소리가 들리면 학생들처럼 잽싸게 담배꽁초를 호주머니에 찔러 넣었다.

부랑인들 대부분은 이 불편하고도 음산한 방에서 열 시간 동안이나 꼼짝없이 잡혀 있어야 했다. 어떻게 그들이 그 시간을 버텨냈는지 알 수가 없다. 10시가 되자 수용소 반장이 와서는 허드렛일에 쓰겠다고 몇 명을 불러냈다. 그는 나에게는 수용소의 주방에서 일을 하도록 했다. 그 일은 부랑자들이 가장 부러워하는 일이었다. 그것도 깨끗한 수건과 마찬가지로 '신사'라는 단어가 부린 마술이었다.

사실 주방에서 내가 할 일은 없었다. 그래서 나는 몰래 빠져나와 감자를 저장해 두는 조그마한 창고로 들어가 보았다. 거기에는 수용소에 고용된 몇 명의 직원들이 일요일 아침 예배를 보지 않으려고 몰래 숨어 있었다. 그곳에는 깔고 앉기에 편한 자루들이 있었고, 오래된 〈패밀리 헤럴드〉 잡지와 수용소 도서관에서 빼내온 탐정소설도 있었다. 수용소 직원들은 흥겹게 수용소 생활에 대한 재미있는 이야기를 들려주었다. 그들이 가장 싫어하는 일은 자선을 받는다는 이유로 제복을 입어야 한다는 것이었다. 각자 자기가 원하는 옷을 입을 수 있다면 아니 모자 하나, 스카프 하나라도 자기가 원하는 것을 몸에 두를 수 있다면 수용소 생활도 할 만하다고 했다. 나는 점심을 수용소 주방 식탁에서 먹을 수 있었다. 음식은 보아구렁이가 먹고도 남을 정도로 엄청났다. 프랑스의 X호텔에서 포식한 이후로 가장 푸짐한 것이었다. 수용소 사람들의 말에 따르면, 일요일에는 언제나 배가 터지도록 먹을 수 있는데 평일에는 양이 아주 적다고 했다. 식사가 끝나자 요리사는 그릇들을 닦으라고 하면서 남은 음식들은 버리라고 지시했다. 그런데 그 버려야 할 음식의 양이 엄청났다. 수용소의 사정으로 볼 때 그건 너무 심한 낭비였다. 반도 먹지 않은 갈비, 몇 양동이나 되는 먹다 남은 빵과 야채 찌꺼기 등이 쓰레기처럼 버려졌다. 먹을 만한 것을 가려내 따로 담은 상자가 다섯 개나 되었다. 그때 50명의 부랑인들은 수용소에서 지급하는 빵과 치즈, 그리고 주일이라고 해서 특별히 나눠주는 차가워진 삶은 감자 두 개로 허기진 배를 달래고 있을 것이었다. 그들의 말에 의하면 음식을 부랑인들에게 주지 않고 버리는 것은 의도적인 정책 때문이라고 했다.

오후 3시에 나는 수용소로 돌아왔다. 부랑인들은 아침 여덟 시부터 팔도 제대로 놀리지 못하는 비좁은 곳에 갇혀있다시피 앉아 있었는데다 아무 할 일이 없어 지루해 미칠 지경이었다. 담배마저 떨어져버렸다. 부랑인들의 담배라는 게 길에서 주운 꽁초들이어서 몇 시간만 길거리에 나서지 않으면 동이 나고 만다. 대부분은 너무 지루해서 말할 의욕도 잃은 채 멀거니 허공만 바라보며 긴의자에 박혀 있을 뿐이었다. 방안은 권태와 지루함으로 가득차 있었다.

패디는 딱딱한 의자 때문에 등이 쑤시다며 울상이었다. 나는 시간을 때우기 위해 그래도 기분이 좀 괜찮아 보이는 부랑인과 이야기를 나누었다. 그는 칼라와 타이를 걸친 젊은 목수로 그의 말에 의하면 목

공용 연장이 없어 부랑인 생활을 하고 있다고 했다. 그는 다른 부랑인들과는 어울리지도 않고 노동자라기보다는 자유인처럼 행동했다. 그는 또 문학 취미가 있어 호주머니에 '퀸틴 더워드' 복사판을 지니고 다녔다. 그는 배고픔에 시달리지만 않는다면 부랑인 수용소에는 절대 가지 않으며, 울타리 아래서나 건초더미 뒤에서 잠자기를 좋아한다고 했다. 그는 몇 주일 동안 낮에는 남쪽 해변을 돌면서 구걸하고 밤에는 해수욕장 탈의실에서 잔다고 했다.

우리는 부랑인 생활에 대하여 이야기했다. 그는 부랑인들을 수용소에서 열네 시간 동안 가두어 두었다가, 나머지 열 시간을 걷거나 경찰관의 눈을 피하면서 보내야 하게 하는 제도를 신랄하게 비판했다. 그는 자신의 경우를 예로 들면서, 몇 파운드밖에 안 되는 목공 연장이 없어서 반년 동안이나 시민들의 세금을 축내고 있게 하는 정책은 어리석기 짝이 없는 정책이라고 말했다.

그래서 나는 수용소의 주방에서 음식을 낭비하고 있는 현실과 그에 대한 나의 견해를 말했다. 그 말을 듣자 그는 갑자기 말투가 달라졌다. 나는 내가 모든 영국의 근로자들 마음속에 잠재해 있는 애국정신을 건드렸음을 깨달았다. 그는 비록 자기 자신도 남들처럼 굶주림에 시달리고 있는 처지이면서도 왜 음식을 부랑인들에게 주지 않고 버려야 하는가 하는 이유에 대해 알고 있었다. 그는 아주 진지하게 나에게 훈계를 늘어놓았다.

"그렇게 하는 것은 지극히 당연합니다. 만일 이런 수용소를 아주 안락한 곳으로 만들어 놓아보세요. 이 나라의 온갖 인간 쓰레기들이다 이곳으로 떼지어 몰려올 겁니다. 그 인간 쓰레기들이 모여드는 것을 저지할 수 있는 것은 형편없는 식사 바로 그것입니다. 이곳 부랑인들은 일자리가 없어서라기보다는 워낙 게을러서 일을 하려 하지 않는 겁니다. 그 점이 가장 잘못된 거죠. 그들을 일깨우려 격려하고 타이르는 것은 아무 소용이 없습니다. 그들은 인간 쓰레기들이라구요."

내가 그의 견해가 잘못되었다고 반박하려 하자 그는 들으려 하지 않았다. 그는 되풀이해서 말했다.

"저런 부랑인들을 동정할 필요는 없어요. 그들은 단지 쓰레기일 뿐이라구요. 당신이나 나를 기준으로 해서 그들을 판단해서는 안 된다구요. 그들은 인간 쓰레기입니다. 인간 쓰레기일 뿐이라구요."

나는 그가 이곳에 있는 부랑인들과 자신을 차별하여 인식하고 있는 것을 이해할 수 없었다. 그는 이미 반년 동안 부랑인으로 떠돌았으면서도 하느님께 맹세코 자신은 절대 부랑인이 아니라고 말하는 것 같았다. 나는 그를 보며 자신이 부랑인이 되지 않게 해주신 것을 하느님께 감사하는 부랑인이 무척 많을 것이라고 생각했다.

세 시간이 아주 느리게 흘러갔다. 6시에 저녁식사가 나왔는데 도저히 먹을 수가 없었다. 아침에도 상당히 굳어있던(토요일 밤에 잘라놓은 것이었다) 빵들이 이제는 선원들이 먹는 비스킷처럼 딱딱했다. 다행히도 고기국물을 조금 부어 주었기 때문에 우리는 국물에 적셔서 먹었다. 그래도 아무것도 안 먹는 것보다는 나았다. 6시 15분에 침실로 들어갔다. 새로운 부랑인들이 도착했다. 입소일이 다른 부랑인들끼리 섞이지 않게 하려고(전염병 때문이었다) 새로 온 그들은 개인 침실로,

우리는 공동침실로 보내졌다. 공동침실은 헛간 같은 곳인데 서른 개의 침대가 촘촘히 붙어있고 공동으로 쓰는 소변기 1개가 놓여 있었다. 이것이 지독한 냄새를 풍기는 데다 늙은이들이 기침을 해대서 밤새 몇 번이나 잠을 깼다. 그러나 많은 사람들의 훈김으로 방이 훈훈해져 얼마간 눈을 붙일 수 있었다.

다음날 아침 10시에 우리는 다시 의사에게 검진을 받고 점심용 빵 한 덩이와 치즈를 받은 뒤 헤어졌다. 윌리엄과 프레드는 1실링이나 되는 돈을 가지고 있었기 때문에 지급받은 빵을 수용소의 철책에 꽂아 놓고 왔다. 항의의 표시라고 했다. 이곳이 켄트 주의 수용소 중에서 두 번째로 형편없다고 했다. 부랑인치고는 패기가 넘치는 맹랑한 녀석들이었다. 한 바보천치 같은 자가(떠돌이들이 모이는 곳이면 어디를 가나 항상 이런 바보천치가 있었다) 너무 피곤해서 못 걷겠다고 하면서 철책에 매달렸다. 반장이 억지로 떼어내어 엉덩이를 걷어찰 때까지 꼼짝도 하지 않았다.

패디와 나는 런던으로 가기 위해 북쪽으로 향했다. 다른 이들 대부분은 영국에서 가장 시설이 나쁘다고 악명이 높은 아이드힐을 향해 떠났다.

그날도 쾌청한 가을 날씨였다. 길은 거의 차가 다니지 않아 한적했다. 수용소에서의 땀 냄새, 비누 냄새, 하수도 냄새가 뒤섞인 악취에 시달리고 난 후라 공기는 마치 찔레꽃 향기처럼 달콤했다. 길을 걷고 있는 부랑인은 우리 둘 뿐이었다. 그때 뒤에서 누군가가 우리를 부르며 급히 달려오는 소리가 들렸다. 숨을 헐떡이며 쫓아온 사람은 글래

스고 출신 부랑인인 스코티였다. 그는 주머니에서 녹슨 양철통을 꺼내더니 빚을 갚으려는 사람처럼 다정스럽게 미소를 지었다.

"자, 이거 받게, 친구."

그는 진심에서 우러나오는 소리로 말했다.

"내가 자네에게 담배 한 대를 신세졌잖아. 자네가 어제 담배를 말아주었잖아. 오늘 아침 나올 때 반장이 담배통을 돌려주었거든. 호의는 당연히 갚아야지. 안 그래? 자, 이거 받게."

그는 축축이 젖고 뭉개진 꽁초 네 개를 내 손에 쥐어주었다.

36

부랑인들에 대한 일반적인 견해들을 살펴보고자 한다. 생각해 보면 부랑인이란 묘한 존재이며, 검토해 볼 만한 대상이다.

 영국 내에서 수만 명의 사람들이 방랑하는 유대인처럼 이리저리 떼를 지어 떠돌아다니는 모습은 참으로 이해할 수 없는 일이다. 분명히 진실을 검토하고 분석하여 시정해야 할 문제이다. 그러기 위해서 가장 먼저 해야 할 문제는 그들에 대한 편견을 제거하는 일이다. 그들에 대한 편견을 제거하지 않고는 문제에 접근하는 것조차 불가능하다.

 이 편견의 시작은 모든 부랑인은 불량배다 하는 데에서부터 시작된다. 어릴 적부터 우리는 부랑인들은 불량배라고 배워왔기 때문에 우리의 머릿속에는 관념적인 또는 전형적인 부랑인 상이 자리잡혀 버렸다.

 그들은 위험하고 혐오스런 인간들로, 일을 하지 않고, 몸을 씻는 일을 죽기보다 싫어하며, 오직 구걸한 걸로 술이나 마시고 남의 집 닭이나 몰래 잡아먹는 위험하고 끔찍한 인간들이라는 생각이 그것이다.

 그러한 떠돌이 괴물들은 잡지의 이야깃거리에 흔히 등장하는 음흉한 중국인처럼 진실과는 거리가 멀다. 하지만 그런 편견을 버리기란 쉽지 않다. 부랑인이라는 말만 들어도 그런 끔찍한 모습들이 떠오른다. 그리고 대부분의 사람들이 그런 편견을 사실처럼 믿고 있기 때문에 문제에 접근하는 것조차 쉽지 않다.

부랑인에 대한 근본적인 문제를 생각해보자. 도대체 어떤 이유로 부랑인들이 존재하게 되었는가? 묘한 이야기지만, 부랑인이 방랑하는 이유를 아는 사람은 아무도 없다. 그리고 부랑인은 괴물이다라는 선입견을 가지고 있기 때문에 터무니없는 이유들을 제시하곤 한다. 예를 들면 그들이 방랑하는 이유는 일하기를 싫어하기 때문이라든지, 쉽게 구걸하는 것이 편해서라든지, 범죄의 기회를 노리기 위해서라든지, 심지어는(이것이 가장 비현실적이며 심각한 이유인데) 떠돌이 생활 자체를 좋아하기 때문이라고 말한다. 나는 심지어 범죄유형학을 다룬 서적에서 부랑인 생활은 유전적인 기질에 의한 것, 즉 유목민 시대로 되돌아가고자 하는 현상이라는 학설을 읽은 일도 있다. 그러나 조금만 생각해 보면 부랑인 생활의 명백한 이유는 아주 가까운 데 있다.

부랑인이 방랑하는 것은 그가 그것을 좋아해서가 아니라 자동차가 좌측통행을 해야 하는 이유와 똑같은 이유에서다. 즉 그들을 그렇게 떠돌게끔 만드는 법률이 존재하기 때문이다. 궁핍한 자는 교회의 교구에서 도움을 받지 못한다면, 할 수 없이 부랑인 수용소의 신세를 지는 수밖에 없다. 그런데 수용소는 하룻밤밖에 재워주지 않으니까 계속 이동을 하지 않을 수 없는 것이다. 즉, 방랑 생활을 계속하는 까닭은 법률상 그렇게 하지 않으면 굶어 죽기 때문이다. 그러나 세상 사람들은 부랑인들이 무슨 괴물인 양 여기도록 배우며 자라기 때문에, 부랑인들이 떠도는 데는 틀림없이 어떤 악의적인 동기가 있을 것이라고 생각한다.

사실 괴물 같은 부랑인상은 조금만 생각해 보면 깨끗이 지워질 수 있는 것이다. 부랑인은 위험한 인간들이라는 일반적인 인식만 해도 그렇다. 굳이 경험해 보지 않더라도 부랑인 중에는 위험한 인간이 없다는 것을 쉽게 알 수 있다. 만일에 위험하다면 위험한 대로 조치가 취해질 것이기 때문이다.

부랑자 수용소를 보더라도, 하룻밤에 백 명 정도의 부랑인들을 매일 수용하고 있지만, 그들을 감독하는 직원은 겨우 3명밖에 안 된다. 악당들이 백 명쯤 모였다면 무기도 갖지 않은 세 사람의 인원으로 통제한다는 것은 말도 안 된다. 하지만 부랑인들이 수용소 관리들에게 호통소리를 들으면서도 순순히 따르는 것을 보면 그들이 놀라울 정도로 온순하고 질서에 순응하는 사람들이라는 것을 알 수 있다.

또한 모든 부랑인들이 술주정뱅이라는 선입견 역시 생각해볼 문제다. 그것은 실상에 대해 전혀 모르는 우스꽝스럽기 짝이 없는 생각이다. 물론 기회만 있으면 술을 마시고 싶어 하는 부랑인이 많은 것은 사실이다. 하지만 현실적으로 그런 기회는 전혀 없다. 현재 맥주라고 불리는 흰 거품이 이는 액체는 영국땅에서 한 조끼에 7펜스이다. 그걸로 취하자면 적어도 반 크라운은 지불해야 하는데, 반 크라운을 손쉽게 지불할 수 있는 사람은 이미 부랑인이 아니다.

또한 부랑인은 구제불능의 사회적 기생충이라는(멀쩡한 거지들을 두고 하는 말일 것이다) 말이 절대적으로 틀린 것은 아니다. 그러나 그것은 몇 퍼센트의 소수에게만 해당되는 말이다. 의도적이고 냉소적인 무위도식자는 영국적인 풍토에서는 발견할 수 없다.

영국인은 가난에 대해 강한 죄의식을 지닌, 도덕적 관념에 지배된 민족이다. 평범한 보통 영국인이 의도적으로 기생충 같은 인간이 되었다는 것은 상상도 할 수 없다. 이러한 국민성은 일자리를 잃었다고 해서 그렇게 쉽사리 바뀌지 않는다.

부랑인이란 단지 일자리를 잃은 영국인에 지나지 않고 엉터리 법률 때문에 떠돌이 생활을 계속하고 있다는 점을 생각하면 괴물 같다는 부랑인에 대한 허상을 말끔히 씻어낼 수 있을 것이다. 물론 나는 대부분의 부랑인들이 이상적인 인격을 지니고 있다고 말하려는 것은 아니다. 나는 다만 그들도 정상적인 보통 인간이라는 점을 말하려는 것이다. 그리고 그들이 다른 사람들보다 삐뚤어진 점이 있다면 그것은 그들 생활양식의 결과에 의한 것이지 원인에 의한 것이 아니라는 것을 말하고 싶은 것이다.

따라서 부랑자들에 대해 '그런 대우를 받아 마땅하다'라고 일방적으로 매도해서는 안 된다. 그것은 마치 자신의 의지와는 무관한 신체장애자나 환자에게 그런 태도를 취하는 것과 같은 것이기 때문이다. 이런 점을 깨달았을 때 우리는 비로소 부랑인의 처지에 설 수가 있고, 그들의 생활이 어떤 것인지도 이해할 수 있게 된다.

그들의 삶은 말할 수 없는 정도로 소외되고, 견디기 힘들 정도로 불쾌한 생활이다. 나는 이미 부랑자의 수용소 생활과 부랑인들의 하루 일과를 묘사한 바 있지만 다음에 열거하는 세 가지 악조건에 대해서는 더욱 강조해서 말하고 싶다.

첫번째는 굶주림인데 이것은 거의 모든 부랑인의 피할 수 없는 숙명이다. 수용소에서 주는 식사는 절대적으로 부족하다. 그래서 부족한 부분을 구걸을 하거나 도둑질을 해야만 한다. 즉 법을 어겨야만 구할 수 있다는 것이다. 때문에 부랑자들은 대부분 영양실조 증세를 앓고 있으며 많은 사람들이 이 때문에 죽는다. 증거를 보고 싶다면 어떤 부랑자 수용소에라도 가서 밖에 늘어선 부랑인들의 모습을 직접 보면 된다.

부랑인들 생활의 두 번째 불행은—이것은 첫번째 불행에 비해 매우 사소해 보이지만 실제로는 두번째 자리를 차지하기에 충분하다— 여성들과의 접촉이 전혀 없다는 점이다. 이 점에 대해서는 신중히 검토해 볼 필요가 있다.

부랑인들이 여성과 접촉할 수 없는 첫번째 이유는 부랑인들이 접촉할 수 있는 사회계층에는 여성이 거의 없기 때문이다. 대부분의 사람들은 가난한 사람들 사이에서도 남녀의 구성은 균형이 잡혀 있을 것이라고 생각한다. 하지만 실제로는 전혀 그렇지 않다. 실제로 일정 수준 이하 계층으로 내려가면 오로지 남성만에 의한 사회가 형성돼 있다. 아래 숫자 L.C.C(런던시청)가 1931년 2월 13일 밤에 실시한 인구조사에 따라 발표한 것인데, 이것을 보면 밑바닥 사회의 남성과 여성의 비율을 수치로 알 수 있다.

거리에서 밤을 새우는 사람 / 남성 60명, 여성 18명
정규 수용소 이외의 수용시설에 있던 사람 / 남성 1057명, 여성 137명

세인트 마틴 인 더 필즈 교회 지하 납골당에서 자는 사람 / 남성 88명,
여성 12명

L.C.C관할 부랑인 수용소나 여인숙에서 자는 사람 / 남성 674명, 여성
15명.

이 숫자를 보면, 정부의 통제가 가능한 범위 안의 대상이 되는 수준
에서는 거의 10대 1의 비율로 남성이 여성보다 많다는 것을 알 수 있
다. 그 원인은 여성이 남성보다 실업의 영향을 덜 받기 때문일 것이
다. 또한 여자의 경우 실직을 한다 해도 결혼을 한다거나 남자에게 의
지할 수가 있다. 때문에 부랑인은 평생 홀아비 신세를 면치 못한다는
이야기다. 따라서 부랑인의 경우 자신과 동일한 수준에서 짝을 찾지
못한다면, 그보다 상위수준-아주 조금만 높은 상위라도-의 여자를 얻
는다는 것은 마치 하늘의 별을 따는 것과 같다. 그 이유는 말할 것도
없이 자기보다 가난한 남자에게 장래를 맡길 여자는 거의 없다는 점
이다. 때문에 부랑인들은 길로 나서는 순간부터 자동적으로 독신자
의 길로 들어서게 되는 것이다. 부랑인들은 어쩌다 몇 실링이 생겼을
때 창녀에게 가 보는 경우 외에는, 아내나 정부 혹은 어떠한 방법으로
든 여성을 얻는다는 것은 꿈도 꾸지 못한다.
이러한 현상이 어떤 결과를 낳을 것인지는 뻔하다. 이를테면 동성
애나 종종 벌어지는 강간사건 등을 들 수 있다. 그러나 그보다 심각한
것은 자신은 결혼할 자격도 없는 존재라는 열등감에서 오는 치명적
인 무력감이다.

성적욕구는 인간의 본성인 만큼 성에 굶주리는 것은 음식에 굶주리는 것만큼 정신적으로 육체적으로 고통을 준다. 그러므로 궁핍한 생활의 가장 치명적인 죄악은 육체적으로나 정신적으로 타락하게 만든다는 것이다. 성적인 굶주림이 그 타락의 속도를 가속화시킨다. 여성으로부터 완전히 차단되어 버린 부랑인은 정상적인 육체적 정신적 능력을 상실한 듯한 굴욕감을 갖게 된다. 성에 대한 굴욕감은 그 어떤 것보다도 남성으로서의 자존심에 치명적인 손상을 입힌다.

부랑인의 생활에 또 다른 심각한 불행은 무료함이다. 부랑인 조례에 의하면, 부랑인은 길에서 걷고 있지 않을 때는 수용소의 방에 앉아 있어야 한다고 되어 있다. 남은 시간이라곤 고작 수용소의 문이 열리기를 기다리며 땅바닥에 누워 있는 시간뿐이다. 두 말할 것도 없이 이것은 매우 우울하고 타락적인 삶의 방식인 것이다.

이 밖에도 수십, 수백 가지의 악조건들을 열거할 수 있다.

그중 한 가지만 더 예로 든다면 육체적인 고통을 들 수 있다. 부랑인들은 입고 있는 옷 외에는 갈아입을 옷을 가지고 있지 않으며, 헐렁한 신발을 신고 다니고 수개월 동안을 의자에 앉아 보지 못한다는 것을 잊어서는 안 된다. 하지만 여기에서 가장 중요한 점은 그러한 그들의 고생이 아무런 의미가 없다는 사실이다. 그들은 상상하기 힘든 열악한 삶을 살고 있지만, 아무런 목적도 없이 그것들을 감내하며 살고 있다는 것이다. 한 수용소에서 다른 수용소로 옮겨다니며 하루에 18시간 이상을 방과 길에서 보내는 그들의 생활보다 더 무미건조하고 지루한 생활은 찾아볼 수 없을 것이다. 영국에는 최소한 수만 명의 부랑인이 있다. 그들은 단순히 걷는 데에만 매일 몇 풋파운드(에너지의 단위)의 에너지를 무익하게 낭비하고 있다. 그 에너지면 몇천 에이커의 땅을 갈 수 있고, 몇 마일의 길을 건설할 수 있으며, 수십 채의 집을 지을 수 있을 것이다.

부랑인 전원의 몫을 합하면 십년 가까이 될 시간을 매일매일 멀거니 실내의 벽을 바라보며 허비하고 있는 것이다. 또 일인당 일주일에 1파운드 정도의 국세를 축내고 있지만 국가를 위한 보상이나 공헌은 전혀 없다. 그들은 일정한 푯말을 세워놓고 그들 사이를 끊임없이 빙글빙글 맴도는 지루한 놀이를 하고 있는 것이다. 그것은 아무런 쓸모도 없고, 아무에게도 도움을 주지 못한다. 그런데도 이런 일이 계속되고 있는 것은 법률이 잘못되어 있기 때문인데, 세상은 그것에 익숙하고 무뎌져서 놀라지도 않는다. 정말로 어리석은 짓이다.

부랑인들 생활의 무의미함을 인정하고 그것을 개선할 수 있는 방법을 찾는 일이 가장 시급한 일이다. 예를 들자면, 부랑인 수용소를 좀더 지내기 좋게 만들어 머물 수 있는 시간을 늘리는 것이다. 실제로 이러한 노력은 몇몇 수용소에서 실시한 바도 있다. 지난 해에–눈에 띄게는 아니었지만, 보도를 믿는다면– 몇 곳의 수용소가 개선되었고, 이것이 모든 수용소로 확대될 것이라는 소문도 있다. 그러나 그것만으로는 문제의 핵심을 풀 수가 없다. 문제는 무료해서 산송장처럼 되어가는 부랑인들을 어떻게 하면 자존심을 지닌 인간존재로 전환시켜 주느냐에 있다. 단순하게 살기 편하게만 해준다고 해서 문제가 해결되지는 않는다.

설사 수용소가 훌륭한 시설을(그러나 결코 그렇게 되지는 않을 것이다) 갖추게 된다 하더라도 부랑인의 생활은 여전히 황폐해져 갈 것이다. 부랑인은 여전히 궁핍에 시달릴 것이며, 결혼도 못하고, 가정도 가질 수 없으며, 사회로서는 완전한 손실이다. 필요한 것은 그들을 궁핍에서 구해내는 일이며 그렇게 하기 위해서는 그들에게 일거리를 구해주어야 한다. 그것은 일을 하기 위해 하는 일거리가 아니라 그 일을 함으로써 얻을 수 있는 이익을 즐길 수 있는 일자리여야 한다. 현재 대부분의 수용소에서 부랑인들은 아무런 일도 하지 않는다. 전에는 밥값으로 돌 깨는 일을 한 적도 있었다. 하지만 그들이 몇 년 동안 쓸 돌을 미리 깨어버리면 석수장이들의 일거리가 없어진다 하여 중지되었다. 요즘에는 그들이 할 만한 마땅한 일거리가 없다 하여 아무런 일도 시키지 않고 있다. 그러나 조금만 생각하면 그들을 유효적절하게 쓸 방도는 얼마든지 있다.

바로 다음과 같은 것이다.

각 수용소에서 조그만 농장을 경영하거나, 아니면 작은 채소밭이라도 만들어서 활동에 지장이 없는 부랑인이 들어오면 하룻동안 건전한 노동을 하게끔 하는 것이다. 농장이나 채소밭에서 생산되는 농산물들을 부랑인들의 식사에 활용하면 적어도 마가린 바른 빵보다는 나을 것이다.

물론 수용소들이 자급자족할 수는 없다. 하지만 사정을 상당히 호전시킬 수 있을 것이며, 긴 안목으로 본다면 국가에도 기여를 하게 될 것이다. 현재와 같은 제도 아래서는 부랑인들이란 국가에 손실만을 안겨주는 존재라는 것을 명심해야 한다. 그들은 단지 일을 하지 않을 뿐만 아니라, 영양이 부족한 식사로 연명함으로 해서 건강을 해치기 때문이다. 따라서 현행제도는 금전적인 손실뿐만 아니라 생명까지 손실을 보고 있는 셈이다. 그러므로 그들에게 제대로 된 음식을 주고 적어도 그들 자신이 먹는 음식의 일부를 생산케 하는 방도를 모색해 보는 일은 가치가 있을 것이다.

농장이나 채소밭은 임시 노동력으로는 운영될 수 없다는 반론이 있을 수 있다. 그러나 부랑인들이 한 수용소에 하루만 묵어야 한다는 이유는 없다. 할 일이 있는 한 한 달 아니, 일 년이라도 머물 수 있지 않은가.

부랑인들이 계속 떠돌아다니는 데에는 관료들의 보이지 않는 힘의 원리가 작용하고 있다. 현행제도에서는 부랑인들에게 드는 비용을 지방세에서 충당하고 있다. 따라서 모든 수용소들은 그들을 다른 수용소로 쫓아낼 궁리만 한다. 그래서 한 수용소에 하룻밤밖에 허용하지 않는 규칙이 생기게 된 것이다. 만일 한 달 안에 다시 그곳을 찾아오면 그는 일주일 동안 감금되는 처벌을 받게 된다. 이것은 감옥에 갇히는 것과 같기 때문에 그는 계속 이동할 수밖에 없게 되어 있다. 그러나 떠돌이들이 수용소에 노동을 제공하고, 수용소가 그에게 정상적인 음식을 제공하게 된다면 문제는 달라지게 될 것이다. 수용소도 부분적으로나마 자급자족하는 시설로 바뀔 것이고, 부랑인들도 구인조건에 따라 수용소에 정착하게 된다면 방랑생활을 하지 않아도 될 것이다. 그들은 어느 정도 쓸모있는 일을 하고 정상적인 식사를 하며 안정된 삶을 살려 노력할 것이다. 단계적으로 이 계획이 차차 효과를 발휘하면 그들은 극빈자 대우를 받지 않게 되고, 결혼도 하게 되고 사회적으로 떳떳한 지위도 얻을 수 있을 것이다.

이것은 단지 계략적인 구상일 뿐이며, 물론 이에 대한 몇 가지 반론도 있을 것이다. 그러나 이러한 구상은 지방세 부담을 늘리지 않고 부랑인들의 상황을 개선하는 한 가지 방법임에 틀림없을 것이다. 그리고 어차피 그 해결책은 이러한 방식밖에 없다. 문제가 굶주리고 나태한 사람들을 어떻게 할 것인가, 하는 것이라면, 그들에게 먹을 식료품을 스스로 생산하게 하는 방법을 생각한다면 해답은 자동적으로 나오게 되어 있는 것이다.

37

집 없는 사람이 런던에서 이용할 수 있는 숙박시설에 대해서 얘기해 보고자 한다. 현재 런던에서는 자선 시설을 제외하고 7펜스 이하를 주고 하룻밤을 지낼 잠자리를 구하기는 불가능하다. 그래서 숙박비로 7펜스를 낼 능력이 없으면 다음 시설들을 이용하는 수밖에 없다.

1. 강둑의 벤치

패디가 강둑에서 노숙한 경험을 이렇게 말해 주었다.

"강둑에서 잘 때는 무엇보다 일찍 잠드는 것이 상책이야. 8시쯤에는 벤치를 하나 차지하고 있어야 된다구. 왜냐하면 벤치가 그리 많지 않기 때문에 남들에게 죄다 빼앗길 가능성이 있거든. 그리고 즉시 잠들도록 해야 된다구. 자정이 좀 넘으면 너무 추워서 잠을 못자요. 또 4시만 되면 경찰이 와서 쫓아낸다구. 하지만 잠드는 일은 그렇게 쉬운 일이 아냐. 머리 위에서 굴러가는 전차소리가 계속 요란스럽게 나지, 강 건너에서 껌벅거리는 옥상 광고 불빛도 눈을 괴롭히는 데다 날씨는 끔찍하게 춥지. 잘 때는 대개 신문지를 몸에 감고 자는데, 별로 소용이 없어. 세 시간 정도 자는 게 고작이지."

나도 강둑에서 자 봤는데 패디의 표현이 사실이었다. 그래도 전혀 잠을 자지 않는 것보다는 나았다. 강둑 아닌 노상에서 밤을 보내게 되면 정말로 눈도 붙여보지 못한다. 런던의 법률에 의하면 앉아서 밤을 새우는 것은 괜찮지만 졸다가 들키면 경찰관에게 쫓겨나기 때문이다. 강둑의 벤치나 한두 곳의 한적한 길모퉁이는 특별히 예외였다.

그 법은 노숙자에게는 전혀 도움이 안 되는, 오히려 노숙자들을 괴롭히는 법이었다. 그 법의 제정 목적이 노상에서 노숙자들이 죽는 것을 방지하기 위해서라고 하지만, 집이 없어 길거리에서 죽을 사람이라면 잠이 들어있건 깨어있건 죽는 것은 마찬가지가 아니겠는가. 파리에는 그러한 법이 없다. 거기에서는 센 강의 다리 밑에서, 광장의 벤치에서, 지하철의 환기구 주위에서 심지어는 지하철 역에서도 잠을 잘 수 있었다. 그것을 보고 아무도 뭐라 하지 않는다.

누구든 거리에서 밤을 지새려고 하지 않을 것이다. 하지만 피치못할 사정으로 노숙을 해야만 한다면 잘 수 있게 해주는 것이 옳은 일일 것이다.

2. 2페니짜리 로프에 기대 자기

이것은 강둑에서 자는 것보다 조금 나은 축에 든다. 투페니 행오버 (two penny hangover)라고 불리는데, 숙박을 위한 손님들이 벤치에 한 줄로 길게 앉는다. 그들 앞에는 밧줄이 쳐져 있고, 숙박객들은 마치 난간에 의지하듯 그 밧줄 위에 엎드려 잠을 잔다. 그리고 우습게도 '시종'이라 불리는 사나이가 아침 5시면 그 밧줄을 끊는다. 나는 거기에 가보지 못했지만 보조는 종종 그곳 신세를 졌다고 했다.

나는 그에게 사람이 그런 자세로 잠을 잘 수 있는지를 물어봤다. 그는 그것이 생각보다는 훨씬 편하다고, 맨바닥에서 자는 것보다는 훨씬 낫다고 했다. 파리에도 비슷한 시설이 있지만 요금은 2펜스가 아니라 겨우 25상팀(반 페니)이었다.

3. 관 속에서 자기

하룻밤에 4펜스다. 관 속에서 잔다는 것은 사람이 나무상자 안에 들어가 타르칠한 방수포를 덮고 자는 것을 말한다. 너무도 춥고, 무엇보다 고통스러운 것은 빈대들이다. 상자 속에 갇혀있기 때문에 꼼짝없이 뜯겨야 한다.

이보다 좀 나은 것으로 일반 여인숙이 있는데, 하룻밤 숙박료가 7펜스에서 1실링 1페니까지 다양하다. 가장 괜찮은 곳이 '라우튼 하우스'로 숙박료가 1실링이다. 작은 방을 혼자 쓸 수 있고, 욕실도 쓸 수가 있다. 또한 반 페니를 더 내면 실제로 호텔 시설과 같은 특실을 배정받을 수 있다. 라우튼 하우스 건물은 아주 웅장하지만, 음식을 만들어 먹는다거나 카드놀이 등을 엄격히 금하는 치명적인 단점이 있다. 1실링 1페니짜리 '부루스 하우스'도 멋진 곳이다.

특별히 청결 면에서 둘째로 꼽을 수 있는 곳은 7펜스 내지 8펜스에 묵을 수 있는 구세군 보호소이다. 곳에 따라 다르지만(나도 한두 번 가봤지만 보통 수용소와 별로 다른 게 없었다), 대개가 청결하고 훌륭한 욕실이 딸려 있다. 다만 그것을 이용하려면 별도의 요금을 더 내야 한다. 1실링을 내면 독방을 얻을 수 있다. 8펜스짜리 공동침실은 침대는 좋지만 수효가 너무 많고 너무 다닥다닥 붙어있어서 조용히 잘 수가 없다. 게다가 규칙이 많아 형무소나 자선단체에 와 있는 느낌이 들게 한다. 하지만 청결을 가장 중요시 하는 사람이라면 구세군 보호소가 적격일 것이다.

그 다음은 보통 수용소다. 7펜스를 내건 1실링을 내건, 어디든지 실내공기가 나쁘고 시끄럽다. 그리고 침대는 모두 더럽고 불편하다. 그래도 좋은 점은 간섭을 안 당하는 자유스러운 분위기와 밤낮을 막론하고 언제라도 둘러 앉아 죽칠 수 있는 따뜻하고 가정적인 주방이 있다는 것이다. 대개 식당들은 지저분한 지하에 있지만 사교적인 모임이 가능하다. 여성들 전용의 숙박소는 남성들 것보다 대개 시설이 나쁘다고 한다. 그리고 부부용 시설을 갖춘 수용소는 거의 없다.

현재 런던에서는 적어도 약 1만5천 명의 사람들이 보통 여인숙에서 살아가고 있다. 일주일에 2파운드 남짓 벌고 딸린 식구가 없는 남성들에게 여인숙은 꽤 편리한 곳이다. 이렇게 싼 요금으로 가구 딸린 방은 빌릴 수가 없기 때문이다. 여인숙에서는 공용 화덕과 목욕시설을 이용할 수 있고 여러 사람들과 사교생활도 가능하다. 불결함 같은 것은 별로 문제가 되지 않는다.

여인숙의 가장 결정적인 단점은 잠을 편하게 잘 수 없다는 것이다. 침대는 길이가 5피트 6인치, 폭이 2피트 6인치이며 딱딱하고 울퉁불퉁 등에 박히는 매트리스에다가 통나무 같은 베개에 덮는 이불은 무명이불 한 장에 때에 절어 악취가 나는 시트 두 장뿐이다. 겨울에는 담요도 나오지만 추위를 막기엔 어림도 없다. 그리고 이러한 침대가

한 방에 적어도 5,60개가 1,2야드 간격으로 꽉 들어차 있다. 물론 어느 누구도 그런 상황에서 숙면을 취할 수 없다.

사람을 이렇게 많이 집어넣는 곳은 군대 막사와 병원밖에 없다. 병원의 공동 병실에서는 사실 아무도 잠을 잘 자기를 기대하지 않는다. 군대 막사에서는 군인들을 한 방에 많이 몰아넣어도 침대가 훌륭하고 군인들은 건장하다. 그러나 공동 숙박소에서는 거의 대부분의 숙박인들이 만성적인 기침을 하는 데다 신장병으로 밤새도록 들락날락하는 사람이 많아 잠을 설치게 마련이다. 내가 관찰한 바에 의하면 아무도 숙박소에서는 하룻밤에 다섯 시간 이상을 자지 못하는 것 같았다. 7펜스 이상을 지불했는데도 이 정도니 사기당한 것 같은 억울함을 느끼게 한다.

이런 점에 대해서는 법률로서 개선이 가능하다고 생각한다. 현재도 런던시에는 숙박소에 대한 많은 법률이 존재한다. 하지만 숙박인들의 이익을 고려한 법률은 존재하지 않는다. 당국은 오직 숙박인들의 음주, 도박, 싸움 등을 금하는 데에만 법률을 적용한다. 숙박소의 침대는 편해야 한다는 등의 법률은 없는 것이다. 하지만 이런 것을 강제하기는 숙박인들의 도박을 금하는 것보다 훨씬 쉬운 일이다. 숙박소의 관리인에게 제대로 된 이불과 쓸 만한 매트리스를 갖추어 놓도록 규제되어야 하며, 무엇보다 한군데 몰아넣는 공동침실을 독방들로 개조하도록 만들어야 할 것이다. 독방의 크기는 문제가 되지 않는다. 요컨대 혼자 잘 수 있으면 된다. 이렇게 약간의 변화라도 엄격하게 실시한다면 커다란 개선의 효과를 거둘 수 있을 것이다. 숙박료를 인상하지 않고도 얼마든지 시설들을 합리적으로 개선할 수 있다.

크로이던에 있는 시립 숙박소에서는 요금이 겨우 9펜스인데도 독방에다 좋은 침대와 의자(숙박소에서는 보기 힘든 사치품이다)를 갖추고 있으며, 지하실이 아닌 지상에 주방이 있다. 9펜스짜리 숙박소라면 어디서나 이러한 수준으로 운영하지 못할 이유가 없는 것이다.

물론 숙박소의 소유주들은 담합하여 어떠한 시설 개선 명령에도 반대할 것이다. 현재의 방식대로 운영해야 많은 이익을 챙길 수 있기 때문이다. 숙박소에서는 하룻밤에 평균 5 내지 10파운드의 수입을 올리는데, 숙박인들로부터의 외상(외상은 엄격히 금지되어 있다)도 없고, 집세 외에는 비용도 아주 적게 든다.

시설 개선을 하면 많은 인원을 수용할 수가 없게 되고, 그래서 수입도 줄게 된다. 그러나 크로이던의 훌륭한 시립 숙박소는 9펜스에 얼마나 훌륭한 대접을 받을 수 있는가를 보여 주고 있다. 법률을 약간만 개정하면 이러한 좋은 시설 조건을 전면적으로 실시할 수 있을 것이다.

행정 당국이 조금이라도 숙박소에 관심을 가진다면, 호텔에서라면 결코 통용되지 못할 어리석은 금지사항들을 만드는 대신 숙박소를 좀더 편안하게 사용할 수 있도록 만들어야 할 것이다.

38

　패디와 나는 로어빈필드 수용소를 나와 어느 가정집 정원의 풀베기와 청소를 해주고 반 크라운을 벌었다. 그래서 그날 밤은 크롬리에서 묵은 다음 런던까지 걸어서 돌아왔다. 그리고 하루인가 이틀 후에 패디와 헤어졌다. 친구 B가 내게 마지막으로 2파운드를 빌려주었다. 이제 8일만 더 버티면 된다. 모든 고생이 끝나는 것이다. 내가 돌봐주기로 되어 있는 정신박약아는 만나 보니 예상했던 것보다 상태가 좋지 않았다.

　패디는 포츠머스를 향해 갔다. 거기는 그에게 일자리를 주선해 줄 친구가 있다고 했다. 난 그 후로 패디를 보지 못했다. 얼마 전에 나는 그가 교통사고를 당해 사망했다는 소식을 들었다. 하지만 그 소식을 전해준 사람이 패디를 다른 누군가와 혼동했을지도 모를 일이다. 보조의 소식은 사흘 전에 들었다. 그는 런던의 완즈워스의 교도소에 있다고 했다. 구걸을 한 죄로 2주일간 구류 처분을 받았기 때문이다. 나는 그가 감옥 따위는 크게 두려워하지 않는다는 것을 잘 알고 있다.

　내 이야기는 여기서 마무리 짓고자 한다. 대수롭지 않은 이야기를 길에 늘어놓은 것 같다. 하지만 한 편의 여행기를 읽듯 재미있게 읽어주었기를 바랄 뿐이다. 만약 당신이 예상치 못한 일로 빈털터리가 되었을 때 당신을 기다리는 세계가 어떤 곳이라는 것 정도는 이야기한

305

듯하다. 앞으로 나는 이러한 세계를 좀더 철저하게 탐구해 보고자 한다. 나는 마리오나 패디, 구걸하는 빌 같은 사람들과 잠시 지나치는 만남으로서가 아니라 진정한 친구가 되어 보고 싶다. 접시닦이나 부랑인, 그리고 강둑에서 자는 사람들의 세계를 이해해 보고 싶다. 현재의 나로서는 궁핍한 생활의 아주 작은 단면을 본 것에 불과하기 때문이다.

그렇지만 궁핍한 생활을 통해서 배운 것도 많다.

나는 앞으로 결코 부랑인들이 모두 술주정뱅이라고는 생각하지 않을 것이다.

또 걸인에게 돈을 주며 고마워하리라고 생각하지 않을 것이다.

또 실직을 당한 사람이 무기력하게 있어도 섣불리 간섭하려 들지 않을 것이다.

또 구세군에게는 헌금을 하지 않을 것이다.

또 내 옷을 전당포에 잡히지 않을 것이다.

또 광고 전단지를 거부하지 않을 것이다.

또 고급 레스토랑에서 식사를 하지 않을 것이다.

이것이 시작이다.

조지 오월은 1903년 6월 25일 인도에서 출생하였다. 본명은 에릭 아서 블레어(Eric Arthur Blair)이다.

그의 아버지의 이름은 리처드 블레이이며 어머니는 아이다 블레어이다. 아버지는 영국령 인도행정부 아편국 소속이었고 근무지인 인도 북동부 모티하리(Motihari)에서 조지 오웰을 낳았다.

오웰은 인도에서 태어난 지 채 1년도 되지 않아 영국으로 건너갔다. 그리고 1911년 영국 남부에 있는 예비학교인 세인트 시프리언스(Saint Cyprian's)에 입학하여 5년간 다녔다. 후에 그는 그곳에서 상류계급과의 심한 차별감을 맛보았다고 기록하고 있다.

학업성적이 우수하여 1917년 학비를 면제받고 이튼 칼리지에 입학하였다. 1917년 이튼 칼리지를 졸업하였으나 대학진학을 포기하고, 1922년 인도제국경찰에 지원하여 그해 10월 미얀마로 발령을 받는다.

5년간 경찰관으로 근무하면서 자신이 꿈꾸었던 동양에 대한 동경이 착각이었음을 깨닫게 되면, 영국 제국주의가 저지른 식민지악植民地惡을 통감하고 영국으로 귀국한다. 1927년 유럽으로 돌아와서 1928년 1월 경찰직을 사직한다. 이때 그는 글을 쓰는 작가가 되겠다고 결심하였고 불황 속의 파리 빈민가와 런던의 부랑자들의 극빈생활을 실제로 체험하였다.

파리와 런던에서 밑바닥 생활 체험을 바탕으로 집필한 처녀작 《파리와 런던 거리의 성자들》(1933)을 발표하였고 이때부터 필명을 조지 오웰(George Orwell)이라고 사용하였다. 이어서 식민지 백인 관리의 잔혹상을 묘사한 소설 〈버마시절〉(1934)로 문학계에서 인정을 받았다. 잉글랜드 북부 노동자의 가난한 삶을 그린〈위건 부두로 가는 길〉(1936)을 발표하였고 그해 12월 스페인 내전이 발발하자 파시즘에 맞서 싸우기 위해 자원 입대하였다.

1937년 1월 스페인 통일노동자당 민병대 소속으로 싸웠으며 바르셀로나 전선에서 목에 총상을 입고 부상당했다. 그는 스페인 혁명을 가로막는 세력이 오히려 좌익임을 발견하였고 내부의 격심한 당파 싸움에 자신이 소속된 통일노동자당 공산주의자들의 공격을 받는다.

아내와 함께 겨우 스페인을 탈출하여 프랑스로 건너갔으며 이때의 환멸의 기록이 〈카탈로니아 찬가 Homage to Catalonia〉(1938)로 출간되었다. 조지 오웰은 이때부터 정치적인 성향이 짙은 작가로 알려지게 되었다. 결핵으로 건강이 나빠지자 한동안 글쓰기를 중단하고 모로코에서 요양을 했으며 1940년 다시 영국으로 돌아와 런던 민방위대 하사관으로 일했다. 1941년 영국 BBC에 입사하여 2년 동안 라디오 프로그램을 제작하였고 1943년에는 어머니가 사망하고 트리뷴지誌의 편집장으로 일하기도 했다. 이때부터 〈동물농장〉을 집필하기 시작했다.

슬하에 자식이 없어 남자아이를 입양하여 리처드 호레이쇼 블레어라 이름을 지었다. 그해 아내 아일린이 사망하자 혼자서 아이를 돌보았다. 2차세계 대전 중 프랑스 전쟁특파원으로 근무를 마치고 런던으로 돌아왔으며 1945년 8월 러시아 혁명과 스탈린의 배신에 바탕을 둔 정치우화 〈동물농장Animal Farm〉이 출간되었다. 이 책으로 그는 일약 세계적으로 주목받는 작가가 되었다. 1946년 스코틀랜드 서해안에 있는 주라(Jura) 섬에 머물며 집필에만 전념하였고 그의 최대 걸작인 〈1984년 Nineteen Eighty Four〉(1949)을 완성하였다. 이것은 현대 사회의 전체주의적 경향이 도달하게 될 종말을 기묘하게 묘사한 공포의 미래소설이다.

1949년 9월 지병인 결핵이 점점 악화되었고 런던의 한 병원에 입원하였고. 1950년 1월 건강이 악화되어 47세를 일기로 사망하였다.

그의 글은 주로 당대의 문제였던 계급의식을 풍자하고 이것을 극복하는 길을 제시하였으며, 또한 작가로서 정치적 글쓰기의 면모를 보여주었다. 그의 반파시스트 의식은 사회주의자로 활동하게 하였으며 스페인 내전에서 스탈리니즘의 본질을 간파하고 비판하였다.

1903년 6월 25일 인도 벵골에서 태어나다. 본명은 에릭 아서 블리어. 조지
오웰은 필명이다. 오웰의 부모는 인도 주재 영국 공관의 공무원이었다.

1922년 영국의 이튼 학교에서 수학한 후 미얀마의 인도 제국 경찰로 근무했
다. 이때의 경험을 토대로 나중에 쓴 소설이 〈버마시절 Burmese Days〉(1935)
이다.

1933년 첫번째 장편소설 〈파리와 런던 거리의 성자들 Down and Out in Paris
and London〉를 출간했다.

1935년 소설 〈목사의 딸 A Clergyman's Daughter〉이 출판되었다.

1936년 소설 〈그 엽란을 날게 하라 Keep the Aspidistra Flying〉가 출판되었다.

1937년 다큐먼터리 〈위건 부두로 가는 길 The Road to Wigan Pier〉가 출판되었다.

영국 랭커셔 지방 광부들의 궁핍한 삶을 치밀하면서도 호소력 있게 묘사했다.

1938년 다큐멘터리 〈카탈로니아 찬가 Homage to Catalonia〉가 출간되었다. 이 책은 오웰 자신의 스페인 내전 참전기로서 그가 공화파를 위해 싸우면서 겪었던 사회주의의 이중성을 묘사하고 있다.

1939년 소설 〈숨 쉬러 가다 Coming up for Air〉가 출판되었다.

1945년 스탈린주의를 비판하는 현대적인 우화 〈동물농장 Animal Farm〉이 출판되었다.

1949년 미래의 관료화된 국가에 대한 공포를 형상화한 〈1984〉가 출판되었다.

1950년 런던의 한 병원에서 갑작스런 각혈 후 사망하였다. 에세이 〈정치학과 영국 언어 Politics and English Language〉가 출판되었다.